FLORIAN WACKER

DER GOLDENE TOD

FLORIAN WACKER

DER GOLDENE TOD

EIN FALL FÜR GRETA VOGELSANG
KRIMINALROMAN

Kiepenheuer & Witsch

1. Auflage 2024

© 2024, Verlag Kiepenheuer & Witsch, Köln
Alle Rechte vorbehalten
Die Nutzung unserer Werke für Text- und Data-Mining
im Sinne von § 44b UrhG behalten wir uns explizit vor.
Vermittelt durch die Literaturagentur im Verlag der Autoren,
Frankfurt am Main
Covergestaltung: FAVORITBUERO, München
Covermotive: © Milano M/Omeris/gyn9037/
shutterstock, © mauritius images/Torsten Krüger
Gesetzt aus der Ten Oldstyle und der Atrament
Satz: Buch-Werkstatt GmbH, Bad Aibling
Druck und Bindung: GGP Media GmbH, Pößneck
ISBN 978-3-462-00346-8

*

Er fürchtet sich nicht vor den Geräuschen. Er kennt den Wald, seit er denken kann, er kennt das Knacken und Rascheln, das leise Zischen und Fiepen. Nur wenn es ganz still wird, dann bekommt er Angst. Dann glaubt er, dass er hier draußen ganz alleine ist. Aber jetzt ist alles gut. Er lehnt den Kopf gegen den Stamm des Baumes, er darf nicht die Augen schließen, er darf nicht einschlafen. Er hat das Licht seiner Stirnlampe ausgeschaltet und wartet. Es ist schon seine zweite Nacht. Er war noch nie länger als zwei Nächte weg. Aber er darf nicht mit leeren Händen heimkommen. Er spürt ein Pochen in den Händen, er spürt das kalte Metall des Gewehrs an seinem Arm. Er weiß, dass sie irgendwo da draußen sind, er weiß, dass er nur lange genug warten muss.

Koffi Dibala hasst die Jagd. Er hasst es, das Gewehr auf ein Lebewesen zu richten und abzudrücken; er hasst es, sich den toten Kadaver um die Schultern zu legen und den Weg zurück zur Straße zu gehen, zu seinem Motorrad; er hasst es, seine Beute auf dem Sozius der Maschine festzuzurren und auf der staubigen Straße zurück in die Stadt zu fahren. Da hat er immer das Gefühl, gar nicht mehr von der Stelle zu kommen, als wolle ihn der Wald nicht gehen lassen, als verfolge er ihn, als wisse er um seinen feigen Diebstahl. Er hasst es, nicht sofort nach Hause fahren zu können, zu Clémentine und den Kindern, sondern zuerst die Lagerhalle ansteuern zu müssen. Weiß wie ein Knochen ist sie, kühl ist es im Inneren, aus einem Radio kommt

Musik. Dorthin bringt Koffi seine Beute. Er hat keine andere Wahl.

In der Dunkelheit sieht er manchmal Clémentine vor sich, und er weiß, dass er ihrer Erscheinung nicht nachlaufen darf, ihrem Lächeln, ihrer Aufforderung, mit ihm zu kommen. Du bist kein Jäger, sagt sie zu ihm, du hast viel zu feine Hände dafür. Koffi darf nicht auf ihre Worte hören, wenn er erfolgreich sein will. Er umfasst das Gewehr, steht auf und dreht sich auf der Stelle. Er will nicht nachdenken, aber in der Dunkelheit versammeln sich alle um ihn, Clémentine, seine Kinder, seine Eltern, die Geschwister. Da stehen sie und schauen ihn an, er hört die Stimme seines Vaters, der ihn fragt, was er hier draußen tue, in dieser verlassenen Einsamkeit, und er hört seine Mutter fragen, ob er dafür in die Schule gegangen sei, um dann hier im Gebüsch zu kauern und auf Beute zu warten.

Er schaltet die Stirnlampe an, sofort umgeben ihn kleine Fliegen, aber die Gesichter sind verschwunden.

Die Straße nach Ituri furcht sich staubig durch das wuchernde Grün. Seit es die Straße gibt, ist Koffi ein Jäger. Seit es die Straße gibt, muss er hinausfahren, jedes Mal ein Stück weiter. Früher jagte er mit seinen Geschwistern direkt hinter dem Haus, aber es war mehr ein Spiel, eine Mutprobe, um zu zeigen, wer sich am weitesten hinauswagte, wer sich am geschicktesten anstellte. Jetzt ist es anders, jetzt muss er irgendwie davon leben. Er geht ein paar Schritte auf die kleine Lichtung zu, der Kegel seiner Lampe streift über den Waldboden. Dort hinten, weiter im Unterholz, dort sind zwei seiner Fallen. Im Umkreis von einem Kilometer hat er mehrere aufgestellt, schon vor Wochen, jetzt wartet er darauf, dass sie zuschnappen. Er schaltet das Licht wieder aus, will die Tiere nicht abschrecken.

Koffi schläft nicht. Er hört den Wald flüstern, er hört das Raunen der Tiere im Dickicht. Sie beobachten ihn. Er muss ganz still sein, nur dann werden sie kommen. Eigentlich dürfte er gar nicht hier sein. Wenn die Wildhüter ihn aufspüren, wird er eine Geldstrafe bekommen. Wenn die Soldaten ihn finden, werden sie ihn verprügeln. Oder Schlimmeres. Es gibt Geschichten von Jägern, die nie mehr aus dem Wald zurückkamen, einmal hat er ein zerfetztes Hemd im Unterholz entdeckt.

Früher, als er noch im Hafen in Kisangani arbeitete, konnten sie sich Hühner- oder Ziegenfleisch leisten, die Arbeit war hart, der Ton rau, aber er bekam am Monatsende sein Gehalt ausbezahlt, und Clémentine konnte auf dem Markt für ein großes Essen einkaufen, zu dem er auch immer seine Eltern und Geschwister einlud. Sie waren schon lange nicht mehr bei ihm. Koffi spürt ein Brennen im Hals, er trinkt einen Schluck Wasser. Er hätte es wie sein Bruder Dioko machen sollen; Dioko glaubt an sich und an seine Beine. Er war schon immer der Schnellste und Geschickteste der Geschwister. Er träumte davon, bei TP Mazembe zu spielen, aber dann geschah ein Wunder: Ein Scout sprach ihn an, von Olympique Lyon. Jetzt ist Dioko in Europa, zumindest glaubt Koffi das, seine Eltern glauben es, alle glauben es. Dioko hat es geschafft. Und er, Koffi, hockt allein im Wald. In einem Shirt, auf dessen Rücken steht: Eintracht Frankfurt, und darunter ein Name: Yeboah.

Manchmal, da ist er so müde, da will er einfach nur unter einem der großen Bäume sitzen bleiben und sich nicht mehr von der Stelle rühren, da will er eins werden mit dem Wald. Da will er etwas abhaben von seiner Stärke, seiner Macht. Als der Vorarbeiter eines Morgens zu Koffi kam und ihm sagte, er solle sich im Büro melden, man werde ihm den zustehenden Lohn noch auszahlen, aber ab morgen brauche man ihn nicht mehr, da hatte er um sich schlagen, da hatte er alles in Brand stecken wollen. Aber er hatte keine Wahl. Er holte sein Geld, fuhr nach Hause zu Clémentine und sagte ihr, dass er am Morgen auf die Jagd gehen würde.

Er kauert an den Baum gelehnt und wartet auf das Zuschnappen der Fallen. Dann hört er plötzlich Stimmen. Zuerst glaubt er zu träumen, aber er ist hellwach, und jetzt kann er in der Dunkelheit einzelne Lichtpunkte erkennen. Es sind schwere Schritte. Ihm wird eiskalt. Er umfasst sein Gewehr. Die Stimmen kommen näher, sie kreisen ihn ein.

Er weiß, es sind Soldaten, sie sind wie er auf der Jagd. Schon seit einiger Zeit durchstreifen sie die Wälder rechts und links der Straße nach Ituri, um an Fleisch zu kommen. Er hat sie schon einige Male gesehen und sich immer vor ihnen versteckt. Auch jetzt drückt sich Koffi dichter an den Baum, schiebt sich zwischen das Laub der Sträucher und atmet flach. Er hört ihre Stimmen, der Waldboden scheint leicht zu beben.
   Sie sind jetzt ganz nah, er kann sie atmen hören. Er selbst hält die Luft an, starr vor Angst. Wo sich diese verdammten Viecher wieder versteckt hätten, hört er einen der Soldaten sagen, er habe keine Lust mehr, jede Nacht in diesem verdammten Wald herumzulaufen. Ein anderer sagt, er solle das Maul halten, er könne ja Blätter fressen, wenn's ihm nicht passe. Einer bleibt direkt vor Koffi stehen, er kann trotz der Dunkelheit die Stiefel erkennen, einen Teil der Hose. Nie hat er Clémentine von den Soldaten erzählt. Wenn sie auf seine Fallen stoßen, zerstören sie sie oder nehmen sich den Fang, er kann nichts dagegen tun.
   Langsam entfernen sich die Stimmen und Schritte wieder. Er wartet ein paar Minuten, regt sich nicht. Aber dann hört er plötz-

lich Schreie. Er zuckt zusammen. Da schreit ein Mensch um sein Leben, er weiß es. Er wagt nicht zu atmen. Die Schreie sind zwischen den Bäumen, ganz nah. Sie gelten auch ihm: Hilf mir! Hilf mir doch! Aber Koffi rührt sich nicht, Koffi muss eins werden mit dem Wald. Er weiß, dass die Soldaten einen wie ihn aufgespürt haben, einen Jäger, aber er kann nichts sehen, alles ist dunkel.

Er verspürt leichte Übelkeit, richtet sich jetzt auf. Er weiß, dass sie noch in der Nähe sind, kann ihre Stimmen hören. Die dumpfen Schritte.

1

Richard

Er stand an einem der Stehtische, die im Garten verteilt worden waren, und trank sein zweites Glas. Er spürte ein angenehmes Kribbeln auf der Zunge, merkte, wie die Umgebung langsam weicher wurde, die Geräusche und Stimmen geschmeidiger und genoss das wohlige Gefühl, das der Champagner auslöste. Das Gefühl, aufgenommen worden zu sein, jetzt und hier, er war einer von ihnen.

Der Garten war weitläufig und nach irgendeinem Prinzip gestaltet, vielleicht Feng Shui; jedenfalls gab es einen Teich, in dessen Mitte ein kleines Häuschen stand, eine Art Pagode, es gab einen kleinen Bachlauf, der sich durch das Gelände schlängelte, und über diesen spannte sich ein übertrieben ausgestalteter Holzsteg, es gab riesige Findlinge, kugelig geschnittene Pflanzen, seltene Bäume, die schmalen Wege waren weiß geschottert. Zum Haus hin stieg das Gelände an, war üppig bepflanzt, Wasser rieselte über Gestein, Treppen führten auf eine Holzterrasse, in deren Mitte ein Pool eingelassen war. Er entdeckte kleine Buddhafiguren zwischen den Pflanzen, eine Gartenbank, Vogelgezwitscher war zu hören, von dem er nicht wusste, ob es echt war oder aus verborgenen Lautsprechern kam. Er und die anderen Gäste befanden sich auf einer ovalen Freifläche, die von allerlei Pflanzen und auf einer Seite vom kleinen Bach begrenzt wurde. Am Rand hatte man ein Festzelt in chinesischem Stil errichtet, daneben fachten gerade zwei Angestellte der Cateringfirma den Grill an. Alles war auf eine Art übertrieben und atemberaubend, aber nicht protzig, sondern fein und ästhetisch gestaltet.

Er sah sich um. Seine gute Stimmung hatte nur kurz angehalten, jetzt hatte ihn erneut eine fahrige Unruhe ergriffen. Er zog sein Smartphone aus der Hosentasche und überlegte, ob er Frank schreiben und ihm von seinem Verdacht erzählen sollte. Aber er wollte ihm nicht das Gefühl geben, abhängig von ihm zu sein. Außerdem wollte er sich nicht lächerlich machen – auch wenn er sich beobachtet vorkam, wirkliche Anhaltspunkte hatte er keine. Es war nur so eine vage Ahnung gewesen, die er seit der Trennung von Ines schon einige Male verspürt hatte. Er machte sich gerade, sah sich um. Vorhin hatte er kurz geglaubt, unter den Servicemitarbeitern ein bekanntes Gesicht entdeckt zu haben. Wahrscheinlich eine Täuschung. Zumal er es nicht hatte zuordnen können und der Typ auch nicht wieder aufgetaucht war.

Er schlenderte bemüht locker zum nächsten Stehtisch. Besonders viel war noch nicht los, die Gäste trafen erst nach und nach ein, und immer wieder hörte er die Stimme von Marc Bretone, dem Gastgeber und Jubilar, hörte sein helles Lachen. Er kannte ihn nicht besonders gut und war einigermaßen erstaunt gewesen, als er vor ein paar Wochen die Einladung im Briefkasten gefunden hatte. Frank hatte ihn auf irgendeiner Party mit Marc bekannt gemacht, es musste letzten Sommer gewesen sein, er erinnerte sich nicht mehr. Schon damals hatte er sich gefragt, woher sich die beiden wohl kannten, und es hatte ihn länger beschäftigt, als ihm lieb war. Frank war nicht mehr der zurückhaltende, schmächtige Junge, wie er ihn aus ihrer gemeinsamen Schulzeit in Erinnerung hatte. Er war immer noch schmächtig, aber auf eine athletische Art, sein Körper war trainiert und gebräunt, seine Stimme warm und tief, was für einen Psychologen sicher von Vorteil war. Frank war außerdem – das hatte er schnell begriffen, als sie sich vor über sieben Jahren auf einem Klassentreffen zum ersten Mal wiedergesehen hatten – sehr gut vernetzt, er kannte wichtige und reiche Leute, ging auf ihre Partys, traf sich mit ihnen zum Lunch und in Hotellobbys. Und nachdem Frank die Firma gegründet und sie ihre Zusammenarbeit beschlossen hatten, nahm er ihn einfach mit zu den Partys, stellte ihn vor, machte sein Gesicht bekannt. Im ersten Moment schauten die Leute meist leicht belustigt wegen seines Namens, aber dann nickten sie anerkennend. Oberstaatsanwalt.

Eine Servicekraft kam an seinen Tisch, nahm sein fast leeres Glas und reichte ihm ein neues. Er hielt kurz inne. Es war der Typ, den er vorhin schon kurz wahrgenommen hatte. Er trug die Dienstkleidung des Caterers, weißes Hemd, schwarze Hose, und hatte sich seine Haare zu einem Pferdeschwanz gebunden. Der Typ überragte ihn um einen halben Kopf. Und plötzlich war er sich sicher, dass er ihn kannte. Aber woher? Hastig nahm er einen Schluck, der Mann entfernte sich. Wieder war da dieser kurze Moment der Unsicherheit, es flackerte ihm vor den Augen, er spürte ein sanftes Ziehen in der Brust. Er machte einen kleinen Schritt zur Seite, der Rasen federte unter seinen Schuhsohlen leicht. Aber auch nach dem zweiten Schluck verschwand das mulmige Gefühl nicht. Mit seinem Blick folgte er der Servicekraft, die zurück zum Zelt ging, dort mit einem Kollegen sprach und dann hinter einer der Pflanzen verschwand.

Er merkte, wie er zu schwitzen begann. Wo blieb Frank bloß? Er war eigentlich nicht der Typ, der sich schnell in die Hosen machte, gehörte vielmehr zu denen, die die Dinge in die eigenen Hände nahmen, die alles unter Kontrolle hatten und es auch so aussehen lassen konnten, als koste sie dies kaum Mühe. Zumindest hatte er das bislang von sich geglaubt. Aber seit Ines ihm bei ihrem letzten Treffen unverhohlen damit gedroht hatte, er werde schon noch sehen, was er von seiner Arschlochhaftigkeit habe (sie hatte genau dieses Wort benutzt, *Arschlochhaftigkeit*), hatte sich etwas verändert. Ihre Wut hatte ihn anfangs belustigt, er war sich überlegen vorgekommen, aber nach und nach war ihm klar geworden, dass Ines tatsächlich Mittel hatte, um Frank und ihn gehörig in die Scheiße zu reiten. Er hatte mehrfach versucht, sie anzurufen, aber sie ging nicht ran, und reagierte auch auf seine Nachrichten nicht. Sie fahre ins Ausland, das war das Letzte, was sie ihm zugerufen hatte, bevor sie seine Wohnung verließ. Das war jetzt gut drei Wochen her. Aber was wusste sie schon, was konnte sie schon tun? Wem würden die Leute eher glauben? Einer gekränkten Angestellten oder ihm, dem Oberstaatsanwalt mit Reputation und besten Verbindungen? Wenn sie ihm blöd kam, würde er sie mit Verleumdungsklagen überziehen und sie so zum Schweigen bringen.

Er sah wieder auf sein Smartphone. Den ganzen Morgen hatte er darüber nachgedacht, dass sie die Sache mit dem Geld ändern mussten. Frank sollte es ihm künftig in bar geben und das Konto schnellstmöglich auflösen. Aber er sah schon Franks Grinsen vor sich, ein Grinsen, das sagte: Jetzt krieg dich wieder ein, werd mal nicht paranoid. Und wahrscheinlich hatte Frank recht, wahrscheinlich hatte Ines nur nach irgendwas gesucht, um ihn erschüttern zu können, denn wenn sie irgendwem von der Sache erzählte, wäre sie genauso dran.

Er sah zu den anderen Gästen, inzwischen waren weitere dazugekommen, der Garten füllte sich allmählich. Die meisten kannte er nicht, einige Gesichter hatte er schon einmal gesehen, man nickte sich zu. Er sah Marc Bretone, der sich langsam seinen Weg durch die Gäste bahnte, immer wieder stehen blieb und Hände schüttelte, einen kurzen Small Talk führte. Ihm folgte ein Typ, der neben Marc geradezu lächerlich klein aussah, dafür breite Schultern hatte, wahrscheinlich mal Boxer gewesen war oder irgendeinen Kampfsport machte. Er hatte ihn schon früher mit Bretone gesehen, es war Ivo Klasić, der sich um die Organisation der Security kümmerte. Ihm fiel jetzt auf, dass sich zusätzlich zum Personal vom Catering-Service auch ein paar Security-

Mitarbeiter unter die Gäste gemischt hatten, er erkannte sie an ihren strengen Blicken, daran, dass sie nichts tranken und verkabelt waren. Er nahm sich zusammen und versuchte, die Gedanken an Ines abzuschütteln.

Er merkte, dass er Hunger hatte, der Duft von Gegrilltem lag in der Luft. Bretone kam jetzt direkt auf ihn zu, wollte anscheinend auch zur Bar. Er war schlicht, aber elegant gekleidet, weißes Hemd, dunkelblaues Jackett, links trug er eine Patek Philippe, wahrscheinlich das Model *Nautilus*, die mehr gekostet hatte, als er selbst im Jahr verdiente.

»Alles Gute zum Geburtstag«, sagte er, als Marc ihn erreicht hatte, sie gaben sich die Hand.

»Danke, danke, du bist der Freund von Frank, stimmt's? Der Staatsanwalt, oder?«

Er nickte nur und verkniff es sich, Bretone zu korrigieren, denn eigentlich legte er großen Wert darauf, dass man ihn als Oberstaatsanwalt ansprach. Als er seine Hand zurückzog, achtete er darauf, dass seine Uhr unter dem Hemd verschwand, ein Ausstellungsstück vom Wempe, mit dem er neben Bretone wie ein Schuljunge wirkte. Als Oberstaatsanwalt stand er mindestens auf einer Stufe mit ihm, und trotzdem fehlte ihm die Gelassenheit, mit der Bretone seinen Reichtum zelebrierte und genoss.

Er selbst kam aus keinem armen Haushalt. Sein Vater war ebenfalls Anwalt gewesen, er hatte sein Studium damals sogar mit Auszeichnung abgeschlossen, es am Ende dann aber doch nicht bis ganz nach oben geschafft, hatte eine kleine Kanzlei betrieben und sich um Verkehrsdelikte und Nachbarschaftsstreitereien gekümmert. Seine Mutter hatte seinem Vater dieses Versagen immer wieder vorgeworfen und sich schlussendlich von ihm getrennt, hatte ihrem Sohn eingeschärft, etwas aus sich und seinen Talenten zu machen, sie nicht so leichtfertig zu verschwenden. Und obwohl seine Eltern nicht mehr lebten, hörte er manchmal noch immer die Stimme seiner Mutter, die mit einem leisen Seufzer ihre Mittelmäßigkeit beklagte.

Er machte noch eine Anmerkung zum Garten, zur Party, aber Bretone hörte ihm schon nicht mehr zu, hatte sich von ihm abgewendet, da unter den Gästen gerade ein Gemurmel und Getuschel anhob, hier und da Applaus. Eine Frau im eng anliegenden Kostüm, die blonden Haare so zurechtgemacht, dass es beiläufig, aber trotzdem elegant wirkte, ging den schmalen Kiesweg entlang auf den Pavillon zu. Sie ging aufrecht, und er spürte einen leichten Stich in der Brust, wie er ihn manchmal beim Anblick bestimmter Menschen spürte, Menschen, von denen er instinktiv wusste, dass sie ihm überlegen waren, nicht aufgrund ihrer Stellung oder ihres Reichtums, sondern allein wegen ihres Auftretens, ihrer Ausstrahlung.

Die Frau trug einen Teller mit einer großen goldenen Haube vor sich her, sie ging auf Marc Bretone zu, und jetzt erkannte er auch sie wieder: Es war Ruth Bretone, die Frau von Marc. Er hatte sie vor einigen Monaten auf einem Event in Eschborn kennengelernt, und sie hatte in ihm ein fahriges Verlangen ausgelöst. Auch jetzt starrte er sie an, in ihr Gesicht, auf den Ansatz ihrer Brüste, die das Kostüm gekonnt zur Geltung brachte. Sie lächelte und hielt den Teller vor Marc.

»Happy Birthday«, sagte sie, und die beiden küssten sich flüchtig. Dann hob sie die Haube an und ein golden glänzendes Etwas kam zum Vorschein, das sie unter dem Applaus der Gäste zum Grill trug, während Marc zu einer kleinen Rede anhob und einzelne, besonders wichtige Gäste mit Namen begrüßte.

Er begriff, dass es sich bei dem goldenen Ding um ein großes Stück Fleisch handeln musste, um ein Steak oder Ähnliches, das mit Gold überzogen worden war. Und nach den erstaunten, fast ehrfürchtigen Reaktionen der anderen Gäste zu urteilen, war es ein ganz besonderes Stück Fleisch. Er wusste, dass Bretone Inhaber einer Eventagentur war, bekannt für ihre exklusiven Veranstaltungen. Die Agentur lebte vom Ruf, gegen entsprechende Zahlungen jede Art von Vergnügen organisieren zu können, entsprechende Gerüchte waren im Umlauf, und er musste an Kubricks *Eyes Wide Shut* denken, an Orgien, verkleidete Unbekannte, Drogen und Alkohol.

Marc beendete seine Ansprache, als einer der Köche ihm das goldene Steak auf einem großen Teller zurückbrachte. Er bedankte sich fürs Kommen und bat darum, beim Essen nicht zögerlich zu sein. Unter den Blicken der Gäste und den Linsen der Smartphonekameras schnitt Bretone sein goldenes Steak an und aß die ersten Bissen; es handle sich um Antilopenfleisch, verkündete er mit einem Blick zu seiner Frau Ruth, ganz frisch aus dem afrikanischen Dschungel, aus Kisangani im Kongo, da kenne er einen zuverlässigen Händler, wieder lächelte er einnehmend und nahm den sanften Applaus entgegen.

Er hatte während der kurzen Rede die ganze Zeit zu Ruth geschaut, die neben ihrem Mann stand und beständig lächelte. Sie blickte nicht in die Gesichter ihrer Gäste, sondern über sie hinweg, sie stand da wie eine Schauspielerin, groß gewachsen, eine wunderschöne Frau, die Haut glatt, die Augen glänzend, und wieder empfand er eine Art Verlegenheit und schaute zur Seite.

Er stand an einem der Tische und aß mit großem Appetit. Es gab Verschiedenes vom Grill, Straußensteak, Entrecôte vom Wagyū-Rind, japanisches Kobe-Steak, medium-rare mit Salzflocken, Salate und Pasten, die fantastisch schmeckten, obwohl er keine Ahnung hatte, was genau sie enthielten; er konnte Granatapfelkerne ausmachen, Quinoa. Er trank ein Glas Chardonnay und unterhielt sich mit einem jungen Mann, höchstens halb so alt wie er, der bei einer Bank arbeitete. Ihr Gespräch drehte sich um Boni und Prämien, um ahnungslose Politiker und die Macht des Geldes. Er gab sich alle Mühe, dem Geplauder des Mannes zu folgen, konnte aber seine leichte Verachtung nur schwer überspielen.

»Solltest du auch mal ausprobieren«, sagte der Mann gerade.

Er hatte ihm nicht zugehört und nickte nur.

»Das Restaurant heißt *Nusr-Et*, weißt du, da wo der Ribéry sein goldenes Steak gegessen hat.«

Er nahm einen Schluck von seinem Wein, antwortete nicht, kaute. Plötzlich entdeckte er den Service-Mitarbeiter wieder, den er zu kennen glaubte. Und jetzt war er sich endgültig sicher, dass es sich nicht um einen Zufall handelte. Er folgte ihm mit seinen Blicken, sah ihn beim Grill mit einem anderen aus dem Service zusammenstehen, beide sprachen leise miteinander, sahen in seine Richtung. Er begann wieder zu schwitzen, spürte, wie die Panik zurückkehrte, überhörte die Frage des jungen Bankiers. Woher kannte er diesen Typen?

Er fühlte sich benommen, vom Wein, von seiner Panik und den Gerüchen des gegrillten Fleischs. Das Vogelgezwitscher erschien ihm plötzlich unnatürlich laut, das Lachen der Leute dümmlich. Er nahm seinen Teller und ging zum Grill, hatte aber nicht vor, noch etwas zu essen. Der Service-Typ hatte jetzt ein Smartphone in der Hand. Machte er Fotos? Er stellte den Teller ab. Hier stimmte etwas nicht, das spürte er deutlich.

Und mit einem Mal wusste er auch, woher er den Mann kannte. Es lief ihm heiß das Rückgrat hinauf, gleichzeitig begann er zu frösteln. Es war einer dieser unverbesserlichen Linken, die er noch aus der Uni kannte, er hatte es auch mal mit Jura versucht, es aber nicht durchgezogen. Hatte dann als Journalist gearbeitet, für irgendeine linke Rechercheplattform. Und er war mit Greta Vogelsang zusammen gewesen, damals während des Studiums. Nur der Name fiel ihm nicht mehr ein. Albert? Oder Robert? Was machte der hier? War das sein Zweitjob? Oder war er wegen etwas ganz anderem hier, wegen Frank und ihm, hatte Ines ihn auf sie angesetzt?

Scheiße.

Er sah sich um. Die Security-Typen schienen nichts bemerkt zu haben. Er war sich plötzlich sicher, dass Albert, Robert oder wie auch immer er hieß, nicht wegen eines Zweitjobs hier war. Es musste ihm um etwas ganz anderes gehen. Wahrscheinlich eine verdeckte Recherche. Und auf einmal hatte er eine Idee.

Er versuchte, nicht in die Richtung des Typen zu schauen, als er zur Bar schlenderte, wo Ivo Klasić stand. Er stellte sich neben ihn, orderte ein Bier, versuchte, abgeklärt zu wirken.

»Der Typ da vom Service, irgendwas ist mit dem«, sagte er und trank von seinem Bier.

»Welcher Typ?« Klasićs Stimme war leise, gepresst.

»Der mit dem Pferdeschwanz. Ich kenne den. Der ist Journalist.«

Klasić sah ihn an, etwas erstaunt.

»Investigativ-Journalist. Der schnüffelt hier rum.«

Beide sahen zu dem Pferdeschwanz hin, der mit dem Rücken zu ihnen stand und zwei Gäste bediente. Dann sprach Klasić in sein Headset, er konnte nicht verstehen, was er sagte. Aber er sah, wie sich zwei Securitys aus der Menge lösten und langsam auf den Typen zugingen. Er hielt die Luft an. Wenn sich seine Anschuldigungen als falsch erwiesen, stünde er wie ein Trottel da. Aber sein Instinkt schien ihm recht zu geben: Als der Pferdeschwanz die beiden Securitys bemerkte, stellte er sein Tablett auf einen Tisch und ging in die entgegengesetzte Richtung davon, weiter hinein in den Garten. Ein Security schnitt ihm den Weg ab. Der Pferdeschwanz sah sich um.

Und dann begann er zu rennen.

2

Jedes Mal, wenn Greta Vogelsang das Büro des leitenden Oberstaatsanwalts Thomas Zöllner betrat, war sie kurz davor, ihre Schuhe auszuziehen und in Socken über den großen weichen Teppich zu gehen, der fast den gesamten Raum in Beschlag nahm. Und mit dem Verlangen, die Schuhe auszuziehen, überkamen sie auch immer gleich merkwürdige Bilder, sah sie Zöllner im Schlafanzug auf diesem Teppich liegen und Liegestützen machen, sah ihn im Schneidersitz, die Augen geschlossen, meditierend.

»Komm ruhig rein«, sagte Zöllner und stand auf.

Vogelsang ging auf ihren Vorgesetzten zu, sie reichten sich die Hand, Zöllner bat sie, Platz zu nehmen, fragte, ob sie einen Kaffee wolle. Ja, wollte sie.

Während Zöllner am Kaffeeautomaten beschäftigt war und sie darüber informierte, dass sich Pankratz etwas verspäten würde, sah sich Vogelsang um. Der kleine Holzelefant, der auf Zöllners Schreibtisch stand, war das letzte Mal noch nicht da gewesen, wahrscheinlich ein Mitbringsel aus dem Urlaub. Sie hatten am Telefon schon den üblichen Ferien-Small-Talk hinter sich gebracht; Zöllner war drei Wochen in Sri Lanka gewesen, Rundreise, nach seiner eigenen Aussage allein, aber Vogelsang war sich ziemlich sicher, dass es in Zöllners Leben wieder eine neue Frau gab, jemanden, für den er sich rasierte, Aftershave auftrug, die Fingernägel tadellos hielt.

Zöllner trat wieder hinter seinen Schreibtisch, reichte ihr die Tasse.

»Und bei dir alles in Ordnung?«, fragte er.

»Alles bestens«, log Vogelsang und versuchte nicht an ihre Mutter zu denken, die ihren Vater und sie fast nur noch beschimpfte, nicht an Mika, nach dem sie sich sehnte, nicht an die Unbeschwertheit der letzten Sommertage im August, die ihrer Beziehung seitdem etwas abhandengekommen war, jeder machte sein Ding, Job, Essen, Schlafen, gemeinsame Ausflüge hatten sie in letzter Zeit kaum noch unternommen.

Zöllner schien ihr Zögern zu bemerken, aber dann rettete Vogelsang das Klopfen. Pankratz betrat das Büro, man gab sich die Hand, er nahm Platz und wurde von Zöllner ebenfalls mit einem Kaffee versorgt. Alexander Pankratz arbeitete als Oberstaatsanwalt bei der Eingreifreserve, eine Abteilung, die flexibel und zielgerichtet einzelne Ermittlungsverfahren an sich ziehen und bearbeiten konnte, und beschäftigte sich schon seit Jahren mit komplexen Verfahren zu den Themen Steuerhinterziehung, Betrug und Korruption. Er dankte Vogelsang und Zöllner für den Termin, dann wandte er sich an Vogelsang.

»Du bist wahrscheinlich noch nicht informiert?«

»Ich weiß nur, dass es um Wassermann-Schlotz geht, dass gegen ihn intern ermittelt werden soll.«

Pankratz nickte, sah zu Zöllner.

»Die ganze Sache ist etwas heikel und, na ja, wie soll ich das sagen, wir sehen nicht gerade gut dabei aus. Deshalb muss alles, was wir dazu besprechen, unter uns bleiben, kein Wort zu irgendjemandem aus dem Haus, nicht mal eine Andeutung. Wenn da irgendwas durchsickert, ist die Sache gelaufen.«

Er nahm einen Schluck Kaffee, presste die Lippen zusammen. Sie hatte nie direkt mit Pankratz zusammengearbeitet, allerdings war allgemein bekannt, dass er nach Höherem strebte, einige sahen ihn schon die Leitung der Generalstaatsanwaltschaft übernehmen. Vogelsang war sich nicht sicher, ob er gerade maßlos übertrieb oder ob die Sache wirklich so brenzlig war. Wegen Wassermann-Schlotz?

»Was ist denn genau los?«, fragte sie.

Pankratz machte sich gerade, stellte die Tasse auf den Schreibtisch.

»Ich habe vor einigen Wochen eine Anzeige auf meinen Schreibtisch bekommen, von Ines B., der ehemaligen Lebensgefährtin von Richard. Und die hat es in sich: Sie beschuldigt Richard der Korruption und des Betrugs. Ines B. hat uns Kontoauszüge vorgelegt, fingierte Rechnungen. Richard soll zusammen mit einem Freund, einem Rechtspsychologen, über Jahre hinweg überteuerte Gutachten erstellt und dabei ordentlich abkassiert haben. Auf Anraten von Richard hat dieser Freund nur für diese Aufträge sogar eine eigene Firma gegründet, in der Ines B. angestellt war. Laut ihrer Aussage lief es wohl so ab, dass die Verfahren nach der Prüfung durch den Gutachter, Richards Freund Frank Demand, von Richard meist wieder eingestellt wurden, die Gutachten wurden aber natürlich bezahlt. Die haben in ihren Rechnungen jeden kleinen Furz berechnet, und das Land hat alles immer anstandslos beglichen.«

Pankratz lehnte sich zurück.

Vogelsang murmelte ein leises »Scheiße«, auch Zöllner schüttelte leicht den Kopf, als könne er selbst nicht glauben, was er da gerade gehört hatte.

»Wir haben alles da«, fuhr Pankratz fort, »Kontoauszüge, die Daten einer Debitkarte, mit der Richard immer das Geld abgehoben hat. Das Konto diente wohl nur dazu, um Richard zu bezahlen. Wir müssen es ihm jetzt nur noch nachweisen.«

»Und du sagst, das läuft schon seit Jahren so?« Vogelsang beugte sich etwas nach vorn.

»Wie lange genau, kann ich nicht sagen, aber mehr als fünf Jahre auf jeden Fall, nach den Auszügen zu urteilen.«

»Scheiße.« Vogelsang stand auf, ging ein paar Schritte. »Hat da niemand Verdacht geschöpft? Ich meine, wozu haben wir eine Revisionsabteilung, das muss doch irgendwem aufgefallen sein.«

Pankratz zuckte nur mit den Schultern, Zöllner schwieg.

»Wie gesagt, wir sehen dabei nicht gut aus. Und ihr kennt ja Richard, seine eloquente Art, sein selbstbewusstes Auftreten. Der hat vermutlich geglaubt, ihm könne niemand was.«

»Und wie machen wir jetzt weiter?«

»Ines B. ist im Moment nicht auffindbar«, sagte Zöllner. »An ihrem Wohnort ist niemand, sie hat keine Nachrichten hinterlassen. Laut ihrer Aussage hat Richard vor ein paar Wochen die Beziehung beendet.«

»Das wird ja immer besser«, sagte Vogelsang. »Glaubt ihr, dass sie sich an ihm rächen will? Setzt sie Richard unter Druck?«

»Möglich.«

»Wir müssen mit dem arbeiten, was wir haben«, sagte Pankratz. »Wir haben die Kontodaten, außerdem Zugriff auf Richards Mobilnummern. Ich schlage die Überwachung seines Telefons vor. So erreichen wir mit etwas Glück zwei Dinge: Vielleicht spricht Richard am Telefon mit Demand und wir erfahren weitere Details zu ihren Geschäften. Und zum anderen könnten wir ein Bewegungsprofil erstellen und herausfinden, wo und wie oft er Geld abhebt, Zugriff auf das Konto haben wir ja.«

Pankratz sah in ernste Gesichter. Eine TKÜ gegen einen Oberstaatsanwalt war eine äußerst heikle Sache.

»Er darf unter keinen Umständen Verdacht schöpfen«, sagte Zöllner.

»Nichts darüber verlässt diesen Raum«, sagte Pankratz. »Wir müssen uns absolut vertrauen.«

Zöllner sah Vogelsang an. Sie nickte, obwohl sie kein gutes Gefühl bei der Sache hatte. Aber anders würden sie nicht an

Wassermann-Schlotz rankommen, er war nicht ohne Grund überall beliebt und angesehen.

»So machen wir es«, sagte Zöllner und stand ebenfalls auf, trat ans Fenster und sah hinunter in den Hof. »Eine andere Möglichkeit sehe ich im Moment nicht.«

Einige Augenblicke schwiegen alle.

»Ich verstehe einfach nicht, was mit Leuten wie Wassermann-Schlotz los ist«, sagte Vogelsang dann, »dass es immer noch mehr sein muss, mehr Geld, mehr Ansehen. Und dann dieses Selbstbewusstsein, dass ihnen niemand was kann, dass sie über den Dingen stehen, schalten und walten können, wie sie wollen.«

»Manche kriegen den Hals eben nicht voll«, sagte Pankratz. »Und ehrlich gesagt halte ich Richard auch für den Typ dafür. Der wollte schon immer nach ganz oben. Habt ihr mal sein Büro gesehen? Feinste Designermöbel, teure Kunst an den Wänden. Und jedes Jahr einen neuen Leasingwagen. Ich bin nicht überrascht, am ehesten noch davon, wie sicher er sich bei alldem gefühlt haben muss.«

Vogelsang lehnte sich zurück und schüttelte den Kopf.

»Wenn es ihm um Geld und Status geht, hätte er in eine Wirtschaftskanzlei gehen sollen, nicht zur Staatsanwaltschaft.«

Sie vereinbarten ein zeitnahes Treffen in Pankratz' Büro, dann verabschiedeten sie sich voneinander. Pankratz begleitete Vogelsang noch bis zum Aufzug, nickte ihr zu und verschwand dann in einem Gang. Vogelsang blieb einige Augenblicke vor dem Aufzug stehen, schloss kurz die Augen. Sie sah Wassermann-Schlotz vor sich, sein joviales Lächeln, sein überlegen wirkender Blick. Schon im Studium war er so aufgetreten, immer einen Tick drüber, eine Spur zu laut, und sie erinnerte sich, wie sie dieses Auftreten zuerst erstaunt, dann verwirrt und zuletzt nur noch abgestoßen hatte. Das Problem dabei war: Wassermann-Schlotz hatte wirklich was drauf, er markierte nicht nur. Er gehörte zu den fähigsten Leuten in der Staatsanwaltschaft und war nicht umsonst zum Oberstaatsanwalt berufen worden. Über Jahre hatte er eine Ermittlungsgruppe für sexualisierte Gewalt geleitet und dabei mit Hartnäckigkeit und Unnachgiebigkeit geglänzt, scheinbar aussichtslose Fälle hatte er in akribischer Kleinstarbeit aufgedröselt und schlussendlich bis zur Anklage gebracht. In der Behörde galt er als nahezu unangreifbar, integer, ja, als Lichtgestalt. Trotzdem war Vogelsang über sein »Nebengeschäft« nicht erstaunt, denn sie war eine der wenigen, die Wassermann-Schlotz noch von früher kannten.

Während der Fahrt nach unten summte ihr der Kopf. Ganz schön viel für einen Montagvormittag.

Sie hatte ihre Zimmer-Calla in letzter Zeit etwas vernachlässigt, füllte jetzt ein Glas mit Wasser und goss die Pflanze damit, sprach leise mit ihr, was für ein schönes Wesen sie doch sei, und dabei lächelte Vogelsang, sie musste sich ja wie eine Verrückte anhören. Sie blieb am Fenster stehen und sah hinunter auf die belebte Straße. Sie hatte gehofft, dass es in nächster Zeit etwas ruhiger werden würde, dass sie endlich die nötige Kraft finden würde, um sich um ihre Mutter und ihren Vater zu kümmern, aber da war jetzt die Sache mit Wassermann-Schlotz, die sie sicherlich mehr in Beschlag nehmen würde, als ihr lieb war.

In der Küche traf Vogelsang auf Rafik. Er war gerade dabei, sich einen Tee zu kochen, und fragte, ob sie auch einen wolle. Vogelsang nickte. Rafik Atashi war Referendar, ein junger, ehrgeiziger Mann mit herzlichem Lachen, einer, der sich schon jetzt traute, unbequeme Fragen zu stellen, der früh gelernt hatte, seinen eigenen Kopf zu benutzen und sich zu behaupten. Vogelsang mochte ihn, weil er sie manchmal an sie selbst erinnerte, an ihr jüngeres Ich, und sie hatte sich vorgenommen, ihn nach Kräften zu unterstützen. Seit sie die Leitung der kleinen Abteilung für Umweltverbrechen übernommen hatte, hatte sie neben Rafik auch Sonja Wilms zu sich ins Team geholt, eine noch junge Staatsanwältin, gemeinsam mit dem erfahrenen Kollegen Abel bildeten sie ein schlagkräftiges Team.

Rafik reichte Vogelsang die Tasse und fragte, ob alles okay sei. Sie musste ziemlich abwesend wirken.

»Ja«, sagte sie und nippte vorsichtig an ihrem Tee, »und nein. Ich weiß es ehrlich gesagt nicht.«

»Kann ich dir irgendwie helfen?« Rafik hatte sich an den kleinen Tisch gesetzt, Vogelsang blieb stehen.

»Danke, aber im Moment nicht.«

Sie konnte weder Rafik noch sonst jemandem aus dem Team von der Sache mit Wassermann-Schlotz erzählen, das war klar. Von den Ermittlungen gegen den Kollegen durfte nichts durchsickern, auch wenn es ihr eigentlich auf der Zunge brannte. Nicht dass sie tratschen wollte – aber sie hätte gerne die Einschätzung der anderen gehört.

Sie versuchte zu lächeln.

»Wenn du was brauchst, sag Bescheid«, sagte er.

»Werde ich tun.«

Vogelsang bedankte sich für den Tee und ging in ihr Büro zurück. Dort wartete jede Menge Arbeit auf sie, die Zuträge der letzten Tage, und dann die Sache mit den Glasaalen, die sie noch immer beschäftigte. Der Fall zog sich, gegen die verhafteten Schmuggler war Anklage erhoben worden, in einer ersten Verhandlung hatte Vogelsang die vom Zoll gesammelten Beweise präsentiert, die Sache war klar, es würde nicht bei einer Geldstrafe bleiben.

Sie setzte sich an den Schreibtisch, gewillt, die Sache mit Wassermann-Schlotz erst einmal beiseitezuschieben und sich auf ihre alltägliche Arbeit zu konzentrieren. Doch sie merkte bald, wie abgelenkt sie war. Obwohl sie es nicht wollte, war sie wütend. Was zur Hölle hatte Wassermann-Schlotz geglaubt? Dass das hier ein Selbstbedienungsladen war, aus dem er sich nehmen konnte, was er wollte? Sie rollte ein Stück vom Tisch weg und streckte die Beine aus. Und wenn er nur die Spitze des Eisbergs war? Wenn hier auch andere Kollegen die Hand aufhielten? Sie war damals mit dem festen Vorsatz in den Staatsdienst getreten, eine Art Gegengewicht zu bilden, das System nicht allein den Konservativen und Hardlinern zu überlassen. Immer öfter aber musste sie sich eingestehen, dass sie auf verlorenem Posten stand, dass um sie alles so lief, wie es immer gelaufen war, und es überhaupt keine Rolle zu spielen schien, ob sie hier tatsächlich so etwas wie ein Gegengewicht bildete oder nicht.

Sie rollte zurück an den Tisch. Aber vielleicht war das jetzt so ein Moment, in dem sich die Sache drehen würde; ein Moment, in dem klar werden würde, dass sie eben nicht in der Minderheit war, dass sie durchaus Verbündete hatte. Sie würde nichts überstürzen, akribisch und gewissenhaft vorgehen, und sie würde alles daransetzen, Wassermann-Schlotz weiter in die Enge zu treiben.

Die Tage wurden schon merklich kühler, das Wetter war unbeständig. Der Herbst kündigte sich mit tief hängenden Wolken über dem Taunus und leichtem Nieselregen an. Aber Vogelsang war das gerade recht. Sie folgte dem Radweg entlang des Sachsenhäusener Ufers in Richtung Westen, nach Niederrad und Schwanheim. Sie hatte sich ihre dünnen Handschuhe schon wieder ausgezogen, richtete sich auf und schnäuzte sich die Nase. Sie mochte den Herbst, den Wind, der die Wellen des Mains kräuselte, den Fluss manchmal sogar richtig in Bewegung brachte; sie mochte es, dass die Zahl der Radfahrer abnahm und bloß noch die unterwegs waren, die das nicht nur zum Vergnügen machten. Man war unter sich, kannte einander vom Sehen und nickte sich hin und wieder wissend zu.

Zu Hause lief ihr Engels vor die Füße. Vogelsang stellte das Rad ab, dann betrat sie zusammen mit dem Kater die Wohnung. Alles war still, Mika noch unterwegs, auch von Marx keine Spur. Vogelsang schlüpfte aus ihrer Windjacke und sah die Post durch. Werbung für neue Küchen, zwei Rechnungen. Engels beäugte sie.

»Was ist los mit dir?« Sie fuhr dem Kater über den Rücken, er strich ihr um die Beine.

Im Schlafzimmer zog sie sich aus, ging duschen. Sie genoss das warme Wasser, hatte noch nie etwas fürs Kaltduschen übriggehabt, worauf Mika schwor. Sie liebte es auch, nach dem Duschen noch etwas auf dem Toilettendeckel zu sitzen und sich zu föhnen, genoss es, sich die heiße Luft ins Gesicht und gegen den Bauch blasen zu lassen, dabei konnte sie gut nachdenken. Heute aber war sie von einer merkwürdigen Unruhe ergriffen.

Es war nicht nur die Sache mit Wassermann-Schlotz, die ihr durch den Kopf ging. Jetzt, wo sie zu Hause war, drängte sich auch Robert Altmann wieder in ihr Bewusstsein, sein plötzliches Auftauchen, und sie spürte, wie die Vergangenheit mit einem Mal wieder lebendig wurde, dunkel und dräuend.

Vor ein paar Wochen, als noch Hochsommer war, hatten sie sich zufällig draußen im Orange Beach getroffen, und kurz darauf hatte er sie um ein Treffen gebeten, was sie damals aber abgelehnt hatte. Sie wollte die Zeit mit Robert ein für alle Mal hinter sich lassen, zu lange hatte er ihr Leben bestimmt, auch noch nach ihrer Trennung, und sie war froh gewesen, dass der Schmerz, dass ihre Ängste mit der Zeit weniger wurden, dass Robert verblasste und andere Menschen an seine Stelle traten. Doch jetzt war er wie aus dem Nichts wieder aufgetaucht und drängte mit einer Wucht in ihr Leben, die sie verstörte.

Vor drei Tagen hatte er plötzlich vor ihrer Tür gestanden. Sie hatte mit Mika einen Film geschaut, als es klingelte. Sie dachte zuerst, es seien Renate oder Gerhard, einer ihrer Nachbarn, aber als sie dann ins verschwitzt gerötete Gesicht von Robert Altmann blickte, hatte sie sofort gewusst, dass etwas nicht stimmte. Robert begann sofort auf sie einzureden. Sie wollte ihn bremsen, aber er hetzte durch seine Sätze, sagte, dass er an etwas Großem dran sei, dass sie sofort mit Ermittlungen beginnen müsse, er habe umfangreiches Material gesammelt, aber jetzt, jetzt müsse er erst mal verschwinden, untertauchen. Vogelsang hatte versucht ihn zu beruhigen, ihm gesagt, dass er zur Polizei gehen solle. Robert hatte sie nur mit müdem Blick angesehen.

»Ich dachte mal, wir ticken gleich«, sagte er. »Ich dachte, ich hätte in dir eine Verbündete. Aber scheinbar hat dich das System schon gefressen.«

Vogelsang hatte nicht anders gekonnt, sie hatte lachen müssen. Robert war noch immer der überzeugt nach vorn stürmende Linke, der im »System« seinen Feind sah, ein System aber, das ihn erst zu dem gemacht hatte, was er jetzt war: ein Journalist, dem es anscheinend an nichts mangelte. Aber Robert war manchmal wie ein Kind, schon damals in ihrer gemeinsamen Zeit, dann rannte er los, den Kopf gesenkt, und hörte nicht auf Warnungen.

»Niemand hat mich gefressen«, hatte sie erwidert. »Es ist kurz vor zehn, du stehst verschwitzt vor meiner Tür und erzählst mir irgendwas von einer großen Sache. Mensch, Robert, das ist hier kein Spiel mehr, ich mach das doch nicht zum Spaß.«

Robert schüttelte nur leicht den Kopf.

»Was soll das denn für eine Sache sein?«, versuchte sie dann doch noch etwas auf ihn einzugehen.

»Darüber kann ich hier nicht sprechen.«

»Warum nicht? Glaubst du, wir werden abgehört? Glaubst du, dich verfolgt jemand?«

»Schon möglich.«

Vogelsang war kurz davor gewesen, einfach die Tür zuzuschlagen und zurück ins Wohnzimmer zu gehen, sich wieder neben Mika zu legen und Robert einfach zu vergessen. Aber da war dieses seltsame Lächeln in Roberts Gesicht, es war eigentlich gar kein Lächeln, es war ein weicher Zug um seinen Mund, ein Ausdruck in seinem Blick, der dem anderen das Gefühl gab, irgendwie in seiner Schuld zu stehen.

»Dann musst du das zumindest für mich aufbewahren, für ein paar Tage«, sagte er und reichte ihr einen Umschlag. Dabei sah er sich um. »Bei uns in Rödelheim kann ich das nicht deponieren, zu gefährlich. Da wird wohl demnächst geräumt.«

Ich werde diesen Umschlag auf keinen Fall nehmen, hatte Vogelsang gedacht, aber da schon zugegriffen. Er werde in ein paar Tagen wiederkommen, sie solle den Umschlag einfach irgendwo sicher verwahren. Vogelsang spürte, wie die Wut in ihr aufstieg. Robert nickte ihr zu, dann drehte er sich um und verschwand in der Dunkelheit. Vogelsang stand für Augenblicke wie blöd da, den Umschlag in der Hand, sie hörte von Weitem einen der Kater miauen.

Sie war zurück ins Wohnzimmer gegangen, Mika sah sie fragend an. Wer das gewesen sei, wollte er wissen. Und obwohl sie wusste, dass es falsch war, obwohl es überhaupt keinen Grund dazu gab, log sie.

»Wolfgang, er wollte was wegen dem Garten wissen.«

Rasch ging sie ins Arbeitszimmer, über sich selbst verwundert, warum sie jetzt auch noch Wolfgang, ihren Nachbarn, mit reinzog. Sie betrachtete den Umschlag, dann schob sie ihn unter einen Stapel mit alten Briefen, Steuersachen und Rechnungen. Sie war nicht besonders gut darin, hier Ordnung zu halten, es fehlte ihr die Struktur, die sie sonst von der Arbeit kannte. Scheiße, dachte sie, als sie vor dem Schreibtisch stand und ihr Spiegelbild in der dunklen Fensterscheibe anstarrte. Das Haus in Rödelheim, die Kommune, die Proteste, die in der Fahrt nach Genua gemündet hatten. Alles schien so weit weg gewesen zu sein. Doch plötzlich sah sie es wieder deutlich vor sich, sah die Gesichter der Gruppe, sah Robert mit seinem Pferdeschwanz, voller Tatendrang und Enthusiasmus. Der Beschluss, trotz aller Warnungen nach Italien zu fahren, hatte bei allen für Euphorie gesorgt. Sie erinnerte sich, wie sie am Bahnhof in den Zug gestiegen waren, konnte sogar den Schweiß riechen, die Ledersitze. Vogelsang war damals erst einmal in Italien gewesen, Genua hatte sie nur aus Erzählungen und aus ihrem alten Schulatlas gekannt.

Seit jenem Abend vor drei Tagen hatte Greta nichts mehr von Robert gehört. Sie hatte im Netz nachgeschaut, ob das besetzte Haus, in dem er anscheinend noch immer wohnte, inzwischen geräumt worden war. Aber noch schien nichts passiert zu sein, denn weder auf den Seiten der Lokalzeitung noch in der *hessenschau*-App hatte sie darüber etwas gefunden.

Greta kämmte sich die Haare und schlüpfte in ihre Klamotten. Roberts Umschlag. Verdammt noch mal! Er spielte doch nur wieder mit ihr und sie ließ es zu! Sie merkte, wie wütend sie wurde, legte die Zahnseide zurück und ging in ihr Büro, wühlte im Stapel der Briefe und zog den Umschlag hervor. Ohne weiter nachzudenken, riss sie ihn auf. Im ersten Moment glaubte sie, der Umschlag wäre leer, und sie war kurz davor loszubrüllen. Aber dann rutschte ihr ein kleines, schmales Ding entgegen. Eine Speicherkarte. Sonst enthielt der Umschlag nichts.

Sie hockte sich hin, hielt das kleine Ding zwischen Daumen und Zeigefinger und dachte nach.

Sie wusste, dass Robert als Journalist für eine linke Investigativ-Plattform arbeitete, schon seit ein paar Jahren, und ihm waren in dieser Zeit einige größere Enthüllungen gelungen, die es dann auch in überregionale Zeitungen und Magazine wie *FAZ*, *SPIEGEL* oder den *Focus* geschafft hatten. Meist war es dabei um irgendwelche dreckigen Deals gegangen, er hatte Missstände in Schlachtereien aufgedeckt, sich mit einem Nahrungsmittelkonzern angelegt, der in Südafrika Wasser abzapfte, um es dann teuer weiterzuverkaufen. Sie wusste, dass Altmann hartnäckig war. Vielleicht befanden sich da auf der Karte brisante Informationen, vielleicht schwebte Robert tatsächlich in Gefahr.

Und obwohl sie wusste, dass er sie wieder einmal um den Finger gewickelt hatte, startete sie ihren Laptop und schob die Speicherkarte in den schmalen Schlitz an der Seite des Geräts.

Auf der Karte waren zahlreiche Bilder und ein paar Videos gespeichert. Sie schaute sich einige der Bilder an, aber nichts davon sagte ihr etwas: eine Hofeinfahrt, eine Fensterfront, irgendein unscheinbares Firmengebäude in der Stadt, ein Supermarkt, wahrscheinlich im Bahnhofsviertel; dann Bilder von einer Feier in einem Garten, die meisten davon ziemlich unscharf, als seien sie in großer Eile entstanden, einmal war ein Grill zu sehen, Teller mit Essen. Die Videos waren von noch minderer Qualität, verwackelt, es war kaum etwas zu erkennen, aber sie schienen auch auf der Feier aufgenommen worden zu sein. Es waren Stimmen zu hören, ein paarmal sah man kurz verwischte Gesichter, aber alles ging zu schnell, sie wurde daraus nicht schlau.

Sie klappte den Laptop wieder zu, lehnte sich zurück und atmete aus. Auf den Bildern und Videos waren augenscheinlich keine Verbrechen zu erkennen, warum also sollten sie so brisant sein, dass Altmann sie ihr gegeben hatte? Spielte er sich nur wieder auf, machte alles größer, als es eigentlich war, diese typische Robert-Übertreibungen, die sie noch von früher kannte, als er die Szenarien immer in den grellsten Farben gemalt hatte, das Waldsterben, Atomkatastrophen, Fallout. Aber – und das beabsichtigte er wahrscheinlich mit dieser schrillen Art der Kommunikation – man hörte ihm zu, schenkte ihm Aufmerksamkeit. Hatte ja auch jetzt wieder geklappt, dachte sie etwas verbittert, stand auf, streckte sich. Sie zog die Karte aus dem Laptop und ließ sie wieder im Umschlag verschwinden. Mika war gekommen, sie hörte ihn im Flur, hörte Marx miauen.

Sie hatte gerade genug anderes um die Ohren, da würde sie sich nicht noch zusätzlich Roberts Kram aufhalsen. Warum auch? Stand wie aus dem Nichts plötzlich vor ihrer Tür, faselte davon, verfolgt und abgehört zu werden, wahrscheinlich hatte er sich mal wieder so tief in eine Sache gegraben, dass er nicht mehr klar denken und urteilen konnte. Die Bilder auf der Speicherkarte? Nichtssagende Aufnahmen. Und natürlich meldete er sich jetzt nicht mehr bei ihr, ließ sie mit seinem Zeugs allein, wie er es auch früher schon gemacht hatte.

Sie stand auf und schob den Umschlag mit der Speicherkarte zurück unter den Stapel aus Briefen. Sie musste das Ding irgendwie wieder loswerden, wusste aber nicht genau, wie.

Sie ging in die Küche und umarmte Mika, der vor dem Kühlschrank stand und nach Schweiß roch. Er hatte sich seit Kurzem einen Bart wachsen lassen, was noch ungewohnt war, aber irgendwie mochte sie ihn so, er wirkte reifer und ernster, und beim Sex kitzelte es jetzt immer so schön.

»Hattest du einen guten Tag?«, fragte er.

»Hatte ich.« Greta gähnte.

»Ich geh mal duschen«, sagte Mika. »Wollen wir dann noch ein paar Folgen schauen?«

Greta nickte. Sie hatten sich vor einiger Zeit beim gemeinsamen Stadtbummel die Sammlerbox von *Akte X* gekauft, Staffeln eins bis neun, und verfolgten nun fast jeden Abend die Fälle von Scully und Mulder über Aliens, Monster in Kanalisationen und seltsame Erscheinungen.

Sie schenkte zwei Gläser Rotwein ein und setzte sich aufs Sofa, kraulte eine Weile Engels, während sie aus dem Bad die Dusche sanft rauschen hörte.

Und während sie so dasaß und an ihrem Rotwein nippte, fasste sie einen Entschluss: Morgen würde sie rüber nach Rödelheim in das besetzte Haus fahren. Und wenn Robert nicht da war, würde man ihr sicher sagen, wo sie ihn finden konnte. Sie würde ihm den Umschlag geben und ihm die Meinung sagen. Sie hatte keine Lust mehr auf seine Spielchen, die Zeiten waren endgültig vorbei.

3

Vogelsang war nach Feierabend der Mainzer Landstraße stadtauswärts gefolgt, dann Richtung Rebstockpark abgebogen und weiter hinauf zur Nidda gefahren, in den Solmspark, wo sie gehalten und sich an einem Kiosk eine Spezi gekauft hatte. Jetzt saß sie auf einer Bank und sah auf den Fluss, auf das aufgewühlte Wasser. Auf der anderen Flussseite lag Rödelheim.

Sie hatte das Gefühl, in den letzten Tagen auf unsanfte Weise in ihre Vergangenheit zurückgeschubst worden zu sein. Schon zu Beginn des Sommers hatte sich angedeutet, dass da etwas in Bewegung geraten war, ihre Träume von Genua, die kurzen Flashbacks und ihr paralysierter Zustand kurz nach der Schießerei am Osthafen; schmerzhaft drängte sich Vergangenes wieder auf, die Bilder von früher. Sie fand sich plötzlich auf einer Studentenparty wieder, Altmann lief ihr über den Weg, Wassermann-Schlotz stand vor ihr und glotzte sie an; sie sah sich auf einer Couch herumlümmeln, vor einem Bauwagen sitzen, Hunde streiften umher, ein Feuer brannte.

Kurz hatte sie darüber nachgedacht, die Ereignisse der letzten Tage einfach komplett zu ignorieren, Kopf in den Sand, ab unter die Decke, den Umschlag wegwerfen und schnellstmöglich alles vergessen, was vorgefallen war. Andererseits wusste sie, dass die Sache weiter an ihr nagen würde, irgendwo versteckt, wie unentdeckte Karies in den Zähnen, und wenn die Schmerzen dann kamen, war es längst zu spät. Nein, sie musste Robert ein für alle Mal klarmachen, dass sie nicht seine Kollegin, Erfüllungsgehilfin oder was auch immer er sich da vorstellte war. Sie musste ihm eine klare Ansage machen.

Sie trank die Spezi aus, brachte die Flasche zurück zum Kiosk und stieg auf ihr Rad.

Sie war erstaunt, wie gut sie den Weg zum Haus noch kannte. Sie war ihn früher regelmäßig gefahren, inzwischen aber schon lange nicht mehr. Das Haus lag am Rand von Rödelheim, in der Nähe der S-Bahn-Trasse, und als sie nun davorstand, schien es ihr, als habe sich hier in den letzten Jahren kaum etwas verändert. Es war ein dreistöckiges Gebäude mit zwei Eingängen: Es gab die Haustür, die direkt ins Treppenhaus führte, und ein Hoftor, durch das man nach hinten in den Garten gelangte. Oben auf dem Dach erkannte sie die alte Fahne, die jetzt schlaff an ihrem Mast hing, aber Vogelsang wusste, dass darauf ein Kreis zu sehen war, durch den ein N-förmiger Blitz ging, das Zeichen der Hausbesetzerszene.

Sie stellte das Rad ab und sah an der Fassade hinauf. Transparente waren unterhalb der Fenster angebracht: »Solidarisch gegen den Mietwahnsinn«, stand auf einem. An der Tür hing ein Schild: »Dieses Haus ist besetzt!« Etwas entfernt stand ein Polizeiwagen, zwei Beamte lehnten an der Motorhaube, einer hatte die Arme vor der Brust verschränkt, beide sahen zum Haus und zu ihr. Lächelte einer von ihnen? Ein leichter Schauer fuhr ihr über den Rücken, gerade so, als stünde sie hier unter Beobachtung. Sollte sie sich zu erkennen geben? Dieses vage Gefühl von Misstrauen, ja sogar Angst, das immer wieder beim Anblick der uniformierten Beamten in ihr aufstieg, begleitete sie schon eine halbe Ewigkeit, hatte sich durch die Geschehnisse in Genua tief in sie hineingegraben und war seitdem nur schwächer geworden, aber nie ganz verschwunden.

Vogelsang zog die Schultern hoch und versuchte die beiden Polizisten zu ignorieren.

Sie ging ein Stück weiter, vor die geschlossene Hofeinfahrt, und eine Welle der Erinnerung überkam sie. Robert hatte sie damals das erste Mal mit hierher genommen, sie war schüchtern gewesen, aber die Leute hatten sie freundlich aufgenommen, und bald schon war sie eine von ihnen gewesen, trank und diskutierte mit, manchmal übernachtete sie auch in einem der Zimmer. Es wurde oft gebacken, man veranstaltete Kinoabende oder organisierte in den Fluren Ausstellungen aktivistischer Künstlerinnen. Immer wieder hatte es Versuche der Polizei gegeben, das Gebäude zu räumen, irgendwann hatte man sich dann mit dem Eigentümer geeinigt, und die Wohnungen wurden offiziell vermietet. Aber nach einem Eigentümerwechsel war die Sache erneut eskaliert; allen Mietparteien war gekündigt worden, das Haus sollte kernsaniert werden, man plante moderne Eigentumswohnungen. So war das Haus seit einigen Monaten wieder besetzt, Vogelsang hatte davon mehrmals in der Zeitung gelesen, und fast ebenso lange drohte die Polizei mit der Räumung, sollten die Aktivistinnen das Gebäude nicht von selbst wieder verlassen.

»Kann ich dir helfen?«

Vogelsang zuckte zusammen. Sie hatte den Mann nicht kommen hören, der jetzt neben ihr stand, ein kleiner, untersetzter Typ mit Baskenmütze und Nirvana-Shirt.

»Äh ja, also ich suche ...«, stotterte sie und versuchte sich von ihren Erinnerungen zu lösen. »Ich suche Robert Altmann, der soll hier wohnen. Ich bin eine alte Freundin von ihm.«

Der Mann sah sie an, kniff die Augen leicht zusammen.

»Ich habe Robert schon seit Ewigkeiten nicht mehr gesehen«, sagte er und drückte die schwere Eingangstür auf. »Aber geh mal hoch in die Küche und frag Rakete, der müsste das wissen.«

Jetzt lächelte er, und Vogelsang entspannte sich etwas. Sie trat hinter dem Mann ins Treppenhaus, er schloss die Tür mit einem prüfenden Blick nach draußen.

»Unsere Aufpasser«, sagte er. »Wir rechnen jeden Tag damit, dass sie räumen. Aber auch wir haben sie immer im Auge.«

Er zwinkerte ihr zu, dann schob er sich beide Hände in die Taschen und verschwand.

Es roch nach Essen, irgendwas mit Curry, die Stufen knarzten unter ihren Schritten. Die orangefarbenen Wände leuchteten satt. Langsam stieg sie hinauf, fühlte sich etwas beklommen. Niemand begegnete ihr. Sie folgte dem Essensgeruch, öffnete eine angelehnte Wohnungstür, ging durch einen Flur und betrat die Küche, ein großer Raum, in dem neben der zusammengestückelten Kücheneinrichtung auch noch ein Tisch stand, an den Wänden Plakate, von der Decke baumelten Kräuterbündel. Ein Mann und eine Frau standen mit dem Rücken zu ihr vor dem Gasherd.

»Entschuldigt«, sagte sie, »ich suche Robert Altmann.«

Die beiden sahen sie an, der Mann trug einen schwarzen Hoodie, die Haare waren abrasiert, dunkle Stoppeln bedeckten seinen Kopf; die Frau hatte einen weiten Strickpullover an, ihre dunkelbraunen Haare fielen ihr über die Schultern. Sie lächelte, während der Mann sie misstrauisch beäugte.

»Bist du Rakete?«, fragte Vogelsang. »Man hat mir gesagt, du wüsstest vielleicht, wo ich Robert finden kann.«

»Wer sagt das?«

»Ich habe unten jemanden getroffen.«

»Andi, war das Andi?«

»Er hat mir seinen Namen nicht gesagt.«

Rakete wandte sich wieder dem großen Topf zu.

»Ich weiß nicht, wo Robert ist«, sagte er und rührte kräftig um. »Warum willst du das wissen? Bist du von den Bullen?« Er sah sie wieder an, seine Kiefer mahlten, und Vogelsang kam es so vor, als würde er sich jeden Moment auf sie stürzen.

»Nein, ich bin eine alte Freundin von Robert.«

»Oder bist du von denen?« Rakete wandte sich wieder dem

Topf zu, aber diesmal rührte er nicht, er stand einfach nur da, ließ die Arme hängen, so, als wüsste er plötzlich nicht mehr, was er hier in der Küche tun sollte.

»Wie gesagt, ich bin eine alte Freundin von Robert. Er hat mich kontaktiert.«

»Ach, scheiße, ich weiß nicht, wo er ist. Ich muss mich um meinen eigenen Kram kümmern.« Er zog sich die Kapuze seines Hoodies über. »Kannst du hier weitermachen«, sagte er an die junge Frau gewandt, »ich muss mal raus.«

Dann stürmte er davon, vorbei an Vogelsang, ohne sie noch einmal anzuschauen.

Die Frau blieb neben dem Herd stehen, schien nicht so recht zu wissen, was sie sagen sollte.

»Woher kennst du Robert?«, fragte sie schließlich.

»Von früher. Wir waren eine Zeit lang zusammen. Vor ein paar Tagen hat er mich kontaktiert und mich gebeten herzukommen.«

Die Frau entspannte sich.

»Verstehe. Willst du einen Kaffee?«, fragte sie.

»Ja, gern.«

»Ich bin Jule.«

»Greta.«

»Setz dich.«

Jule brachte ihr eine Tasse mit warmem Kaffee und setzte sich zu ihr an den großen Tisch.

»Rakete ist in letzter Zeit komisch drauf«, sagte sie. »Seit er mit Robert zusammenarbeitet, steht er total unter Strom. Ich hab ihm gesagt, dass er mal runterkommen muss, aber er ist gar nicht mehr erreichbar, hab ich das Gefühl.«

»An was arbeitet er denn?«

»Er will auch Journalist werden, wie Robert, und hängt sich ziemlich rein, aber dann wird er immer gleich so aggressiv, wenn man nachfragt, was er da genau macht. Er glaubt, man würde ihn verfolgen.« Jule nahm einen Schluck Kaffee, stand auf und rührte im Topf. »Ehrlich gesagt sind wir alle gerade ziemlich gereizt wegen der Polizei.«

Vogelsang nickte. »Riecht gut«, sagte sie.

»Zweimal die Woche kochen wir immer für alle. Veganes Curry.« Jule probierte. »Und du bist eine Freundin von Robert?«

»Ja, wir haben uns aber ziemlich aus den Augen verloren.« Vogelsang spürte, dass es ihr unangenehm war, vor anderen über ihre Zeit mit Robert zu sprechen, sie hatte ja selbst Mika immer nur das Nötigste erzählt. »Er wollte mich treffen und sagte, dass er hier in Rödelheim lebt. Ich war früher ab und zu mal hier, hat sich ja kaum verändert.«

»Krass, dann gehörst du zu den Alten? Also, so nennen wir hier Robert, Erika und Marianna, alle, die ganz zu Beginn schon dabei waren, bei der ersten Besetzung.«

»Ja, ist echt schon ziemlich lange her.« Die Namen, die Jule genannt hatte – Erika und Marianna –, lösten in Vogelsang ein schwaches Echo aus, sie sah die Gesichter von zwei Frauen vor sich, Erika mit roten Locken, Mariannas Grübchen, wenn sie lachte.

»Warst du dann damals auch mit in Genua?«

»Ja.«

»Oh, das ist ja krass, Robert hat davon erzählt.«

Ein Mann kam in die Küche, es war der, mit dem sich Vogelsang unten kurz unterhalten hatte, Andi. Er nickte Vogelsang zu, schenkte sich Kaffee ein und setzte sich zu ihnen an den Tisch.

»Hast du Robert gefunden?«

Vogelsang schüttelte den Kopf.

»Das ist Greta«, sagte Jule. »Sie war früher hier aktiv, zusammen mit Robert. Und sie war mit in Genua, bei den Protesten gegen den G8-Gipfel.«

»Das ist ja damals alles heftig eskaliert«, sagte Andi. »Warst du auch in dieser Schule, mit Robert?«

Vogelsang zuckte zusammen. *Pezzo di merda*, hörte sie die dunklen Stimmen der Beamten, der Schläger, *pezzo di merda*; sie hörte auch die Schreie, die Bitten, konnte das Blut riechen. Robert war die ganze Zeit über bei ihr gewesen, aber sie hatte ihn gar nicht wahrgenommen; sie hatte wie gelähmt in der engen Besenkammer gekauert und kaum zu atmen gewagt. Dann, irgendwann hatte Robert sie am Arm genommen, sie waren eine Treppe hoch in den vierten Stock gestolpert. Sie konnte sich ab da nicht mehr an Einzelheiten erinnern, nur noch an den kühlen Wind, der ihr ums Gesicht strich, als sie das Dach betraten, erinnerte sich an Roberts weit aufgerissene Augen.

»Wir sind hoch aufs Dach und haben uns versteckt. Wir haben da bis zum Morgen gekauert und sind erst raus, als die Polizei wieder abgezogen ist.«

Bei den Protesten rund um den G8-Gipfel in Genua war es zu heftigen Auseinandersetzungen zwischen der italienischen Polizei und Globalisierungsgegnern gekommen, in deren Verlauf ein junger Mann von einem Polizisten erschossen worden war und Hunderte Demonstranten, darunter auch Journalisten und Ärzte, zum Teil schwer verletzt wurden. Für einige Tage hatte es mitten in Europa einen rechtsfreien Raum gegeben, es kam zu Folter und Misshandlungen von Gefangenen, man demütigte sie, verweigerte ihnen Nahrung und den Kontakt zu Anwälten. Vor allem die Vorkommnisse in der Diaz-Schule am 22. Juli 2001 lösten einen Aufschrei der Empörung aus: In der Nacht stürmten Einheiten der italienischen Polizei das Schulgebäude, in dem einige der Demonstranten übernachteten, und prügelten brutal auf die Menschen ein, verletzten viele schwer. Vogelsang hatte nur noch verschwommene Erinnerungen an die nachfolgenden Geschehnisse; irgendwie waren sie zum Bahnhof gelangt, irgendwie in einen Zug gestiegen, viele schliefen oder starrten aus den Fenstern auf die vorbeiziehende Landschaft, von Euphorie keine Spur mehr; Gerüchte waberten, die Leute erzählten sich leise vom Horror der vergangenen Nacht. Vogelsang hatte mit niemandem über diesen Schrecken gesprochen, und Robert hatte sich nach ihrer Rückkehr sofort wieder in den Kampf gegen den Neoliberalismus und seine Auswüchse gestürzt.

»Ich glaube ja, dass die ganze Gewalt von rechten Demonstrierenden ausging, die sich unter die Demos gemischt haben«, sagte Andi, »das ist ja heute auch belegt, dass die Rechten auf Eskalation aus waren. Und ich meine, die Bullen, das waren ja auf jeden Fall alles Nazis, die haben auf Mussolini geschworen und jede Menge Nazi-Zeugs von sich gegeben, das hat Robert immer erzählt.«

»Und ihr wisst wirklich nicht, wo er ist?«, lenkte Vogelsang das Gespräch wieder zurück in die Gegenwart.

»Robert ist viel unterwegs«, sagte Jule, »für seine Recherchen und so. Der war in letzter Zeit nur noch selten hier.«

Vogelsang nickte. Vielleicht stimmte das und Robert jagte schon dem nächsten großen Scoop nach, hatte den Umschlag, hatte Vogelsang längst wieder vergessen.

»Wisst ihr, woran er zuletzt gearbeitet hat?«

»Robert hat nicht oft darüber gesprochen, der war immer ziemlich misstrauisch«, sagte Andi, ging zur Spüle und kippte den Rest Kaffee weg. »Aber neulich, da hat er uns mal einen Vortrag über irgendwelche Partys gehalten, also da gibt es wohl ganz bestimmte, sehr reiche Leute, die feiern da richtige Orgien, und dann essen sie Fleisch von Affen und Antilopen und so, die reinste Dekadenz.« Andi kam an den Tisch zurück. »Das hat Robert ja immer auf die Palme gebracht, diese Ungleichheiten, die Gier der Reichen. Aber warum interessierst du dich so dafür?«

Das Misstrauen in Andis Stimme war nicht zu überhören, und Vogelsang rutschte auf ihrem Stuhl ein Stück nach vorn, griff nach der Tasse, obwohl sie bereits leer war.

»Er hat sich nach ewig langer Zeit wieder bei mir gemeldet«, sagte sie, »und dabei auch etwas über seine Arbeit angedeutet. Er wollte mich treffen, jetzt ist er aber anscheinend schon wieder verschwunden.«

Vogelsang vermied es zu sagen, dass sie von der Staatsanwaltschaft kam, denn sie wusste, dass sie damit wahrscheinlich jede Chance verspielen würde, etwas über Robert herauszufinden.

»Anstatt über diese blöden Orgien sollte Robert lieber mal was zu den Mieten in der Stadt machen«, sagte Andi, »darüber, wer da eigentlich wie dran verdient. Und wie die Städte über Jahre sämtliche Sozialwohnungen billig verscherbelt haben, um an Kohle zu kommen. Darüber sollte er mal schreiben.«

»Hat er doch«, sagte Jule. »Ein paar Wochen bevor wir hier wieder besetzt haben. *Stadt der Reichen,* so ähnlich hieß der Artikel.«

»Ist an mir vorbeigegangen«, sagte Andi. »Ich meine, Artikel schön und gut, aber wer liest die denn? Sowieso nur diejenigen, die das Problem schon längst kapiert haben. Das Problem ist doch: Wie kommst du an die anderen ran? Wie kriegst du die von der *Bild*-Zeitung weg, wie kommst du in deren Köpfe rein?«

»Indem wir hier ganz real mit echten Menschen dieses Haus besetzt halten«, sagte Jule.

Im selben Moment kam Rakete in die Küche, er wirkte gehetzt.

»Leute, da braut sich was zusammen«, sagte er und taxierte Vogelsang mit flüchtigem, aber angespanntem Blick.

Andi und Rakete traten ans Fenster.

»Scheiße, ja«, sagte Andi. »Diesmal scheinen sie ernst zu machen.«

Auch Jule und Vogelsang standen jetzt auf. Vor dem Haus waren mehrere Mannschaftswagen der Polizei vorgefahren, die Straße war abgesperrt. Hektik brach aus. Jule stürmte ins Treppenhaus, brüllte, die Bullen kämen, Andi verschwand ebenfalls. Vogelsang überlegte kurz, ob sie einfach rausgehen sollte, ihren Ausweis vorzeigen, verschwinden. Vielleicht war es aber klüger, nicht auf dem ganz offiziellen Weg hier rauszukommen. Sie wollte ebenfalls in den Flur, als ihr Rakete den Weg versperrte.

»Ich weiß, wer du bist«, flüsterte er. »Ich weiß, wer dich schickt. Aber ich habe keine Angst vor euch!«

Damit stürmte er davon, die Treppen hinauf.

Vogelsang lief runter ins Erdgeschoss, aber die Haustür war schon verrammelt, zwei Aktivisten schafften gerade noch eine Europalette heran, mit der sie die Tür weiter verkeilten. Sie drehte sich um und folgte einer steilen Treppe hinunter in den Keller, in dem es feucht war und nach altem Papier roch. Der Gang war eng, aber am Ende schimmerte Licht, und sie erinnerte sich daran, dass dort der Garten und auch der Hof sein musste. Sie stieß eine Tür auf und stand tatsächlich im Garten, der hinter dem Haus lag, umgeben von Mauern; es gab eine Feuerstelle, ein paar Beete, einen riesigen Sperrmüllhaufen aus Holzlatten, alten, auseinandergefallenen Möbelstücken und Teppichresten. Von der Hofeinfahrt her waren dumpfe Schläge zu hören, immer mehr Leute kamen jetzt aus dem Keller in den Garten. Vogelsang überlegte, ob sie über die Mauer sollte und dann weg, alles in ihr zog sich zusammen. Sie sah sich um. Die Mauer war ihr einziger Ausweg. Warum bloß war sie hergekommen? Wieso hatte sie sich schon wieder von Robert einspannen lassen?

Vogelsang visierte die Mauer an. Sie würde problemlos hochkommen. Keiner beachtete sie, also ging sie zielstrebig auf die Mauer zu, als hinter ihr plötzlich ein Schrei ertönte.

Sie fuhr zusammen, drehte sich um.

Vor dem Sperrmüll stand jetzt eine junge Frau und hielt sich beide Hände vors Gesicht, dann schrie sie noch einmal. Rakete und Andi stürzten zu ihr.

»Scheiße!«, hörte Vogelsang Rakete rufen, er war kreidebleich.

Andi sagte kein Wort, starrte nur auf den Sperrmüll.

Vogelsang achtete nicht mehr auf das Gepolter aus dem Hof, sie lief zu den anderen und blickte in ein bleiches, staubverschmiertes Gesicht. Ihr stockte der Atem, sie taumelte einige Schritte zurück. Die anderen um sie schienen wie erstarrt, und sie selbst fühlte plötzlich, wie Eiseskälte ihren Körper ergriff. Das Gesicht kannte sie nur zu gut – da vor ihr lag Robert Altmann.

4

Ruth

Zum ersten Mal an diesem Tag war sie allein. Die Stille rauschte ihr in den Ohren, und obwohl sie sich die Schuhe ausgezogen hatte, kamen ihr die eigenen Schritte verräterisch laut vor. Sie stand vor der großen Fensterfront, durch die man auf die Terrasse und in den Garten blickte, sah aber nur ihr eigenes Spiegelbild. *Steh gerade. Nicht heulen, bloß nicht heulen.* Sie ging ein paar Schritte auf die Glasfront zu, sah einzelne, kleine Lichter im Garten flackern, dann zog sie mit einem Ruck die Tür auf und trat hinaus. Es war kühl geworden, und hier draußen an der frischen Luft merkte sie sofort, dass sie leicht angetrunken war. Sie hatte den Tag über kaum etwas gegessen, da reichten schon die zwei Gläser Sekt, um sie leicht duselig zu machen. Das leise Plätschern des Wassers beruhigte sie, ließ den Tag verschwimmen, davontreiben, und für ein paar Augenblicke entspannte sie sich, spürte eine Ruhe, die sie so seit Wochen, seit Monaten nicht mehr empfunden hatte. In der Luft glaubte sie den säuerlichen Geruch des großen Hibiskus wahrzunehmen, dessen weiße Blüten schwach in der Dunkelheit zu leuchten schienen.

Sie begann zu frösteln und ging wieder hinein, in die Küche, wo sie sich einen Weißwein einschenkte. Elena, ihre Haushaltshilfe, hatte die Küche wie immer in einem tadellosen Zustand hinterlassen, nichts stand unnütz herum, alles hatte seinen Platz, glänzte matt. *Das alles gehört dir, hörst du, es ist alles deins.* Während sie trank, spürte sie, wie sie sich langsam entspannte, die Bilder und Empfindungen waren noch da, aber sie entfernten sich langsam von ihr, wurden zu Erinnerungen. Sie würde später allein im großen Bett liegen, sie würde den Fernseher eingeschaltet lassen und bei den leisen Geräuschen langsam wegdämmern. Sie würde ihn nicht vermissen.

Er soll auch etwas leiden. Sie hatte Elena angewiesen, die Handtücher und die nach Kotze riechenden Waschlappen in die Waschmaschine zu stecken, das Bett neu zu beziehen; sie würde dafür sorgen, dass sein Geruch aus dem Haus verschwand.

Beim Gedanken an die vergangene Nacht und den Morgen erfasste sie leichte Übelkeit, aber sie verspürte keinerlei Bedauern. In der Nacht hatte sie einige Augenblicke vor der Toilette gestanden und ihn würgen und keuchen gehört, und ein sanftes Gefühl der Mütterlichkeit hatte sie ergriffen. Die Geräusche, die da aus dem Bad drangen, waren auf eine beruhigende Art menschlich, und als sie Marc an der Badewanne hatte kauern und stöhnen sehen, hatte sie ein Schauer durchfahren: Sie hatte sich ihm zum ersten Mal seit Jahren überlegen gefühlt.

Der Notarzt hatte ihm eine Infusion gelegt und sie gefragt, seit wann sein Zustand so sei, und sie hatte mechanisch irgendwelche Antworten gegeben. Wie so eine treudumme Ehefrau war sie neben der Trage hergelaufen, raus in die Einfahrt und weiter auf die Straße, wo der Rettungswagen parkte. Kurz bevor sie ihn hineinschoben, hatte er nach ihrer Hand gegriffen. Sie hatte ihn angestarrt und gesagt, es werde alles gut werden, sie werde später nachkommen. Es war das erste Mal seit Wochen gewesen, dass er sie wieder angefasst hatte.

Sie stellte das Glas eine Spur zu heftig auf der dunklen Schieferplatte ab, und ein helles Klirren erfüllte die Küche. Den ganzen Tag hatte sie einfach nur funktioniert, obwohl sie die Nacht zuvor kaum geschlafen hatte. Aber es war kein Problem gewesen, die Eröffnung des Privatkindergartens im Westend war nur einer der üblichen Charity-Events gewesen, zu denen Marc sie hin und wieder schickte. Sie hatte ja ein schönes Gesicht, wie

Brigitte Bardot oder Raquel Welch, das hatte ihre Mutter immer gesagt. Irgendwann hatte sie es auch selbst geglaubt, daran, dass ihr Körper ihr Kapital war, ihre ebenmäßigen Wangen, ihre dunklen Augen und die langen Wimpern, in die sich Marc zuerst verliebt haben wollte. Sie bewegte sich mittlerweile mühelos auf diesen Veranstaltungen, wusste, wie sie lächeln, wie sie das Glas halten musste, um es gleichzeitig unangestrengt und doch elegant wirken zu lassen; wusste, wie man plauderte, reizend und humorvoll, nicht zu aufdringlich, aber mit der nötigen Expertise. Sie kannte die Wirkung, die sie auf die Menschen hatte; bei Männern war es meist ein unverhohlenes Verlangen, während Frauen sie mit einer Mischung aus Bewunderung und Neid musterten.

Trotzdem hatte sie die Veranstaltung im Kindergarten Kraft gekostet. Es waren aber nicht die Menschen dort gewesen, sondern die Räume selbst, die Möbel und Spielsachen, die kleinen Matratzen, die Teller und Tassen, die schmalen Waschbecken und kindgerechten Toiletten, die ihr einen Stich versetzt hatten; da hatte sie plötzlich eine solche Leere und Einsamkeit verspürt, dass sie nur mit größter Mühe dagegen anlächeln konnte. Sie hatte die Blicke der anderen Frauen und Mütter auf sich gespürt, auf ihrer Brust, ihrem Bauch.

Sie atmete durch, trank den letzten Rest Wein.

Man hatte Marc direkt in die Uniklinik gefahren. Dort hatte sie ihn am Mittag besucht, kurz mit dem behandelnden Arzt gesprochen. Man habe Blut- und Stuhlproben genommen und mache jetzt einige Labortests, außerdem senke man das Fieber etwas, habe ihm Infusionen zum Flüssigkeitsausgleich gelegt. Als sie dann das Einzelzimmer betreten hatte, einen kleinen Strauß Blumen in der Hand, den sie schnell noch an einer Tankstelle besorgt hatte, lächelte Marc; so wie er es früher manchmal getan hatte, wenn er es wirklich ernst meinte. Da war kurz jener Marc aufgetaucht, in den sie sich damals verliebt hatte. Sie hatte die Blumen in eine Vase gestellt, hatte sich zu ihm ans Bett gesetzt und ihn gefragt, wie es ihm gehe. Hab's wohl etwas übertrieben, sagte er und meinte damit wahrscheinlich seine Geburtstagsparty vor einigen Tagen, bei der er bis in die frühen Morgenstunden draußen im Garten mit seinen Jungs gefeiert hatte, während sie zusammen mit dem Caterer das Chaos nach und nach zu beseitigen begann. Sie hatte nur genickt, war aufgestanden und ans Fenster getreten. Von da oben hatte man einen wunderbaren Blick über den Fluss und die Stadt, es sah alles so ruhig und gewöhnlich aus, alles ging seinen Gang.

Es hatte eine Zeit gegeben, da hatte sie sich ihm nahe gefühlt, da hatte sie daran geglaubt, mit ihm ihr restliches Leben zu verbringen. Auch er hatte sie damals im Krankenhaus besucht, auch er hatte Blumen dabeigehabt, und sie hatte versucht, sich trotz der Schmerzen aufzurichten, ihn anzulächeln. Aber dann war er wieder aufgestanden und hatte sie nur mit einem kalten, mitleidigen Blick betrachtet. Schließlich war er gegangen und etwas zwischen ihnen war unwiederbringlich zerstört worden.

Du konntest nichts dafür, du warst schwach. Aber jetzt bist du stark, kleine Bródka, jetzt bist du am Zug.

Sie ging ins Bad, begann sich auszuziehen, schminkte sich ab. Sie putzte sich die Zähne, pinkelte, betrachtete sich eine Weile im Spiegel. Beim Gedanken an Marc, der bleich, mit blutleeren Lippen, in seinem Einzelzimmer lag, benebelt von den Schmerzmitteln, ausgelaugt von der Kotzerei, überkam sie kurzzeitig Mitleid; vielleicht war es doch etwas zu viel gewesen, vielleicht hätte es auch andere Möglichkeiten gegeben. Aber jetzt konnte sie nicht mehr zurück.

Dann hörte sie ein Geräusch vorn an der Haustür. Sie griff nach ihrem Morgenmantel, verließ das Bad. Da war jemand an der Tür. War Marc etwa schon zurück? Eigentlich war das unmöglich. Ein Einbrecher? Panik ergriff sie, und sie wollte schon in die Küche laufen, um nach einem Messer zu greifen, als die Tür mit einem leisen Klacken aufsprang.

Vor ihr stand Ivo Klasić, bullig, leicht verschwitzt, in einem Anzug, der ihm wie immer etwas zu klein war, das Jackett spannte über den Schultern. Er sah sie an wie einen Geist.

»Was machst du hier?«, brachte Ruth schließlich hervor.

»Du bist hier?«, sagte er.

»Ich wohne hier, Ivo. Woher hast du den Schlüssel?«

»Von Marc.«

Er straffte sich, drückte den Rücken durch. Ivo Klasić war die rechte Hand von Marc, er hielt ihrem Mann den Rücken frei, er sorgte für die Security bei den Partys, dafür, dass alles ungestört und ruhig ablief. Ivo kümmerte sich um die Teile des Geschäfts, über die sie vor ihr nicht sprachen. Ruth wusste, dass Ivo eine beharrliche Abneigung gegen sie hegte. Sie nahm seinen Geruch wahr, diese Mischung aus Schweiß und irgendeinem scharfen Parfüm. Er trat vor sie, wollte ihr ins Gesicht fassen, aber sie zuckte zurück.

»Früher hat dir das mal gefallen«, sagte er mit einem schiefen Grinsen.

»Wenn du mich anfasst, schlage ich zu«, sagte sie, versuchte dabei ruhig zu klingen.

»Ich soll für Marc ein paar Sachen abholen«, sagte Ivo mit einem leichten Schulterzucken und ging an ihr vorbei die geschwungene Treppe hinauf zu Marcs Arbeitszimmer.

»Ich hätte ihm auch etwas bringen können«, sagte Ruth.

»Er braucht keine Klamotten.«

Sie hörte, wie er mit dem Schlüssel hantierte. Marc hatte schon immer sein Arbeitszimmer abgeschlossen, und wenn Elena zum Saubermachen kam, ging er mit ihr hinein und wartete, bis sie die Flächen abgestaubt und den Boden gesaugt hatte;

Ruth war seit Jahren nicht in dem Raum gewesen. Endlich hatte Ivo den richtigen Schlüssel gefunden, drückte die Tür auf und verschwand wortlos darin, schloss hinter sich wieder ab.

Ruth stand konsterniert am Treppenaufgang und zog den Morgenmantel um ihren Bauch enger zusammen. *Lächle, hab keine Angst, du musst keine Angst haben.* Genauso wie jetzt fühlte sie sich schon seit Jahren: Man ließ sie auch in der Agentur einfach vor der Tür stehen, reichte ihr ab und zu mal etwas heraus, was sie erledigen konnte, verlangte von ihr, ihr schönes Gesicht zu zeigen, aber hinein durfte sie nicht und Fragen zu stellen war auch nicht erwünscht.

Sie ging ins Wohnzimmer, setzte sich aufs Sofa und griff nach einer Gartenzeitschrift, blätterte durch die Seiten, aber ohne etwas zu lesen, die Abbildungen flogen stumpf an ihr vorbei. Immer dann, wenn Marc sie in den letzten Wochen abschätzig behandelt hatte, wenn er sie stehen ließ wie ein dummes Kind, hatte sie daran gedacht, die beiden Koffer zu packen, sich hinters Steuer ihres Porsche Cayenne zu setzen, ins Navi »Mittelmeer« einzugeben oder »Alpen« und einfach loszufahren, alles hinter sich zu lassen, das Haus, den Garten, Marcs schmeichelndes Lächeln, Ivos unverhohlene Abneigung, das Geschwätz und Getue ihrer sogenannten Freundinnen, den Ehefrauen anderer steinreicher Typen, mit denen sie sich ab und zu im Fitnessstudio traf, ins Theater oder zum Essen ging.

Andererseits war es dieses Leben, das sie liebte und genoss, ein Leben, in dem sie sich um Geld keine Gedanken machen musste, weil es einfach da war und immer mehr wurde. Und so gelang es Marc auch, sie doch immer wieder bei sich zu halten, mit einem Wochenende auf Sylt oder in Italien, mit den ausgedehnten Luxusreisen nach Afrika, mit teurem Schmuck, mit dem Gefühl, ausgewählt worden zu sein, wenn sie am Flughafen in der Business Lounge saß und Champagner trank, wenn sie an den

Wartenden vorbei ins Aureus oder ins Lafleur, an einen Tisch geleitet und mit Vor- und Nachnamen angesprochen wurde.

Aber all das waren nur Spielchen, sie wusste das. Marc liebte es zu spielen, mit ihr, mit anderen Frauen, die er ausführte, ohne sich die Mühe zu machen, sie deswegen anzulügen. Auch die Sache mit dem Büro gehörte zu diesen Spielen, um ihr zu zeigen, wie gering er sie mittlerweile schätzte. Und sie hatte immer den Mund gehalten, die Zähne zusammengebissen, hatte geschwiegen, um den Luxus nicht zu gefährden, für den sie so lange gekämpft hatte und den sie nicht so einfach aus der Hand geben würde.

Spielen konnte sie auch.

Und sie hatte gerade erst angefangen.

Sie hörte, wie Ivo aus dem Büro trat und es wieder verschloss, dann kam er zu ihr ins Wohnzimmer geschlendert, blieb an der Bar stehen und schenkte sich einen von Marcs Whiskys ein.

»Hast du gefunden, was du gesucht hast?«, fragte Ruth.

Ivo antwortete ihr nicht, sondern trank mit halb geschlossenen Augen den Whisky, ging dann langsam an der Burmester-Soundanlage vorbei zu den großen Terrassenfenstern, wo er stehen blieb und Ruth längere Zeit ansah, ohne etwas zu sagen. Sie versuchte sich wieder auf ihre Zeitschrift zu konzentrieren, versuchte sich teilnahmslos zu geben. *Dieser kleine Schmarotzer bläst sich doch nur auf.* Eigentlich hätte sie ihn sofort rauswerfen sollen, aber genau das war es ja, was Marc wollte, dass sie wieder eine Szene machte. Sie konzentrierte sich auf die Bilder eines englischen Landhausgartens, während sie Ivo den Whisky schlürfen hörte.

»Du musst mir nichts vormachen«, sagte er.

Ruth sah auf, und als sie nichts entgegnete, fuhr Ivo fort: »Du musst hier nicht die besorgte Ehefrau spielen.« Er ging ein paar Schritte auf das Sofa zu, blieb stehen. »Marc hat mir gesagt, dass die Ärzte eine Lebensmittelvergiftung vermuten. Weißt du, die großen Könige früher hatten immer Vorkoster, der Pharao, Cäsar, Kleopatra, weil man sie vergiften wollte. Vielleicht sollte ich Marc auch so einen Vorkoster beschaffen.«

»Was willst du damit sagen?« Ruth schlug die Zeitschrift zu, sah Ivo direkt an.

»Gar nichts. Ich zähle nur eins und eins zusammen. Marcs Geburtstagsfeier, das goldene Steak, und jetzt liegt er im Krankenhaus.«

Ivo drehte das Glas in seiner Hand, er stützte sich leicht auf die Sofalehne, und es kam Ruth so vor, als würde er lächeln, als würde er sie auslachen.

»Verschwinde!«, sagte sie leise.

»Was?«

»Du sollst verschwinden. Hau ab, raus aus meinem Haus!«

»Dein Haus?« Ivo stellte das Glas auf den Couchtisch, zog sich das Jackett zurecht. »Ich glaube, du bringst da was durcheinander. Das alles gehört Marc, du bist hier nur geduldet, weiter nichts.«

Ivo grinste. Ruth spürte eine solche Wut in sich, dass sie etwas nach diesem verdammten Gesicht geworfen hätte, hätte sie etwas dazu in die Finger gekriegt. So aber stand sie nur da und spürte, wie sie leicht zu zittern begann. *Schau ihn an, er soll Angst kriegen, er soll sich vor dir fürchten.*

»Ohne Marc wärst du ein Niemand«, sagte sie leise. »Nur durch ihn bist du hier oben angekommen und darfst ein bisschen mitspielen. Du bist doch nur sein Hündchen, er schnippt mit dem Finger und du machst Platz!«

Ivo war schon auf dem Weg zur Haustür gewesen, blieb nun aber stehen und wandte sich Ruth zu.

»Vergiss nicht, wo du herkommst, Bródka.« Er fuhr sich mit der Hand über den Mund. »Nur weil dich Marc ein paarmal gefickt hat, gehörst du noch längst nicht dazu. Du ahnst nicht, wie schnell es für dich vorbei sein kann.«

Schau ihn an, wende den Blick nicht ab. Er ist ein Lügner, ein Bastard. Sie hörte, wie die Tür leise ins Schloss fiel, dann war sie wieder allein. Tränen schossen ihr in die Augen und sie biss sich auf die Lippe. *Heul nicht.* Im Bad nahm sie eine Lorazepam, dann ging sie langsam in ihr Zimmer.

Sie öffnete die Nachttischschublade und holte das Prepaid-Handy heraus, strich mit dem Daumen über das Display. Sie hatte seit Tagen nichts gehört, sie musste jetzt Ruhe bewahren, durfte nichts überstürzen. Es war nicht ihre Schuld, niemand konnte ihr etwas anhaben. Aber sie brauchte Gewissheit.

Sie überlegte, ob sie ihm schreiben sollte, aber dann legte sie das Handy zurück und ergab sich der warmen Welle aus Teilnahmslosigkeit und Müdigkeit, die sie langsam wegdämmern ließ.

5

Wie gelähmt saß Vogelsang neben den anderen Bewohnern des Hauses im Gefangenentransport, unfähig, einen klaren Gedanken zu fassen. Robert Altmann ist tot, war das Einzige, an das sie denken konnte. Sie starrte vor sich auf den Boden des Fahrzeugs, auf ihre Schuhe. Sie hörte neben sich ein leises Wimmern; es war Jule, die mit verheultem Gesicht dasaß, den Kopf gegen die Fahrzeugwand gelehnt. Sie zitterte, und auch Vogelsang merkte, wie ihre Knie unablässig in Bewegung waren.

Der Fund der Leiche hatte jeglichen Widerstand der Hausbesetzer verpuffen lassen. Sie hatten sich in den Garten zurückgezogen, während Andi die Paletten zur Seite räumte und die Beamten zur Leiche führte. Natürlich brach daraufhin sofort die Hölle los. Alle Bewohner mussten sich hinsetzen, keiner durfte den Ort verlassen. Man sicherte den Sperrmüllhaufen ab, dann führte man die Besetzer nach und nach einzeln aus dem Hof über die Straße zum Gefangenentransport. Vogelsang sagte dem Beamten, der sie am Arm packte, dass sie Staatsanwältin sei, aber er hörte ihr nicht zu. Sie sagte, sie habe irgendwo ihren Ausweis, aber das interessierte niemanden. Sie musste sich setzen, man verschloss die Tür.

Fuck.

Vogelsang merkte, wie ihr die Tränen in die Augen schossen. Robert ist tot, dachte sie, dabei stand der doch gerade erst noch vor meiner Haustür. Sie sah auf, schniefte einmal, fuhr sich mit der Hand übers Gesicht. Neben ihr saß Andi mit hängendem Kopf. Aber wo war Rakete? Hatte er es geschafft, im Durcheinander abzuhauen?

Vogelsang versuchte, nicht in Panik zu geraten, versuchte ruhig zu atmen. Noch war der Wagen nicht losgefahren, und spätestens auf der Wache würde sich alles aufklären. Aber auch dann wäre sie nicht diejenige, die ermittelte, sondern würde diesmal auf der anderen Seite sitzen: eine Zeugin, eine mögliche Verdächtige. Wieder schossen ihr die Bilder aus Genua durch den Kopf, die versteinerten Gesichter der Polizisten, der Geruch von Blut, und auch wenn es gerade deutlich zivilisierter zugegangen war, fragte sie sich, vor welchen Karren sich die Polizei hier eigentlich spannen ließ, welche Interessen sie vertrat, die der Bevölkerung oder die von Investoren oder Immobilienspekulanten? Sie drückte sich beide Hände auf die Augen, atmete ruhig und gleichmäßig, und die Bilder ebbten wieder ab.

Die Fahrertür des Transporters fiel ins Schloss, der Motor wurde angelassen. Doch gerade, als sich das Fahrzeug in Bewegung setzen wollte, war ein lautes Rufen zu hören und der Wagen hielt wieder an. Die Tür öffnete sich und ein bekanntes Gesicht erschien. Uwe Fähndrich, Kommissar vom K11. Als er sie sah, lächelte er und deutete ihr mit einer Kopfbewegung an, ihm zu folgen. Vogelsang stand auf, selten zuvor war sie so froh gewesen, Uwe zu sehen. Sie spürte die Blicke der anderen auf sich und verließ das Fahrzeug. Sie blinzelte ein paarmal, obwohl die Dämmerung schon eingesetzt hatte.

»Man hat mir gesagt, eine Frau Vogelsang sei auch hier.« Uwe klopfte sich eine Zigarette aus der Packung, bot ihr ebenfalls eine an. Vogelsang lehnte ab. »Was um alles in der Welt machst du hier, Greta?«

Sie gingen ein paar Schritte. In der Hofeinfahrt hatte die KTU Scheinwerfer aufgestellt, die Beamten des Erkennungsdienstes hatten den Fundort der Leiche weiträumig mit Flatterband abgesperrt und mit ihren Untersuchungen begonnen. Menschen in weißen Anzügen kauerten über dem Sperrmüllhaufen, immer wieder zuckte ein Blitzlicht auf, gerade fuhr der Leichenwagen vor. Vogelsang wandte sich ab, wieder schossen ihr Tränen in die Augen.

»Was ist los?«, fragte Uwe, reichte ihr ein Taschentuch.

Vogelsang nickte bloß und schnäuzte sich ausgiebig.

»Robert Altmann«, sagte sie leise, »der Tote, ich kannte ihn. Wegen ihm war ich hier.«

»Woher kanntest du ihn?«

»Von früher, Studium und so. Er hat als Journalist gearbeitet. Wir hatten seit Ewigkeiten keinen Kontakt mehr, aber vor ein paar Tagen hat er mich um ein Treffen gebeten.«

»Weißt du, warum?«

»Keine Ahnung. Deswegen bin ich ja hergekommen.«

»Scheiße.« Uwe pustete den Rauch ins körnige Licht der Straßenlaternen. »Wir werden uns unterhalten müssen«, sagte er.

Vogelsang reagierte nicht. Sie wusste, dass Uwe das sagen musste, dass er sie zu einer Befragung laden würde.

»Kannst du morgen kommen?«

»Ich habe vormittags noch einen Termin, aber danach. Um elf?«

Uwe nickte.

»Ich betrachte das hier als eine erste Vernehmung der Zeugin Vogelsang«, sagte er. »Morgen reden wir weiter. Jetzt sieh zu, dass du heimkommst, du siehst furchtbar aus. Soll ich dich fahren?«

»Ich bin mit dem Rad da.«

»Dann sehen wir uns morgen.« Uwe hob die Hand und ging hinüber zu den Kollegen vom Erkennungsdienst, Vogelsang schloss das Rad vom Laternenpfahl und schwang sich auf den Sattel. Der Gefangenentransport war inzwischen abgefahren, sie warf einen letzten Blick in die Hofeinfahrt, wo gerade im grellen

Licht der Scheinwerfer der dunkle Bergungssarg aus dem Leichenwagen gehoben wurde.

Vogelsang war übel. Sie trat in die Pedale.

Sie stand eine halbe Ewigkeit im Wohnzimmer, in Mikas Umarmung, und zitterte. Sie sprachen nicht. Greta hatte die Augen geschlossen und atmete den Duft des vertrauten Menschen tief ein, langsam wurde sie ruhiger. Sie ging duschen, während Mika ein kleines Abendbrot zubereitete, und dann saßen die beiden auf dem Sofa und sie erzählte leise von den Ereignissen des Tages. Mika kaute und hörte zu.

»War er das auch letztens an der Tür, dieser Robert?«

»Ja, war er«, sagte Greta leise.

»Warum verheimlichst du mir das?«

»Weil ich es nicht für wichtig hielt. Weil ich dachte, er würde sich nur aufspielen, das hat er früher auch schon so gemacht.«

»Du hättest es mir trotzdem sagen können.«

Sie wollte keinen Streit, nicht jetzt. Sie streichelte Mikas Hand und nickte.

Sie schauten noch eine Folge *Akte X,* während der Greta aber in Mikas Arm einnickte. Weit weg waren die Stimmen von Mulder und Scully, und ganz nah war Roberts Gesicht, dort im Sperrmüll, ein friedliches Gesicht, so, als hätte er sich nur kurz zum Schlafen hingelegt. Sie schreckte auf. Mika fragte, ob sie noch eine Folge schauen wolle, aber sie schüttelte den Kopf und stand auf.

»Ich geh noch einen Moment in den Garten«, sagte sie.

Mika brummte etwas.

Sie legte sich eine Strickjacke um und trat hinaus auf die Terrasse, ging die wenigen Stufen runter in den Garten. Alles neigte sich hier langsam seinem Ende zu, der Mohn war längst verblüht, die Sonnenblumen verloren erste Blütenblätter. Es war kühl geworden, die Wiese war feucht. Irgendwo zwischen den Stauden konnte sie den Igel hören, der auf der Suche nach Nahrung das Unterholz durchkämmte; Marx und Engels hatten gehörig Respekt vor ihm, Engels hatte eines Morgens, nach einer ersten Konfrontation, mit blutender Vorderpfote auf der Terrasse gesessen und jämmerlich miaut. Die Luft trug schon den Vorgeschmack des Herbstes, erdig, feucht, Vogelsang atmete ein paarmal tief ein und wieder aus.

Dann sah sie drüben am Schwimmteich eine Bewegung, eine Zigarette glomm auf. Sie folgte dem schmalen Pfad hinüber ins Gartenstück von Wolfgang und Renate, und es war Renate, die auf der Bank neben dem Teich saß und eine Zigarette rauchte.

»Kannst du auch nicht schlafen?«, fragte sie und bot Greta mit einem Lächeln den Platz neben ihr an.

Greta setzte sich. Renate hielt ihr die Zigarette hin, und Greta nahm einen Zug. Dann streckte sie die Beine aus.

»Hattest du einen schlechten Tag?«, fragte Renate.

»Kann man so sagen. Ein alter Freund ist heute gestorben.«

»Das tut mir leid. War er krank?«

»Ein Unfall.«

Greta wagte noch nicht, von etwas anderem zu sprechen, nicht bevor sie bei Uwe gewesen war.

»Das ist schlimm, wenn es so plötzlich kommt. Standet ihr euch denn nahe?«

Greta gab Renate die Zigarette zurück und sah über den dunklen Garten hinweg, hinüber zur Straße, wo das Licht der Straßenlaternen zäh in der Luft hing.

»Ist schon lange her«, sagte sie leise. »Aber damals war ich ganz schön heftig verliebt. Robert war aber auch beeindruckend, er wusste immer, was er wollte, hatte eine klare Meinung, nicht dieses Rumgeeiere. Das habe ich an ihm bewundert.« Sie sah wieder sein Gesicht vor sich, seinen Mund, der leicht zu lächeln schien. »Ich war jung und hatte noch nicht viel Erfahrung, und dann kam Robert, ich meine, so viel gevögelt wie in den ersten sechs Monaten mit ihm habe ich später nie wieder.« Beide lächelten. »Aber abseits davon war er ziemlich kompliziert, ist manchmal einfach aufgestanden und abgehauen, hat sich dann tagelang nicht gemeldet, und ich dachte immer, es liegt an mir, das war's jetzt, er hat dich verlassen. Aber irgendwann tauchte er plötzlich wieder auf und alles war wie weggewischt, meine Zweifel, meine Wut. Es hat gedauert, bis ich kapiert habe, dass ich so eine Beziehung nicht ertrage. Ich hatte das Gefühl, nur sein Spielzeug zu sein. Irgendwann habe ich den Kontakt komplett abgebrochen.«

»Ist in so einem Fall wohl das Beste«, sagte Renate.

Greta nickte, dann schwiegen beide, lauschten den Abendgeräuschen.

»Manchmal dauert es eine Weile, bis wir einen Menschen wirklich erkennen.« Renate nahm einen letzten Zug, dann drückte sie die Zigarette im Gras aus.

»Ich bin mir gar nicht sicher, ob das überhaupt möglich ist, ob wir einen Menschen wirklich vollständig verstehen können.« Greta sah Renate an. »Oder wie ist das bei Wolfgang und dir?«

Renate lächelte.

»Ich glaube, ich kenne Wolfgang besser als er sich selbst. Aber du hast wahrscheinlich recht, es gibt da immer noch die dunklen Winkel und blinden Flecken, die wir selbst gar nicht an uns bemerken. Dann ist es aber doch ein großes Glück, wenn es da jemanden gibt, der bei dir ist und dich darauf stößt, oder nicht?«

Greta zuckte mit den Schultern.

»Roberts blinde Flecken wollte ich irgendwann gar nicht mehr sehen, das war mir einfach zu anstrengend.«

»Aber das gehört ja auch dazu, dass wir dann für uns entscheiden: Genug, es reicht, ich gehe. Und das hast du getan.«

Greta nickte und unterdrückte ein Gähnen.

»Ich muss ins Bett«, sage sie und zog die Beine an. »Danke für die Zigarette und dass du mir zugehört hast.« Sie stand auf.

»Du kannst jederzeit vorbeikommen«, sagte Renate. »Für so was sind wir Alten doch schließlich da.«

Sie lächelte. Greta wünschte ihr eine gute Nacht, dann ging sie hinein.

An Schlaf war nicht zu denken. Mika hatte ihr noch einen Tee gekocht, hatte sie gefragt, ob sie reden wolle, aber sie hatte nur den Kopf geschüttelt. Sie wollte nicht, dass sich Robert zwischen sie drängte, sie hatte es immer vermieden und würde es auch jetzt nicht zulassen. Geh schon mal ins Bett, ich brauche noch einen Moment, hatte sie gesagt, und Mika hatte sie geküsst, dann war er, gefolgt von Engels, leise ins Schlafzimmer getappt.

Vogelsang saß mit einer Tasse Tee im Büro vor ihrem Laptop und sah sich noch einmal die Bilder von Roberts Speicherkarte an; diesmal aber genauer und länger, Bild für Bild. Da war wieder das Gebäude, ziemlich unscheinbar, das Schild mit den Namen der dort ansässigen Firmen war aber nicht zu lesen; stattdessen konnte sie ein Straßenschild entziffern, »Lahnstraße« musste es heißen, die befand sich drüben im Gallusviertel. Der Supermarkt tauchte wieder auf, der ihrer Meinung nach irgendwo im Bahnhofsviertel liegen musste, sicher war sie sich aber nicht. Und dann gab es Fotos von Paketen, Alufolie, Plastik, eng mit Klebeband umwickelt; auf einem weiteren Bild war ein Paket geöffnet worden, darin lag irgendein dunkles Zeug, es sah aus wie Kohle, wie altes, verrottetes Holz. Sie erinnerte sich daran, was Andi über Roberts Vortrag gesagt hatte. Vielleicht hatten die Bilder auf der Speicherkarte etwas mit dem Schmuggel von Wildfleisch zu tun. Sie erinnerte sich, dass sie solche Bilder schon mal gesehen hatte, in irgendeinem Verfahren der letzten Monate, da hatte ihr der Zoll ganz ähnliche Fotos vorgelegt. Das da auf den

Bildern war kein Holz, es war höchstwahrscheinlich Fleisch, geräuchert oder durch ein anderes Verfahren haltbar gemacht, zusammengeschrumpft, verkohlt. Vogelsang richtete sich auf und rieb sich die Augen. Reisende brachten immer wieder angebliche Delikatessen mit, Fleisch von Krokodilen, Schlangen oder Elchen, geräuchert, eingelegt, gepökelt. Hatte Robert dazu recherchiert, zur illegalen Einfuhr von Wildfleisch nach Deutschland? Sie wusste, dass er strenger Veganer gewesen war und Tiere immer wieder im Zentrum seiner Arbeit gestanden hatten – aber rechtfertigte das sein Erscheinen bei ihr, gar seinen Tod? Und warum lag er dann im Hof des besetzten Hauses? Hatte er Stress mit den Hausbesetzern gehabt, war es bei einem Streit zu einem tragischen Zwischenfall gekommen? Das alles ergab keinen Sinn. Sie zwang sich zur Ruhe. Morgen würde sie von Uwe vielleicht schon mehr erfahren.

Sie landete auch wieder bei den Videos, ließ sie nacheinander ablaufen. Alle schienen von einem bestimmten Abend zu stammen, von einer Feier in einem großen Garten. Man hörte Leute applaudieren, man sah eine Frau, die irgendwas auf einem Teller vor sich hertrug, etwas, das golden schimmerte. Dann zuckte Vogelsang zusammen und stoppte das Bild: War das nicht Rakete? Er trug Dienstkleidung, wahrscheinlich die eines Caterers, in einer Hand hielt er ein Tablett mit Gläsern. Sie sah genauer hin. Ohne Zweifel, das war Rakete. Was machte er da, war er mit Robert zusammen dort gewesen? Rakete war bei der Räumung nicht verhaftet worden, er hatte es irgendwie geschafft, im Chaos zu entkommen. Und dann hatte sie seine Worte wieder im Ohr, dass er wisse, wer sie sei, dass er wisse, wer sie geschickt habe.

Ihr Kopf brummte, sie merkte, wie verspannt ihr Nacken war. Sie schaltete den Laptop aus und starrte noch einige Minuten auf das schwarze Display. Auch wenn es noch keinerlei Hinweise und gesicherte Spuren gab, war Vogelsang sich sicher, dass Altmann an einer größeren Sache dran gewesen war, zum Spaß oder nur zum schnöden Geldverdienen ließ er sich sicher nicht von einem Caterer einstellen, nicht Robert Altmann. Schon als sie noch mit ihm zusammen gewesen war, hatte Roberts Kampf den Unterdrückten und Benachteiligten gegolten, wobei Tiere und deren Ausbeutung immer wieder im Mittelpunkt seiner Recherchen gestanden hatten. Ja, sie war sich sicher, da steckte mehr dahinter – und Rakete wusste ebenfalls darüber Bescheid. Warum war Robert so aufgewühlt zu ihr gekommen, und was hatte es mit diesen Bildern und Videos auf sich?

Da gab es etwas, für das Robert hatte sterben müssen, und sie würde herausfinden, was es war.

6

Sie hatte kaum geschlafen. Immer wieder hatte sie Roberts erstarrtes, bleiches Gesicht vor sich gesehen, seine Augen, die sie fragend, fast erstaunt angesehen hatten: Was geht hier vor, Greta, wo bin ich? Sie hatte versucht, ihm zu antworten, aber keinen Satz zustande gebracht, sie hatte ihn angebrüllt, aber es war nur ein heiseres Krächzen aus ihr herausgebrochen. Er versuchte, nach ihr zu greifen, die Augen panisch aufgerissen, was geschieht mit mir, Greta, halt mich fest, bitte halt mich fest, aber sie hatte ihn nicht halten können. Schweißgebadet war sie aufgewacht, aufgestanden und ins Bad getaumelt, wo sie eine Ewigkeit auf der Toilette saß und dem beruhigenden Rauschen der Lüftung lauschte, dann duschte sie und kochte Kaffee. Um neun würde sie bei ihm sein, hatte sie ihrem Vater gesagt, dann könnten sie gemeinsam fahren.

Alfred Vogelsang saß ihr jetzt gegenüber, in sich zusammengesunken, irgendwie geschrumpft, ihr Vater hatte noch nie so alt ausgesehen.

»Alles okay, Papa?«, fragte sie.

Er nickte und konzentrierte sich auf das Stück Kuchen vor sich.

Sie saßen im Cafébereich einer Bäckerei, die nur ein paar Minuten entfernt vom Pflegeheim lag. Greta hatte zwei große Tassen Kaffee geholt und je ein Stück Kirschkuchen mit Streusel.

»Ich hoffe, es geht ihr gut«, sagte er leise. Sie merkte, wie seine Hand leicht bei dem Versuch zitterte, sich ein Stück Kuchen auf die Gabel zu schieben.

»Das machte doch alles einen ganz guten Eindruck«, sagte Greta, die das Gezeter der Königin auch noch in den Ohren hatte, wie sie sie in diesem Drecksloch alleine lassen könnten, was sich der Alfred da einbilde, sie wolle jetzt sofort zurück nach Hause, sie habe Essen auf dem Herd, Wäsche in der Maschine, und der Garten mache sich auch nicht von allein, jetzt, da Alfred plötzlich meine, er müsse wieder mehr Schichten arbeiten, aber er sei ja nicht Jesus, keiner werde es ihm später danken, die anderen schauten auch nur nach sich selbst. Die beiden Pflegerinnen hatten Greta und ihren Vater mit freundlichen Blicken und aufmunterndem Lächeln zum Gehen bewegt, sie würden sich kümmern, es würde alles gut werden.

»Ja, das schon«, sagte ihr Vater und trank einen Schluck Kaffee.

»Du musst jetzt mal nach dir schauen, Papa. Ich weiß, dass das für dich komisch klingt, aber es ist so. Du kannst jetzt mal ein bisschen Luft holen.«

Der Zustand von Helga Vogelsang hatte sich in den letzten Wochen verschlechtert. War der Garten den Sommer über ein Ort gewesen, an dem sie nach ihrem Sturz vom Apfelbaum langsam wieder auf die Beine kam, schienen die ersten aufziehenden Herbstwolken auch ihr die Laune zu verdüstern, der Wind ihre Erinnerungen durcheinanderzubringen. Manchmal erschrak sie über Alfred, glaubte, er sei ein Nachbar von früher, der längst tot war, glaubte, er sei ein Handwerker, und schrie nach der Polizei; dann wieder wollte sie von ihm wissen, wann sie denn nun endlich heiraten würden, wann Greta aus der Schule käme, warum die Küche nicht mehr dort sei, wo sie sie erwartete. Alfred Vogelsang hatte da längst aufgegeben, irgendetwas zu erklären, dass sie längst umgezogen, längst verheiratet, Greta ausgezogen war. Die Königin vergaß zu essen, vergaß, auf die Toilette zu gehen, und beschimpfte Alfred, wenn er versuchte, seiner Frau eine Windel anzulegen, zweimal biss sie ihn in den Arm.

Das Heim lag in Hanau, in der Nähe des Mains, hatte einen schönen Garten und große, helle Zimmer. Die Königin würde dort für zwei Tage zur Probe wohnen.

Nachdem sie ihren Kaffee getrunken hatten, gingen Greta und ihr Vater hinunter an den Fluss, sahen aufs Wasser. Es nieselte leicht, und sie dachte an das bevorstehende Gespräch mit Uwe. Sie standen nebeneinander, und als Alfred zu ihr sah, merkte sie, dass er geweint hatte.

»Was ist los, Papa?«, fragte sie.

»Gestern hat mich jemand angerufen, wegen dem Garten. Er will sofort die ganze Pacht übernehmen und auch was für die Geräte und das Gartenhaus zahlen.«

»Du willst den Garten verkaufen?«

»Was soll ich denn sonst tun? Ich kann das Heim nicht bezahlen, Greta, das bisschen auf dem Konto reicht nicht mal für ein halbes Jahr.«

»Mensch, Papa«, sagte Greta und zog die schmale Gestalt an sich, nahm ihren Vater in den Arm. Er roch genauso wie früher, nach Aftershave und Kaffee, seine Hemden nach dem gewohnten Waschmittel. »Wir kriegen das hin, ich überlege mir was«, sagte sie. »Und dem Interessenten sagst du ab, okay? Der Garten bleibt bei uns.«

Ihr Vater beruhigte sich und versuchte zu lächeln. Sie hatte ihn nicht oft weinen gesehen, einmal nach ihrem bestandenen Zweiten Staatsexamen und nachdem die Königin ihre Diagnose erhalten hatte. Er hatte immer versucht, sich zusammenzureißen, sich nichts anmerken zu lassen, die ganzen Jahre nicht. Aber jetzt schien sich etwas in ihm zu lösen, etwas wurde brüchig, und er stand neben ihr im Wind und zitterte leicht.

»Lass uns gehen«, sagte sie.

Ihr Vater fuhr auf den Parkplatz vor dem Polizeipräsidium in der Adickesallee und stellte den Motor ab. Vogelsang hatte ihm nur gesagt, dass sie dort gleich noch einen Termin habe, sie hatte ihm aber nichts von Altmann und der Sache mit dem besetzten Haus in Rödelheim erzählt, sie wollte ihn nicht noch mehr beunruhigen, obwohl sie gar nicht genau wusste, ob er sich überhaupt noch an die Zeit damals erinnern konnte. Sie nahm seine Hand, drückte sie, dann stieg sie aus.

»Ruf mich an, wenn du was brauchst«, sagte sie. »Und mach dir um Geld keine Sorgen, das kriegen wir hin.«

Ihr Vater nickte. Vogelsang wartete, bis er vom Parkplatz gefahren war, dann ging sie hinein und meldete sich für ihren Termin mit Uwe Fähndrich an.

Während sie auf Uwe wartete, checkte sie ihr Smartphone. Bevor sie heute Morgen zu ihrem Vater gefahren war, hatte sie einige Bilder der Speicherkarte per Mail an Rafik geschickt, mit der Bitte um eine erste Recherche: Wo genau befand sich der Supermarkt, war es tatsächlich Fleisch in den Verpackungen, was hatte es mit diesem Firmengebäude im Gallus auf sich? Er hatte ihr kurz den Eingang der Mail per SMS bestätigt, würde sich sofort an die Arbeit machen.

»Schön, dass du kommen konntest«, hörte sie Uwe hinter sich.

Sie schob das Smartphone in ihre Tasche, sie gaben sich die Hand.

»Konntest du schlafen?«, fragte er, während sie zum Aufzug gingen.

»Seh ich so schlimm aus?«

»Du siehst aus wie immer.«

»Das ist jetzt ein Kompliment, oder?«

»Aber sicher.«

Beide mussten grinsen.

»Ich habe Frau Brandt zum Gespräch dazugebeten«, sagte

Uwe. »Sie leitet die Ermittlungen in der Staatsanwaltschaft. Ich hoffe, das ist okay für dich.«

»Klar.«

Sie hatte in ihrer alten Abteilung für Kapitalverbrechen eine Zeit lang mit Sandra Brandt zusammengearbeitet, da war Brandt gerade ganz neu in die Abteilung gekommen, und Vogelsang hatte versucht, ihr so gut zu helfen, wie sie konnte. Seit ihrem Wechsel war Brandt etwas auf Abstand zu ihr gegangen, was Vogelsang aber nicht persönlich nahm, sondern als normalen Prozess betrachtete: Brandt fand sich mehr und mehr zurecht, setzte eigene Akzente. Und sie war gut in dem, was sie machte, erfolgreich, ehrgeizig.

Ihre Begrüßung in Uwes Büro war herzlich, trotzdem glaubte Vogelsang, dass Brandt sie mit einem Blick ansah, in dem eine Spur Misstrauen mitschwang.

Sie setzten sich um den kleinen Tisch, Uwe schenkte Kaffee ein, legte das Aufnahmegerät auf den Tisch. Dann bat er Vogelsang noch einmal von den Ereignissen des gestrigen Abends zu erzählen, warum sie im besetzten Haus gewesen war, was sich dort ereignet hatte. Vogelsang hatte kurz das Gefühl, im falschen Film zu sein. Es war merkwürdig, auf dieser Seite des Tisches zu sitzen, die erwartungsvollen, aber ernsten Blicke von Uwe und Brandt auf sie gerichtet. Eigentlich war sie es doch, die die Fragen stellen und die Ermittlungen vorantreiben wollte.

»Alles in Ordnung, Greta?«, fragte Uwe.

»Ja, geht schon.«

Sie machte sich gerade. Brandt senkte den Blick.

Vogelsang begann ruhig und sachlich zu erzählen, von Altmanns erster Kontaktaufnahme, ihrem Besuch des besetzten Hauses, wo sie Altmann treffen wollte, und der plötzlichen Räumung durch die Polizei. Sie erzählte auch grob von ihrer Freundschaft zu Altmann, von seiner Arbeit als investigativer Journalist, soweit sie davon wusste. Dann holte sie aus ihrer Tasche den Umschlag mit der Speicherkarte und legte ihn auf den Tisch.

»Das hat mir Altmann gegeben«, sagte sie. »Eine Speicherkarte mit Bildern und Videos. Es ist wahrscheinlich ein Teil seiner Recherche, zu was genau, kann ich noch nicht sagen. Aber er scheint es für so brisant gehalten zu haben, dass er es loswerden musste.«

»Ich lasse das Material untersuchen«, sagte Uwe, und Vogelsang nickte. Obwohl sie wusste, dass sie Beweismittel nicht behalten durfte, hatte sie sich von allen Dateien eine Kopie gemacht und diese auf ihrem Rechner gespeichert.

Uwe berichtete, dass man noch am gestrigen Abend und auch heute Morgen die Hausbesetzer zum Tod von Altmann vernommen hätte, aber dadurch keine neuen Erkenntnisse erlangt habe.

»Wir haben alle am Vormittag wieder entlassen«, sagte Uwe. »Die standen ziemlich unter Schock und konnten sich an nichts Auffälliges erinnern, die meisten hatten mit Altmann angeblich wenig zu tun. Die Spurensicherung ist dran, hat aber noch nichts Verwertbares. Heute Mittag werden wir eine erste Pressemitteilung rausgeben.«

»Du hast aber sicher schon eine Ahnung«, sagte Brandt mit einem Lächeln zu Vogelsang gewandt. »So wie ich dich kenne.«

Vogelsang merkte, wie müde sie war, wie sehr sie der Morgen in Hanau angestrengt hatte.

»Na ja, eine Vermutung geht in die Richtung illegaler Einführung von Wildfleisch in die EU, aber das ist wirklich nur eine Vermutung. Ich habe mir die Daten auf der Speicherkarte kurz angesehen: Da gibt es Bilder und Videos von einer Party, High Society, wahrscheinlich irgendwo hier im Speckgürtel. Auf solche Themen ist Altmann immer angesprungen, also, wenn es um die Machenschaften der Reichen ging, da hat er sich besonders reingehängt, investigativ recherchiert und so weiter.

Möglich, dass bei dieser Party Wildfleisch serviert wurde und Altmann das aufdecken wollte. Aber ich denke im Moment nur laut.«

Uwe verschränkte die Hände hinter dem Kopf und musterte Vogelsang. Das Aufnahmegerät hatte er schon vor ein paar Minuten wieder abgestellt, nun sprachen sie inoffiziell miteinander.

»Ich sehe ehrlich gesagt kein Mordmotiv darin, wenn jemand über eine Party oder über Wildfleisch schreibt. Ich meine, ja, ich habe auch schon davon gehört, aber das leisten sich Leute, die in einem Monat so viel verdienen wie wir alle zusammen in einem Jahr. Warum sollten die jemanden deswegen töten? Die wollen unter sich bleiben, ihre Ruhe haben. Ein Mord ist das Letzte, was die brauchen.«

»Da hast du sicher einen Punkt«, sagte Vogelsang. »Also muss mehr dahinterstecken. Vielleicht kriegen wir über die Bilder Genaueres raus.«

»Ich habe ja auch so meine Theorie«, sagte Uwe.

»Dann zier dich mal nicht«, sagte Vogelsang mit einem Lächeln.

»Ich habe mir heute Morgen die Arbeiten von diesem Robert Altmann angesehen, davon gibt es im Netz eine ganze Menge. Vor einiger Zeit hat er mehrere Artikel über Menschenhandel und Prostitution geschrieben. Da werden Mädchen aus Nigeria mit Versprechungen nach Deutschland gelockt und müssen dann hier ihre ›Schulden‹ als Prostituierte abarbeiten, während man in ihrer Heimat die Angehörigen unter Druck setzt. Ein Ausstieg ist da nur sehr schwer möglich. Was, wenn Altmann den Hintermännern zu nahe gekommen ist? Dafür würde auch die Entsorgung der Leiche im Sperrmüll sprechen, da musste ich gleich an eine Organisation denken, Mafia, Menschenhandel, so was. Jedenfalls geht es dabei um so viel Geld, dass ein Mord immer in Kauf genommen wird.«

»Dann ermitteln wir erst einmal in diese Richtung«, sagte Brandt, »das scheint mir am plausibelsten.«

»Aber warum dann gerade das besetzte Haus als Fundort?« Vogelsang sah zu Brandt, die ihren Blick erwiderte. »Warum macht sich jemand die Mühe? Die hätten ihn doch auch ganz woanders verschwinden lassen können. Da wollte jemand, dass Altmann gefunden wird.«

Uwe runzelte die Stirn.

»Glaubst du, es gibt Stress bei den Linken?«

»Stress gibt es da immer mal wieder, aber ganz sicher keinen Mord. Altmann war in der Szene ziemlich angesehen.«

»Wir stehen ja noch ganz am Anfang«, sagte Brandt und stand auf. »Ich denke, wir haben ein paar gute Ansätze, damit sollten wir jetzt weitermachen.«

Sie reichte Vogelsang die Hand, sie müsse jetzt zum Gericht, es wäre schön, mal wieder zusammen Mittag zu essen. Vogelsang nickte, Brandt rauschte davon. Uwe begleitete Vogelsang noch nach unten, zündete sich draußen eine Zigarette an.

»Danke für deine Offenheit«, sagte Uwe.

»Ich hoffe, es bringt uns was.«

»Ja, denke schon. Wir bleiben in Kontakt.«

Sie verabschiedeten sich voneinander, und Vogelsang ging in Richtung U-Bahn-Station, als ihr Smartphone zu vibrieren begann.

Es war Rafik mit ersten Ergebnissen seiner Recherche. Der Supermarkt auf den Bildern befinde sich im Bahnhofsviertel und sei immer mal wieder auf dem Radar des Zolls aufgetaucht, als möglicher Umschlagplatz von sogenanntem *Bushmeat*. Dabei handelte es sich um illegal gehandeltes Fleisch von Wildtieren, die man vorwiegend in den Regenwäldern und Savannen Afrikas, Südamerikas und Asiens jage, verschiedene Antilopen- und Affenarten, Stachelschweine, Reptilien, Schlangen, Vögel.

Man habe aber den Supermarktbetreibern nie etwas nachweisen können, wahrscheinlich handele es sich um so geringe Mengen, dass es nicht weiter auffalle.

Vogelsang dankte Rafik für die Infos und bat ihn, weiter am Thema dranzubleiben.

Sie schob das Smartphone zurück in die Tasche, und während sie die Treppe zur U-Bahn hinunterging, entschied sie, bis zum Willy-Brandt-Platz zu fahren und von dort aus direkt ins Bahnhofsviertel zu gehen. Sie hatte Hunger und dachte an Alims Fisch Imbiss, in dem sie lange nicht mehr gewesen war; außerdem würde sie dem Supermarkt einen Besuch abstatten und schauen, ob ihr dort irgendwas auffallen würde.

Sie aß zuerst eine Fischsuppe, dann die Dorade mit Bratkartoffeln und Salat. Der Imbiss war wie immer gut besucht und es schmeckte, wie sie es in Erinnerung hatte: fantastisch. Sie pulte ein paar Gräten aus dem hellen Fleisch, trank einen Schluck Wasser. Als Kind hatte sie Fisch gehasst. Sie erinnerte sich, wie sie sich einmal beim Grillen an einer Gräte verschluckt hatte. Plötzlich hatte ihr das Ding im Hals gesteckt und sie war panisch geworden, hatte geglaubt, ersticken zu müssen. Sie hatte getrunken und getrunken, ihre Mutter hatte ihr auf den Rücken geklopft, und irgendwann war die Gräte weitergewandert, aber noch Stunden später hatte sie dieses Stechen im Hals gespürt, als würde ihr die Kehle von innen zugedrückt. Jahrelang hatte sie dann überhaupt keinen Fisch mehr angerührt, nicht mal mehr Fischstäbchen.

Es war später Mittag. Auf der Münchener Straße herrschte der übliche Verkehr, Straßenbahnen, Lieferfahrzeuge mit Warnblinker, man hupte sich aus dem Weg, räumte gelassen Kisten mit Melonen und Mangos aus den Laderäumen, stand zusammen und unterhielt sich, in den Restaurants ein beständiges Kommen und Gehen. Das Bahnhofsviertel hatte sich in den letzten Jahren verändert – zum Guten für die einen, zum weniger Guten für die anderen. Mittlerweile gab es auch hier diese Art moderner Cafés mit Hafermilchlatte und belgischem Bier, es gab durchsanierte Altbauwohnungen, hippe Restaurants mit ausgefallener Speisekarte, und vor dem Yok Yok, dem fast schon legendären Kiosk, bildete sich an Sommerabenden oft eine riesige Menschentraube, man stand herum, ein Bier in der Hand, rauchte und quatschte, während aus dem Moseleck manchmal nur eine Gestalt getaumelt kam oder darin verschwand. Natürlich gab es nach wie vor die Sexshops und Tabledance-Bars, heruntergekommene Bums-Hotels, es gab die Dealer, die wie an einer Perlenkette aufgereiht in den Nebenstraßen herumstanden, es gab im Drogendelirium Herumtaumelnde, Raubüberfälle, Messerstechereien, Polizeirazzien, Räuber und Gendarm, ein ständiges Hin und Her.

Vogelsang ging durch die Straßen auf der Suche nach dem kleinen Supermarkt, und es dauerte eine Weile, bis sie glaubte, ihn gefunden zu haben. Er lag unscheinbar neben einem Hotel und einer Pizzeria, ein paar Auslagen standen auf der Straße, Obst und Gemüse. Sie hatte sich einige von Roberts Bildern auf ihr Smartphone geladen und verglich diese jetzt mit der Realität.

Hier war sie richtig. Sie betrat den Laden.

Es roch nach Gewürzen, die sie nicht kannte, im Hintergrund lief leise Musik. Sie nahm sich einen kleinen Einkaufskorb und schlenderte langsam an den Regalen entlang; es gab große Packungen mit Reis und Couscous, verschiedene Schwarzteesorten, in Dosen abgefülltes Gemüse, Linsen, Kichererbsen, Hirse. Hinten im Laden sah sie eine kleine Fleischtheke, an der vor allem Lamm angeboten wurde, auch etwas Rind.

An der Theke stand gerade ein Mann und war in ein leises Gespräch mit dem Verkäufer vertieft. Vogelsang konnte sie nicht verstehen, aber als sie sich den beiden näherte, verstummten sie.

Sie sahen zu ihr, irritiert. Vogelsang fragte sich, was für eine Unterhaltung sie da gerade gestört hatte.

»Suchen Sie etwas?«, fragte der Verkäufer.

»Äh nein, danke. Ich schaue mich nur um.«

Sie ging den Gang weiter und merkte, wie unangenehm ihr die Situation gerade war. Sie kaufte ein paar Trauben und eine kleine Packung Couscous, bezahlte und verließ den Laden wieder. Sie ging ein paar Schritte, blieb dann erneut stehen und sah sich um. Der Laden sah nicht besonders verdächtig aus, warum hatte Altmann ihn fotografiert? Selbst wenn hier heimlich Wildfleisch angeboten wurde, waren die Mengen mit Sicherheit zu gering, um dahinter mehr als einen lukrativen Nebenverdienst zu sehen.

Sie ging wieder vor zur Münchener Straße, wollte von dort mit der Straßenbahn zurück ins Büro, als ihr Smartphone wieder zu vibrieren begann. Unbekannte Nummer. Sie nahm ab.

»Vogelsang.«

»Hallo, Greta. Hier ist Erika, erinnerst du dich noch an mich, Erika Walther.«

Vogelsang blieb stehen und blinzelte.

»Hallo, Erika«, sagte sie.

»Ich habe von der Sache mit Robert erfahren. Furchtbar. Können wir uns treffen?«

»Ja, können wir machen. Ich bin gerade noch unterwegs. Kann ich dich später zurückrufen, dann machen wir was aus.«

»Ist gut, bis später, Greta.«

Sie legte auf und stand einige Augenblicke wie benommen da. Erika Walther – und plötzlich hatte sie auch wieder ein Gesicht vor Augen, rote Haare, farbenfrohe Kleider. Erika war damals mit in Genua gewesen, aber im Gegensatz zu ihr war sie danach noch in der Gruppe geblieben und hatte versucht, sie zusammenzuhalten, bis alles unwiederbringlich auseinanderfiel.

Sie trafen sich in Bockenheim, vor dem ExZess in der Leipziger Straße. Vogelsang war müde, der Tag hatte sie angestrengt, und sie hatte darüber nachgedacht, Erika wieder abzusagen. Aber vielleicht wusste sie etwas über Roberts Arbeit, hatte vielleicht auch Kontakt zu ihm gehabt, vielleicht hatte er ihr etwas erzählt. Einerseits spürte sie, wie sie Angst davor hatte, tiefer und tiefer in ihre eigene Vergangenheit einzutauchen, andererseits drängten sich die alten Zeiten wie von selbst auf, mischten sich mit der Gegenwart, verblichene Spuren wurden plötzlich wieder sichtbar, denen sie vor Jahren eine Zeit lang gefolgt war.

So kam es ihr auch jetzt vor, als sie die U-Bahn an der Haltestelle Leipziger Straße verließ, wieder ans Licht kam und für Augenblicke glaubte, in der eigenen Vergangenheit zu stehen; gleich würde Robert auftauchen, ein klappriges Fahrrad neben sich herschieben, er würde ihr einen Arm um die Schulter legen und sie an sich ziehen, hallo, du, würde er sagen und sie würde lächeln.

Sie war schon seit Ewigkeiten nicht mehr hier gewesen, aber das ExZess schien sich kaum verändert zu haben. Die Fassade über den Fenstern war mittlerweile rot gestrichen, die Fenster schwarz gerahmt.

Neben dem Schriftzug »ExZess« auf der Fassade prangte noch immer dieser hellblaue Stern mit Schweif, daneben stand »Comet«. Sie erinnerte sich an warme Sommerabende, an denen sie rauchend und biertrinkend hier herumgestanden und diskutiert hatten, erinnerte sich an Konzerte unbekannter Punk- und Skabands, an aus dem Ruder gelaufene Gesprächsabende, eine Zeit lang hatte sie versucht, mit anderen *Das Kapital* von Marx zu lesen und irgendwie zu verstehen.

Jetzt schwang die Tür auf und Erika kam heraus, Vogelsang erkannte sie sofort. Sie war groß gewachsen, schlank wie damals, ihre rötlichen Haare begannen weiß zu werden. Erika umarmte sie, wirkte dabei aber etwas ungelenk, fast steif. Auch das Lächeln schien ihr schwerzufallen.

»Hallo, Greta«, sagte sie. »Wollen wir einen Kaffee trinken?«

Sie überquerten die Straße und fanden vor einem kleinen Café Platz. Erika bestellte zwei Kaffee.

»Entschuldige meinen plötzlichen Anruf. Aber nach der Sache mit Robert ... ich dachte, wir sollten uns unterhalten.«

Vogelsang sah Erika von der Seite an. Sie war älter geworden, aber ihr Gesicht war fast unverändert, schmal und kantig, ausdrucksstark war es ihr immer vorgekommen, auch jetzt noch.

»Du arbeitest immer noch im ExZess?«, fragte Vogelsang.

»Ab und zu, ja. Ich koche, mache etwas Orgakram. So was. Sind jetzt viele Junge da, die sich engagieren, da kann ich mich nach und nach rausziehen. Und du?«

Vogelsang erzählte knapp von ihrer Arbeit bei der Staatsanwaltschaft, dass sie seit zwei Jahren ein kleines Team für Umweltstrafsachen leite. Erika nippte an ihrem Kaffee, sie kniff die Augen misstrauisch zusammen.

»Dann hast du es also durchgezogen«, sagte sie.

»Was durchgezogen?«

»Du bist jetzt Staatsanwältin.«

Vogelsang wusste nicht, worauf Erika hinauswollte. Warum hatte sie sie angerufen, warum saßen sie jetzt hier? Um in alten Erinnerungen zu schwelgen? Sie nickte nur.

»Roberts Tod hat mich wirklich getroffen«, sagte Erika. »Er war in letzter Zeit viel unterwegs, ich hatte mich irgendwie schon daran gewöhnt, ihn kaum noch zu sehen. Aber die Tatsache, dass er jetzt für immer weg sein wird, das kann ich noch nicht glauben.«

Eine kurze Pause entstand, und Erika wischte sich hastig eine Träne von der Wange. Vogelsang hätte sie gern in den Arm genommen, aber sie blieb sitzen. Um sie die Geräusche der Straße, Stimmen, das Geklapper von Geschirr.

»Hattest du denn Kontakt mit Robert, in letzter Zeit?«, fragte Erika.

»Ja, aber nur sehr flüchtig. Er wirkte irgendwie gehetzt auf mich, nicht mehr so souverän wie früher.«

»Die Arbeit als Journalist hat ihn verändert«, sagte Erika. »Er hat sich ziemlich zurückgezogen, hat sich nicht mehr groß engagiert. Manchmal dachte ich, dass er ein bisschen paranoid ist, dass er sich wegen seiner Recherchen verfolgt fühlte oder zumindest beobachtet. Ich meine, Robert hat schon immer übertrieben, du kennst ihn ja, aber mit den Jahren ist es immer schlimmer geworden. Das alles ist so unbegreiflich.«

»Ja, das ist es«, sagte Vogelsang leise.

Sie merkte, dass sie einen Kloß im Hals hatte, und blinzelte ein paarmal gegen die aufsteigenden Tränen an. Nein, da war nicht nur ein Mensch gestorben, ihr wurde plötzlich klar, dass mit Robert ein wichtiger Teil ihres Lebens ausgelöscht worden war, einfach so, weg.

Sie hatte immer geglaubt, dass Robert in Erika verliebt gewesen war, die große, schöne Erika, und als Robert sie dann zum ersten Mal küsste, hatte sie es gar nicht glauben können. Er hatte wie sie mit dem Jurastudium begonnen, es nach einem halben Jahr aber wieder abgebrochen, hatte dann Politik und Geschichte studiert, Soziale Arbeit, hatte irgendwann eine Krankenpflegeausbildung begonnen und eine Zeit lang in der Uniklinik gearbeitet, bevor er mit der Arbeit als Journalist begann. Vogelsang war damals sehr verliebt gewesen, es war ein geradezu befreiendes Gefühl gewesen. Im ersten halben Jahr ihrer Beziehung hatte sie sich wie im Drogenrausch gefühlt, alles war wichtig und groß, grundsätzlich und überwältigend gewesen, jeder Kuss eine kleine Explosion.

»Wieso habt ihr euch damals eigentlich getrennt?«, fragte Erika und begann sich eine Zigarette zu drehen. »Ich habe euch ja immer für das perfekte Paar gehalten, dachte, ihr würdet ewig zusammenbleiben. War es wegen Genua?«

»Nicht direkt deswegen, aber damit fing es an«, sagte Vogelsang. »Robert ist oft einfach verschwunden, tagelang, das habe ich irgendwann nicht mehr ausgehalten. Und nach der Sache mit den Polizeiautos, da war für mich eine Grenze erreicht.«

Erika nickte. Ohne es weiter anzusprechen, wussten beide, was Vogelsang meinte. Eine völlig bescheuerte und aus dem Ruder gelaufene Aktion, zwei ausgebrannte Polizeiwagen, ein verletzter Beamter. Vogelsang sollte beweisen, dass sie es ernst mit allem meine und nicht nur Mitläuferin sei; es war das erste Mal gewesen, dass sie sich gegen ihn gestellt hatte.

»An was hat Robert denn zuletzt gearbeitet, weißt du etwas?«, fragte Vogelsang.

Erika zog an ihrer Selbstgedrehten und schüttelte den Kopf.

»Ich habe seine Arbeit nicht mehr so verfolgt wie früher. Glaubst du, sein Tod hat was damit zu tun?«

»Schon möglich.«

»Scheiße.«

Sie schwiegen.

»Ich war in Rödelheim im Haus, als man Robert gefunden hat, bei der Räumung«, sagte Vogelsang. »Er wollte sich mit mir treffen, sagte, dass er wichtige Infos habe. Er hat an irgendwas gearbeitet, es gibt ein paar Bilder, aber nichts wirklich Konkretes.«

»Sag mal, sitzt mir jetzt hier eigentlich Greta oder die Staatsanwältin Vogelsang gegenüber?«, fragte Erika.

»Kennst du einen Rakete?« Vogelsang ignorierte Erikas Frage, nun war sie wieder aus der Vergangenheit aufgetaucht, war zurück in der Gegenwart. Robert war tot, und sie musste verdammt noch mal herausfinden, wie es dazu gekommen war.

»Er hat wohl mit Robert zusammengearbeitet, ist aber verschwunden.«

»Dann wird er seine Gründe dafür haben.« Erika richtete sich auf, ihr Gesicht veränderte sich plötzlich, wurde sachlich, ihr Blick kühl. Sie sah auf ihre Armbanduhr. »Weißt du, Greta, ich hab immer bewundert, dass du so diszipliniert warst und dein Studium durchgezogen hast, ich meine, bei uns Lehramtsstudenten war alles recht entspannt, Küchen-Diskussionen mit viel Rotwein, klar wurde es da mal hitzig, trotzdem haben wir uns danach immer versöhnt. Aber die Juristen, scheiße noch mal, was waren das zum Teil für Arschlöcher, arrogante Typen, für die waren alle anderen irgendwie immer minderbemittelt.« Erika sah sie ernst an. »Aber du nicht. Du warst intelligenter als wir alle zusammen, hast sogar Robert in die Tasche gesteckt, und ich hab immer gehofft, dass du bei uns bleibst, für unsere Sache weiterkämpfst. Dass du dich jetzt für diesen Staat starkmachst, der jede Linken-Demo gnadenlos niederknüppelt, bei Hitler-Witzen in der Polizei aber das rechte Auge zudrückt, der auf dem Rücken der Armen seine gnadenlos neoliberale Politik fährt und wegen der ganzen Auto-Lobbyisten nicht mal ein Tempolimit gebacken kriegt – dass du den jetzt verteidigst, das verstehe ich nicht.«

»So einfach ist die Sache nicht, Erika«, versuchte sich Vogelsang zu wehren. »Die Welt ist nicht nur schwarz und weiß.«

»Doch, Greta. Manchmal schon. Manchmal ist es einfach. Dann müssen wir uns nur für eine Sache entscheiden.« Erika stand auf, sah sich um, schien nicht so recht zu wissen, wohin.

Auch Vogelsang erhob sich jetzt und legte etwas Geld auf den Tisch. Die beiden Frauen sahen sich an, und Vogelsang erkannte in Erikas Blick weder Wut noch Trauer, es lag vielmehr eine müde Resignation darin, so als ob sie selbst nicht glauben könne, in welch einer Welt sie lebte.

»Wenn Robert, wenn er demnächst beerdigt wird ... es wäre, trotz allem, schön, wenn du kommen könntest«, sagte Erika.

Greta sah sie einen Moment lang an. »Ja, ich werde da sein.«

Erika trat einen Schritt auf sie zu, hielt dann aber in ihrer Bewegung inne. Auch Vogelsang machte keine Anstalten, sie zu umarmen. Zu verschieden waren mittlerweile die Welten, in denen sie lebten. Erika legte ihr die Hand auf den Arm.

»Bis bald dann«, sagte sie und lächelte, als habe sie etwas gutzumachen, kraftlos und müde.

»Ja, bis bald.«

Erika lief Richtung Schlossstraße, während Vogelsang nachdenklich zur U-Bahn-Station zurückging.

Eigentlich hätte der Rasen des Gartens mal wieder gemäht, die vertrockneten Mohnstauden beschnitten und die Blätter zusammengeharkt werden müssen, aber als Greta jetzt auf der Terrasse saß und erschöpft zu den Beeten blickte, kam ihr das alles doch irgendwie schön vor, gerade in seinem verblühenden Chaos. In ihr sah es ja nicht viel besser aus, alles ein großes Durcheinander.

Das Gespräch mit Erika hatte sie nachdenklich gestimmt und die alten Zweifel schlichen sich wieder an.

War sie denn nicht insgeheim eine Hochstaplerin, jemand, der die Kollegen seit Jahren betrog, weil sie eigentlich nicht zu ihnen gehörte, weil sie doch in einem Frisörsalon arbeiten müsste oder als Floristin oder als einfache Verwaltungsangestellte? Müsste sie den Kollegen denn nicht eigentlich nur die Post bringen, wie ihr Vater Alfred über Jahrzehnte im Führerhaus seiner Trambahn gesessen und die Leute herumgefahren hatte?

Scheiße.

Sie hatte immer kämpfen müssen, nicht nur im Studium, auch danach. Kaum jemand hatte ihr etwas zugetraut, daran geglaubt, dass sie sich durchsetzen würde. Sie spürte plötzlich, wie müde sie war. Vielleicht brauchte sie ja eine Pause, ein paar Monate ohne jede Verpflichtungen.

Mika kam auf die Terrasse und setzte sich zu ihr auf die Bank, fragte sie, wie es ihr gehe, nahm ihre Hand und strich ihr über die Finger.

»Müde«, sagte sie, und dann erzählte sie knapp vom Pflegeheim und den Sorgen ihres Vaters, erzählte, dass sie eine alte Freundin getroffen habe, es sei gerade alles etwas viel. Mika nickte, legte einen Arm um sie und zog sie zu sich.

7

Vogelsang hatte ein paar süße Teilchen vom Bäcker mitgebracht und verteilte sie auf zwei Tellern. Dann nahm sie sich ein Glas Wasser und folgte ihrer Kollegin Sonja Wilms hinüber in den Besprechungsraum, wo schon Martin Abel und Rafik Atashi warteten. Vogelsang wollte mit ihrem Team besprechen, wie sie im Fall Altmann weitermachen, ob sie hier überhaupt tätig werden sollten. Die Frankfurter Zeitungen berichteten bereits über den Fall: *Linker Investigativjournalist bei Räumung von besetztem Haus in Rödelheim tot aufgefunden. Polizei tappt im Dunkeln.* Sie hatte Rafik gebeten, seine Rechercheergebnisse kurz vorzustellen, und nachdem Vogelsang den anderen von den Vorfällen vor zwei Tagen um das besetzte Haus und dem toten Robert Altmann berichtet hatte, klappte er seinen Laptop auf und legte los:

»Also, den Fotos nach zu urteilen, die mir Greta gegeben hat, könnten wir es hier mit sogenanntem Bushmeat zu tun haben.«

Er drehte den Laptop so, dass auch die anderen die Bilder sehen konnten. Abel beugte sich nach vorn, schob seine Brille in die Stirn.

»Ja, das könnte Bushmeat sein«, sagte er und kniff die Augen leicht zusammen. »Lange geschmort oder geräuchert. Das müsste sich mal ein Profi ansehen, ich kenne da ein paar Leute von der Uni.«

Rafik wiederholte noch einmal, worum genau es sich bei Bushmeat handelte.

»Daran ist zuerst einmal nichts Verbotenes«, sagte er. »Die Jagd ist zum Beispiel in großen Teilen Afrikas Teil des traditionellen Lebens, in manchen Regionen ist Wildfleisch der einzige Eiweißlieferant. Gerade in der Äquatorgegend ist Viehzucht oft wegen der klimatischen Bedingungen sehr schwierig, also bleibt den Menschen meist nur die Jagd auf wilde Tiere.«

Er machte eine kurze Pause.

»Das Problem ist, dass der Bedarf nach Fleisch immer weiter steigt, dass die Jagd mit Gewehren viel effektiver ist als mit traditionelleren Fangmethoden wie Pfeil und Bogen. Na ja, und dann haben die Ersten halt gemerkt, dass sie mit dem Fleisch auch noch Geld verdienen können, indem sie es weiterverkaufen. Gerade in den großen Städten Afrikas und in der europäischen Diaspora wird Bushmeat in den reichen Schichten als Delikatesse angesehen und stark nachgefragt, man ist stolz auf eine traditionelle Ernährung, auf die kulturelle Verbundenheit. Die hohe Nachfrage lässt die Preise steigen, immer mehr ziehen raus in die Wälder zur Jagd und die Wildpopulationen schrumpfen. Ein Teufelskreis.«

Er klickte ein paarmal mit der Maus, schüttelte den Kopf, dann hellte sich sein Blick auf.

»Hier, es gibt eine Studie aus Belgien, die haben mal die Mengen an geschmuggeltem Bushmeat kalkuliert und gehen dabei von 44 Tonnen im Jahr aus, und das allein für den Flughafen Brüssel. Die Zahlen dürften also sicher noch um einiges höher liegen. In der Schweiz gehen sie von jährlich 500 bis 1500 Tonnen aus, die Ausmaße sind schon gewaltig.«

»Und dann wird es in Europa unter der Hand verkauft«, sagte Vogelsang.

»Einiges davon ja. Meist wird das Fleisch aber schlicht als Geschenk aus den Heimatländern mitgebracht, die Leute wissen oft gar nicht, dass die Einfuhr verboten ist. Es ist ziemlich schwer, professionellen Schmuggel aufzudecken, manchmal merkt man das an der Art, wie das Fleisch verpackt ist, oder ob es zusammen mit Kaffee, Holzkohlestaub oder Mottenkugeln transportiert wird, um den Geruch zu überdecken.« Rafik klappte den Laptop zu.

»Der Zoll ist jetzt auch nicht gerade auf Bushmeat spezialisiert«, sagte Abel. »Für die lohnt es sich oft gar nicht, gezielt danach zu suchen, weil zum Beispiel Waffen- oder Drogenfunde mit Boni belohnt werden, Bushmeat aber nicht. Da sind die Prioritäten schnell klar.«

»Das eigentliche Problem ist aber nicht der Schmuggel, sondern die Seuchengefahr«, sagte Rafik. »Mit dem Fleisch können Krankheitserreger nach Europa gelangen, die wir hier eigentlich gar nicht haben, Listeriose, Milzbrand. Das könnte sich im schlimmsten Fall zu einer Pandemie auswachsen.«

»Verstehe. Danke für eure Ausführungen.« Vogelsang verschränkte die Arme vor der Brust. »Also, was machen wir jetzt damit? Oder anders gefragt: Fangen wir überhaupt an zu ermitteln? Wir müssten zumindest rausfinden, was es mit den Bildern dieses Gebäudes im Gallus auf sich hat. Ich bin sicher, dass es für Altmann da einen Zusammenhang gab.«

»Ich gebe mein Bestes«, sagte Rafik. »Und was ist mit dem Supermarkt im Bahnhofsviertel? Sollen wir da noch mal genauer hinschauen, immerhin hat Altmann dort Fotos gemacht?«

»Ja, könnte ein möglicher Umschlagplatz sein. Konzentrieren wir uns aber erst mal auf die Firma im Gallus. Zwei Teams vom Zoll für eine Überwachung bekommen wir sowieso nicht, und mein Gefühl sagt mir, dass wir bei der Firma bessere Chancen haben, um wirkliche belastbare Mengen zu finden.«

Alle stimmten Vogelsang zu.

»Und wir sollten einmal beim Gesundheitsamt nachfragen, ob es in letzter Zeit Meldungen über Fälle von eingetragenen Infektionen gab, so was muss ja gemeldet werden.«

Rafik machte sich Notizen.

»Haben wir noch mehr als die Bilder?«, fragte Sonja.

»Es gibt noch ein paar Videos«, sagte Vogelsang. »Von einer Party, bei der wahrscheinlich Wildfleisch serviert wurde, Altmann scheint dort gefilmt zu haben. Darum kümmern sich Brandt und das K11. Wir konzentrieren uns zunächst auf die Sache mit dem Wildfleisch, vielleicht finden wir etwas, das in den Ermittlungen zu seinem Tod weiterhilft.«

Damit legte Vogelsang die Karten auf den Tisch: Um eine Ermittlung wegen der illegalen Einfuhr von Wildfleisch zu beginnen, hatte sie eigentlich zu wenig in der Hand, aber sie wollte diesen Fall, weil sie hoffte, damit die Umstände um Roberts Tod aufzuklären.

»Dann arbeiten wir jetzt erst mal mit dem, was wir haben«, sagte Abel. »Alles ja noch recht dünn.«

»Ja, leider.« Vogelsang stand auf. »Für eine Akte reicht das nicht. Aber gar nichts tun können wir auch nicht. Ich spreche noch mal mit Brandt, vielleicht hat sich mittlerweile etwas Neues ergeben. Und ich frage mal beim Zoll an, was sie zum Thema Bushmeat haben. Danke für eure Zeit.«

Sandra Brandt klang am Telefon etwas erkältet, und Vogelsang fragte sie, ob alles okay wäre. Bisschen Husten, sagte Brandt, aber sonst gehe es ihr gut.

»Habt ihr schon Neuigkeiten in Sachen Altmann?«, fragte Vogelsang. »Wir diskutieren gerade, ob es auch ein Fall für uns sein könnte, wegen der mutmaßlichen Wildfleischfunde auf den Fotos.«

»Uwe verfolgt die Spur mit dem Menschenhandel weiter«, sagte Brandt und trank einen Schluck, es knackte in der Leitung. »Sorry, meine Kehle ist so trocken. Also, Uwe geht gerade ein paar ersten Hinweisen nach, und auch auf den Bildern könnte was sein. Ich würde vorschlagen, wir fahren ab jetzt zweigleisig, denn wenn du sagst, dass da auf den Bildern Wildfleisch ist, dann sollten wir auch dem nachgehen.«

»Ja, hört sich gut an«, sagte Vogelsang.

»Hast du heute Nachmittag Zeit? Um zwei setze ich mich noch mal mit Uwe zusammen. Du könntest dazukommen, dann schauen wir weiter.«

»Ja, gerne.«

»Dann bis später.«

Gegen halb eins verließ Vogelsang das Büro und machte sich auf den Weg ins Hafis. Das persische Restaurant lag nicht weit entfernt an der Konstablerwache. Auf den Stühlen draußen unter den Schirmen lagen schon ein paar Decken aus, Heizpilze wollte Amon, der Besitzer, keine haben, der Umwelt zuliebe, wie er sagte, die Leute müssten im Winter auch nicht draußen sitzen, das sei blödsinnig. Vogelsang ging hinein, sofort fühlte sie sich wohl und entspannte sich etwas, setzte sich an einen kleinen Zweiertisch, ließ die Schultern sinken. Amon kam zu ihr und stellte eine Tasse Tee vor sie.

»Du siehst aus wie ein Geist«, sagte er.

»Ja, so fühle ich mich auch.«

Amon setzte sich ihr gegenüber, nahm sich ein paar Augenblicke Zeit. Das mochte sie so an ihm, deshalb schätzte sie das Hafis, nicht nur wegen des ausgezeichneten Essens, sondern weil sie in Amon mittlerweile auch einen Freund gefunden hatte, jemanden, der die Welt aus einem ganz anderen Blickwinkel sah und der trotzdem versuchte, sich auch in sie hineinzuversetzen. Amon lebte seit seiner Kindheit hier in Frankfurt, hatte zusammen mit seinem Bruder das Restaurant aufgebaut, ein zweites hatten sie in Bockenheim in der Nähe der Uni eröffnet, rein vegetarisch, als der Trend dazu noch gar nicht abzusehen war und alle sie davor gewarnt hatten. Aber ihr Mut hatte sich ausgezahlt, beide Restaurants waren inzwischen über die Stadtgrenze hinaus bekannt und vor allem im Sommer fast immer ausgelastet.

»Es ist etwas passiert«, sagte Amon.

Vogelsang nickte. »Jemand ist gestorben, der mir mal sehr nahestand. Ich bin ein bisschen durch den Wind. Und ich glaube, dass der Verstorbene etwas Wichtiges wusste, aber ich habe nichts in der Hand. Da ist nur mein Gefühl.«

Amon lächelte.

»Zweifel ist der Schlüssel zum Wissen, hat mein Großvater immer gesagt. Du kannst gar nichts falsch machen. Und du musst etwas essen.« Er stand auf. »Ich bring dir was.«

Vogelsang verfolgte einige Zeit das stumm geschaltete Fußballspiel auf dem Flachbildschirm, dann brachte ihr Amon einen Teller mit Safranreis, dazu Hummus, einen Lammspieß, gegrillte Tomaten und eine Cola. Sie aß mit Appetit, lauschte den Stimmen an den anderen Tischen, ohne etwas zu verstehen, es waren angenehme Geräusche. Da sie Zeit hatte, trödelte sie etwas, ließ sich von Amon noch ein paar Scheiben Gaz bringen, eine Art weißes Nougat mit Mandeln und Pistazien. Dann bezahlte sie, verabschiedete sich von Amon und schlenderte langsam zum Hauptgebäude der Staatsanwaltschaft.

Sandra Brandt bot ihr einen Kaffee an, aber Vogelsang lehnte ab und setzte sich an den kleinen Besprechungstisch in Brandts Büro.

»Robert Altmann und du, wie gut kanntet ihr euch eigentlich?«

Brandt setzte sich ihr gegenüber. Wie immer sah sie sehr gut aus, die Frisur tadellos, ein cremefarbenes Hemd, Jeans.

»Wir waren mal ein Paar«, sagte Vogelsang, die nicht daran interessiert war, dass irgendwelche Gerüchte über Altmann und sie die Runde machten. Sie wollte die Sache, ihre Sache, selbst in der Hand haben. »Schon Ewigkeiten her, damals während des Studiums. Ich habe ihn dann jahrelang nicht mehr gesehen, im Sommer haben wir uns noch einmal zufällig getroffen. Das ist alles.«

Brandt nickte. Es klopfte und Uwe steckte seinen Kopf herein, entschuldigte sich für die Verspätung und nahm Platz. Vogelsang war froh, ihn zu sehen, jemand, dem sie vertraute. Brandt gab kurz den Bericht der Rechtsmedizin wieder: Robert Altmann sei erstickt worden, Würgemale am Hals, der Bruch des Zungenbeins und Petechien deuteten darauf hin, auch seien Hämatome am Körper festgestellt worden.

»Außerdem haben wir fremdes DNA-Material unter Altmanns Fingernägeln gefunden. Gut möglich, dass es zu einem Kampf kam und er sich gewehrt hat.« Brandt blätterte in ihren Unterlagen. »Und er soll schon mindestens einen Tag und eine Nacht dort im Sperrmüll gelegen haben.«

»Ich verstehe das einfach nicht«, sagte Vogelsang. »Warum gerade dort, das ergibt doch überhaupt keinen Sinn.«

»Vielleicht sollte der Verdacht auf die Linken gelenkt werden«, sagte Uwe, »wobei das schon echt etwas plump ist. Es passt da so einiges nicht zusammen.«

Vogelsang merkte, wie es ihr die Kehle zusammendrückte. Sie bat Brandt um ein Glas Wasser, nach dem ersten Schluck ging es ihr besser.

»Ich habe zum Thema Bushmeat recherchiert«, sagte sie, und dann fasste sie kurz Rafiks Vortrag zusammen, wiederholte ihre Vermutung vom Vortag, dass Altmann Schmugglern auf der Spur gewesen sein könnte.

»Ich werde mich mal umhören, was dieses Bushmeat angeht«, sagte Uwe, »aber ich glaube ja, dass es was Größeres ist, was Gefährlicheres. Ich habe die Bilder untersuchen lassen, die du mir gegeben hast, und da könnten tatsächlich Hinweise auf Menschenhandel drauf sein. Zuerst dachte ich auch, er hat es auf den kleinen Supermarkt abgesehen, aber dann ist uns aufgefallen, dass da auf den Bildern immer auch ein Hotel zu sehen war, direkt neben dem Supermarkt. Ich habe dann in unseren Akten gegraben. Dieses Hotel taucht tatsächlich in etlichen Ermittlungen auf, es bestand der Verdacht, dass hier Mädchen festgehalten wurden, es gab sogar mal eine Razzia, aber keins der Mädchen hat ausgesagt, wahrscheinlich aus Angst. Wir hatten damals auch zwei Zielpersonen, mutmaßlich nigerianische Menschenhändler, konnten denen aber nichts nachweisen. Die werde ich mir jetzt noch mal vorknöpfen. Was ich damit sagen will: Altmann war vorsichtig, er wusste, wie gefährlich die Sache ist.«

»Und die Videos von der Party«, fragte Vogelsang, »wie passen die dazu?«

»Vielleicht waren auf dieser Party Mädchen, mussten dort arbeiten.«

»Blöd nur, dass keine von ihnen auf den Videos ist.«

»Ja, das stimmt.«

»Und das verpackte Fleisch, der Fundort der Leiche?«

»Ja, das passt nicht zu meiner Theorie«, gab Uwe mit einem Lächeln zu. »Aber wir haben noch etwas herausgefunden, was dich interessieren dürfte: Auf den Bildern ist ein Gebäude im Gallus zu sehen, in dem eine Firma ihren Sitz hat, die exklusive Lebensmittel importiert, besondere Weine, Liköre, Delikatessen, Fleisch von Kobe-Rindern, so was. Heißt sehr originell La Boca. Ich habe mir sagen lassen, dass die Bude nicht ganz sauber sein soll, die beschaffen dir auch Dinge, die du sonst nirgends bekommst, gegen das entsprechende Kleingeld natürlich.«

»Bushmeat?«

»Möglich, ja.«

Vogelsang atmete aus, fuhr sich mit einer Hand durchs Gesicht. Das war zumindest mal etwas, mit dem sie arbeiten konnte. Sie dankte Uwe für die Informationen, dann sagte sie:

»Also, wie machen wir weiter? Das sind mir, trotz allem, ein paar Löcher zu viele, das passt alles nicht zusammen.«

Uwe nickte, auch Brandt sah nachdenklich vor sich auf den Tisch.

»Wir fahren weiter zweigleisig«, sagte Brandt und sah wieder auf. »Die Firma im Gallus ist ja eine Sache für den Zoll, da hast du direkten Kontakt.« Sie sah Vogelsang an. »Uwe und ich ermitteln weiter Richtung Menschenhandel, das scheint mir trotz der augenblicklichen Widersprüche doch etwas vielversprechender. Wie Uwe schon sagte: Warum sollte man wegen Bushmeat einen Mord begehen? Das ist doch eher eine Nische, dafür gibt es ja keinen großen Markt. Ganz im Gegensatz zum Menschenhandel.«

»Ich lasse das Hotel überwachen«, sagte Uwe. »Wir richten eine TKÜ ein und schauen, ob wir was Brauchbares bekommen.«

Vogelsang hatte keine Lust, Widerworte zu geben, aber die Sache mit dem Menschenhandel schien ihr etwas weit hergeholt. Nur weil Robert einmal darüber geschrieben hatte, musste er deswegen nicht gleich umgebracht worden sein; andererseits wusste sie nicht, wie weit er sich bei seinen Recherchen wirklich vorgewagt hatte, möglich, dass er dabei jemandem zu nahe gekommen war. Trotzdem passte die Theorie für sie nicht, der Fundort der Leiche, die Videos, das alles deutete in eine andere Richtung. Aber sie war es gewohnt, dass die Kollegen aus den anderen Abteilungen ihre Ermittlungen nicht immer ernst nahmen, die Fälle oft als Bagatellen abtaten. Sie stand auf.

»Dann machen wir es so.«

Sie verabschiedete sich von Brandt und ging zusammen mit Uwe zu den Aufzügen.

»Du erinnerst dich an den Fall mit den Glasaalen, an Mathissen, den toten Zollfahnder?«, fragte sie, als sie in den Aufzug stiegen. Uwe nickte.

»Da glaubten auch alle, sein Tod sei ein Unfall gewesen.«

»Aber wir wissen bis heute nicht, was genau passiert ist«, sagte Uwe, »es wurde nie jemand wegen seines Todes angeklagt.«

Sie verließen den Aufzug und traten hinaus.

»Ich sage ja nicht, dass an deinen Vermutungen zum Bushmeat nichts dran ist. Aber nur weil es anscheinend so offensichtlich ist, muss es nicht stimmen.«

»Ja, du hast schon recht. Du rufst an, sobald du was hast.«

»Klar.«

Uwe lächelte, legte ihr kurz und behutsam die Hand auf die Schulter, dann verschwand er in einer kleinen Nebenstraße.

Zurück im Büro goss Vogelsang die Calla, dann setzte sie sich und wählte die Durchwahl zu Tina Köster von der Zollfahndung. Köster meldete sich schnell, schien etwas außer Atem, aber sie freute sich, von Vogelsang zu hören.

»Gab es in letzter Zeit einen Fall mit Bushmeat?«, kam Vogelsang schnell zur Sache. »Habt ihr deswegen jemanden aufgegriffen?«

»Bushmeat?«

»Ja.«

»Ich glaube, es gab ein paar kleine Funde, aber nichts Großes. Wir haben das Fleisch konfisziert und entsorgt. Einmal hat ein Kollege erzählt, dass es in einem Paket nur so vor Maden gewimmelt hat, ein widerlicher Anblick. Und nach dem Geruch hab ich erst gar nicht gefragt.«

»Sagt dir eine Firma namens La Boca etwas?«

Köster zögerte einige Augenblicke, bevor sie antwortete.

»Nein, sagt mir nichts. Sollte es?«

»Könnte ein Umschlagplatz für Bushmeat sein. Die Firma sitzt im Gallus. Ich schicke dir gleich mal die Adresse.«

Sie hörte, wie Köster im Hintergrund in Papieren kramte.

»Kann ich dich mal was fragen?«, sagte Vogelsang.

Köster hielt kurz inne. »Klar, immer raus damit.«

»Ist es denn so, dass sich für euch manche Funde mehr lohnen und manche weniger? Also ich meine jetzt Drogen oder Waffen im Gegensatz zu Bushmeat. Ihr bekommt doch Boni dafür, oder?«

»Wer behauptet denn so einen Blödsinn?«

»Hab ich nur gehört.«

»Das ist natürlich Quatsch.« Köster wirkte verärgert. »Ich weiß nicht, wer so was in die Welt setzt. Ja, wir bekommen schon Boni, aber wir haben hier keine Liste, zuerst Waffen, dann Kokain, dann Katzenbabys.«

»Verstehe ...«

»Ich überprüfe, ob es zu der Firma was gibt oder ob ich noch was zu Bushmeat herausfinde. Ich melde mich, wenn ich etwas habe.« Es war klar, dass Köster das Gespräch jetzt beenden wollte.

»Gut, danke.«

Vogelsang legte auf, rieb sich die Schläfen und sah dann auf den Aktenstapel, der noch auf Bearbeitung wartete. Sie musste sich eingestehen, dass sie im Moment nicht allzu viel tun konnte. Also informierte sie Rafik darüber, dass sich die Sache mit dem Gebäude im Gallus geklärt habe, das K11 habe den Standort ermitteln können und der Zoll überprüfe die Firma, er solle jetzt nicht noch mehr Zeit auf diesen Fall verwenden, sie würde ihm Bescheid geben, wenn sie erneut seine Hilfe bräuchte. Rafik sah sie etwas irritiert an, aber bevor er etwas sagen konnte, verließ sie sein Büro.

Kurz überlegte sie, ob sie ihren Vater anrufen sollte. Die Königin war nach den beiden Probetagen im Heim wieder zuhause, und die beiden warteten jetzt auf eine Entscheidung des Heims und der Krankenkasse. Sie wollte fragen, wie es ihnen ging, merkte aber in diesem Moment, wie kraftlos sie war und verwarf den Gedanken.

Dann machte auch sie sich wieder an die Arbeit. Sie las einen Bericht der Kollegen vom Zoll über den Fund einer präparierten Meeresschildkröte, die von der Artenschutzspürhündin erschnüffelt worden war; außerdem gab es wieder mehr Funde von Elfenbein, geschnitzte Schmuckstücke und kleine Flöten, zu denen sie Vermerke schrieb, eine Geldstrafe verhängte.

Gegen sechs machte sie Feierabend. Sie checkte nochmals ihre Mails, aber weder Uwe noch Köster hatten sich gemeldet. Sie schaltete das Licht aus und verließ das Büro. Draußen hatte es leicht zu nieseln begonnen, und Vogelsang schlüpfte in ihre wasserdichte Radhose, die sie zu dieser Jahreszeit immer in der Satteltasche hatte. Über den Helm zog sie eine Regenhaube. Dann machte sie sich auf den Heimweg. Auf halbem Weg, kurz vor der Europabrücke, entschied sie sich spontan für einen Umweg; sie würde noch einmal nach Rödelheim zum besetzten Haus fahren. Keine Ahnung, was sie da zu finden hoffte, aber zu verlieren hatte sie auch nichts.

Das Haus lag stumm und dunkel im anbrechenden Abend, ein paar Pfützen schillerten, die Fenster waren unbelebt, alle Transparente entfernt. Vogelsang lehnte ihr Rad an einen Laternenpfahl und schloss es an, dann sah sie an der Fassade hinauf. Nichts regte sich. Sie ging ein Stück auf das Haus zu, sah etwas aufblitzen und blieb stehen. Bewegte sich dort oben etwas? Sie rührte sich nicht. Und dann sah sie das Licht, den umherspringenden Kegel einer Taschenlampe hinter einem der dunklen Fenster, nur kurz, aber deutlich genug. Ein beklemmendes

Gefühl erfasste sie, so als würde ihr jemand auf dem Brustkorb sitzen.

Wieder blitzte das Licht kurz auf. War es möglich, dass Rakete zurückgekommen war? War irgendwo in diesem Haus vielleicht noch mehr Material von Robert versteckt, etwas, das Rakete jetzt in Sicherheit bringen wollte? Das Licht erlosch wieder. Langsam ging sie vor, am Hoftor vorbei, zur Haustür. Dort fiel ihr sofort auf, dass das polizeiliche Siegel gebrochen und die Tür nur angelehnt war. Wieder sah sie an der Fassade hinauf. Nichts rührte sich. Sie fühlte sich unbehaglich, als würde sie jemand beobachten.

Langsam schob sie die Tür etwas weiter auf, lauschte. Ihr war klar, dass sie eigentlich die Polizei, Uwe anrufen musste, aber wenn es wirklich Rakete war, der sich dort oben herumtrieb, würde sie ihn damit wahrscheinlich endgültig vertreiben. Sie machte einen Schritt ins dunkle Treppenhaus, noch einen, dann war sie drin. Die Tür ließ sie einen Spalt offen. Sie sah die Treppe hinauf, es war stockdunkel. Erst langsam konnte sie die Umrisse erkennen, sie stand regungslos da, ihr eigener Atem kam ihr unglaublich laut vor. Sie ging die ersten Treppenstufen hinauf, glaubte, ein Geräusch zu hören. Waren da Schritte? War Rakete dort oben?

Sie machte einen weiteren Schritt. Jetzt glaubte sie Stimmen zu hören, ja, ganz sicher, dort oben sprachen zwei miteinander. Sie konnte sie nicht genau verstehen, vielleicht war es eine andere Sprache. Aber Rakete war das nicht. Sie ging noch eine Stufe weiter, das Holz unter ihr knarzte verräterisch, die Stimmen verstummten. Scheiße. Sie wagte kaum zu atmen. Jemand flüsterte jetzt. Sie sollte nicht hier sein, die Panik fuhr ihr eiskalt den Rücken hinab. Sie konnte sich nicht rühren, befand sich wieder in der engen Besenkammer, dort, in der Schule in Genua, die schweren Schritte und Schreie waren plötzlich verstummt, da war nur noch ihr eigener Herzschlag. Dann wieder Schritte, direkt über ihr, nun sehr klar. Sie musste hier raus.

Sie drehte sich um, stürzte die Treppe hinunter, riss die Tür auf, und für einen Augenblick glaubte sie, dort im schmalen Gang zum Keller würde jemand stehen und sie schon die ganze Zeit beobachten. Sie rannte nach draußen zu ihrem Rad, sah sich nicht um, bekam aber das Schloss nicht schnell genug auf, fluchte, riss es dann doch an sich, schwang sich aufs Rad und trat in die Pedale.

Erst nach einigen Minuten beruhigte sie sich allmählich. Vielleicht waren das keine von Altmanns Spinnereien gewesen, dachte sie, während sie ein Stück an der Nidda entlangfuhr, vielleicht war da wirklich jemand hinter ihm her gewesen, hatte ihn verfolgt. Und dieser Jemand könnte es jetzt auf Rakete abgesehen haben. Was der oder die auch immer im Haus gewollt hatten, Vogelsang war sich sicher, dass es mit Altmanns Tod und Raketes Verschwinden zusammenhing, jemand suchte nach Spuren und versuchte, diese zu verwischen.

8

Ruth

Sie hasste Krankenhäuser. Sie hatte sie schon als Kind gehasst, den stechenden Geruch nach Desinfektionsmitteln und Krankheit, bei dem man sich sofort selbst krank fühlte, dem Apparat ausgeliefert. Sie sah wieder auf ihre Armbanduhr, aber es änderte nichts; die Zeit kroch elend langsam voran und sie konnte nichts dagegen tun. *Liefere ihnen keinen Anlass, lächele, sei schön.* Sie nahm einen Schluck vom kalten Kaffee, den sie sich vor einer halben Stunde geholt hatte, starker Automatenkaffee, der sie zumindest einigermaßen wach hielt.

Am frühen Morgen hatte man sie angerufen: Marcs Zustand verschlechtere sich, sie solle ins Krankenhaus kommen. Kurz hatte sie überlegt, ob sie den Anruf einfach ignorieren sollte. Marc würde es überleben, die Ärzte würden sich um ihn kümmern, was konnte sie schon tun. Aber dann dachte sie, dass sie nicht kaltherzig wirken wollte, dass sie die gute, liebe Ehefrau sein musste, noch für einige Zeit zumindest. Also hatte sie sich schnell fertig gemacht und war losgefahren. Auf der Station sagte man ihr, dass der Arzt gleich zu ihr kommen werde, er sei noch in einer Operation, sie solle doch in der Warteecke Platz nehmen, Kaffee gebe es auch, das war vor über einer Stunde gewesen.

Die zerlesenen Zeitschriften interessierten sie nicht. Wahrscheinlich waren sie voller Keime, angefingert von denen, die hier in den Zimmern lagen. Sie stand auf und trat in den Gang. Irgendwo hörte sie leise Stimmen, dann öffnete sich eine Tür und jemand huschte hinaus, verschwand schon wieder. Krankenhäuser machten ihr Angst, lösten jene Beklemmung in ihr aus, die sie über Jahre immer versucht hatte zu bekämpfen, das Gefühl, klein zu sein, nackt und hilflos. *Reiß dich zusammen. Du bist stark, du hast nichts mehr zu befürchten.*

Marc lag in einem dieser Zimmer, und sie verspürte nicht den Drang, ihn zu sehen, ihn zu berühren. Sie setzte sich wieder, schlug die Beine übereinander, und fragte sich, wann ihr dieses Bedürfnis abhandengekommen war, nach Nähe, nach Berührungen, vielleicht hatte sie es auch nie gehabt. In den Jahren vor und nach der Hochzeit, vielleicht waren es vier gewesen, vielleicht fünf, hatte sich ihre Beziehung beinahe ausschließlich über Sex definiert; sie hatten fast täglich miteinander geschlafen, und es war dabei nicht so sehr um Zärtlichkeiten als vielmehr um die Befriedigung eigener Bedürfnisse gegangen. Eine Zeit lang hatte sie es gemocht, begehrt zu werden, war stolz darauf gewesen, Marc zu erregen, ihm etwas geben zu können, was er nur von ihr bekommen konnte, bis sie irgendwann kapiert hatte, dass das ziemlich naiv war. Er holte sich, was er brauchte, auch von anderen. Ein paarmal hatte er sie gefragt, ob sie nicht Lust habe, mal was auszuprobieren, aber die Vorstellung, im Beisein von Marc mit anderen Männern zu schlafen oder ihm dabei zuzusehen, wie er andere Frauen und Männer vögelte, hatte sie immer angeekelt; vielleicht war sie in dieser Hinsicht doch zu prüde, vielleicht spielte hier ihre Herkunft aus einem katholischen Haushalt eine Rolle, ihre Großeltern stammten aus Polen, sie selbst war in Essen groß geworden. Marcs Wünsche waren nicht die ihren gewesen, auf Dauer wollte sie seine Spielchen nicht mitspielen.

Dann war sie schwanger geworden.

Und für ein paar Monate schien es, als würde damit alles anders werden, als würde dieses Kind sie und ihre Beziehung retten. Marc war fürsorglich geworden, zusammen hatten sie Kataloge mit Kindermöbeln angeschaut, sich einen Kinderwagen ausgesucht. Er war abends früher heimgekommen, sodass sie zusammen essen konnten, an den Wochenenden waren sie oft in ein Wellness-Hotel gefahren, wo sie Massagen bekam und im warmen Wasser des Pools entspannen konnte. Er hatte ihr regelmäßig riesige Blumensträuße schicken lassen und ihr den Porsche Cayenne geschenkt. Alles schien perfekt, bis der Arzt an ihr Bett trat, bis sie nach ihrem Kind fragte, ihrer Tochter, und er nur schweigend den Kopf schüttelte.

»Frau Bretone?«

Sie schreckte hoch, sah in das müde Gesicht des Arztes.

»Entschuldigen Sie, dass Sie warten mussten, es gab noch einen Notfall.«

»Kein Problem.«

Lächele, steh gerade. Sie spürte, wie die Blicke des Arztes sie rasch abtasteten, wusste um die Wirkung, die ihr Körper auf Männer hatte. Und obwohl Marc sie immer wieder gedrängt hatte, sich Brüste und Gesicht machen zu lassen, hatte sie ihm stets widerstanden. Gerade ihre Natürlichkeit war es, die die anderen in ihren Bann schlug.

Sie folgte dem Arzt in ein kleines, schlicht eingerichtetes Büro, er bat sie, Platz zu nehmen, schaute auf den Bildschirm und runzelte die Stirn.

»Leider steht es nicht gut um Ihren Mann«, begann er, nahm die Brille ab und rieb sich die Augen. »Die Laboruntersuchungen ergeben da leider ein recht klares Bild. Ihr Mann hat sich mit dem Milzbrand-Erreger infiziert, und zwar mit der Darmvariante, was darauf hindeutet, dass er etwas gegessen haben muss, was von dem Erreger befallen war.« Er schwieg, sah an ihr vorbei an die Wand. »Ich habe so einen Milzbrand erst einmal hier gehabt, der kommt sehr selten vor. Sie haben bis jetzt keine Symptome, Übelkeit, Erbrechen?«

»Nein.«

»Wir behandeln ihn mit hochdosierten Antibiotika, leider schlägt die Behandlung nicht wie gewünscht an. Wir haben Ihren Mann isoliert und können erst mal nur abwarten. Die Frage, die sich jetzt stellt: Wo könnte sich Ihr Mann diese Infektion geholt haben? In der Regel tritt sie beim Verzehr von bereits infiziertem Fleisch oder Milchprodukten auf, kommt aber wie gesagt in Deutschland nur sehr selten vor. Reist Ihr Mann denn viel? Die Krankheit tritt vor allem in wärmeren Regionen auf, in Südeuropa, in Asien und Südamerika.«

»Ja, er ist schon viel unterwegs, er war vor Kurzem in Shanghai, erst letzte Woche in Dubai.«

»Die Inkubationszeit beträgt maximal drei Tage. Hat er etwas mitgebracht?«

»Ich weiß es nicht, er bekommt immer mal wieder Geschenke. Und er liebt Fleisch.«

Ruth senkte den Blick nicht, sah den Arzt direkt an. *Nicht ausweichen, nicht wegschauen, du bist stark, du hast es selbst in der Hand.* Der Arzt nickte und setzte sich die Brille wieder auf.

»Tut mir leid, dass ich keine besseren Nachrichten für Sie habe«, sagte er. »Wir tun unser Bestes.«

»Wird er wieder gesund?« Sie senkte ihre Stimme jetzt etwas, blickte auf ihre Hände.

»Eine Prognose ist im Moment schwierig, wir müssen abwarten, ob das Antibiotikum doch noch anschlägt. Ich stelle Ihnen jetzt mal prophylaktisch auch ein Rezept aus, nehmen Sie die Tabletten vorsorglich die nächsten zwei Wochen und kommen Sie sofort zu uns, wenn Sie Symptome bei sich bemerken.«

Der Arzt wandte sich dem Bildschirm zu und tippe auf der Tastatur, versuchte zu lächeln. Ruth fühlte sich wie benommen, sie fragte sich, wie das sein konnte. Milzbrand. War das nicht das Zeug, das man mal irgendwelchen Politikern in Briefumschlägen geschickt hatte, als Pulver? Der Arzt reichte ihr ein Rezept und stand auf.

»Wir werden uns sofort bei Ihnen melden, wenn es Neuigkeiten gibt«, sagte er und gab ihr die Hand. Sie war warm, etwas schweißig. Ruth faltete das Rezept zusammen und ließ es in ihrer Manteltasche verschwinden. Dann verließ sie das Büro und ging auf dem schnellsten Weg zurück zum Parkhaus, wo sie den Cayenne abgestellt hatte.

Sie sah auf die bläulich erleuchteten Armaturen vor sich, startete den Wagen aber noch nicht. Lautlos liefen ihr die Tränen über die Wangen, *heul nicht, kleine Bródka, sei stark,* aber sie konnte nichts dagegen tun, schniefte nur ab und zu.

Sie schlug mit der flachen Hand aufs Lenkrad. Mit zitternden Fingern fummelte sie sich eine Zigarette aus der Tasche und zündete sie an. Sie rauchte nicht oft, meist nur zu besonderen Anlässen oder wenn sie nervös war, um sich damit irgendwie abzulenken. Die ersten beiden Züge schmeckten furchtbar, aber dann genoss sie es meistens. Auch jetzt wurde sie ruhiger, das Zittern in den Händen ließ nach.

Sie wischte die Tränen weg und atmete durch, blies den Rauch durch das geöffnete Fenster. Sie war sich sicher, dass die Sache niemals rauskommen würde. Er war ständig unterwegs, er liebte das Exklusive, vor allem bei Restaurantbesuchen. Es war allein seine Schuld, weshalb musste er auch dieses ganze exotische Zeugs essen, warum war es ihm immer so wichtig, sich von anderen zu unterscheiden, anderen zu zeigen, wie hoch er über ihnen stand. Sie hatte früher als Kind Currywurst geliebt, McDonald's, was Kinder eben so mögen, und tat sich bis heute schwer mit Marcs speziellen Gelüsten. Aber das hatte er nun davon, dachte sie und richtete sich im Fahrersitz auf, drückte die Zigarette in den Aschenbecher.

Sie würde mit dem Anwalt sprechen müssen. Sie wusste, dass sie im Fall von Marcs Tod eine beträchtliche Summe erhalten würde, sie musste sich auf alles vorbereiten, so abwegig ihr im Moment auch der Gedanke an seinen Tod vorkam.

Sie zog eine Grimasse, spürte eine leichte Übelkeit aufsteigen. Sie hatte heute noch nichts gefrühstückt. Sie sah in den Rückspiegel und startete den Motor.

Sie hatte eigentlich gleich wieder nach Hause gewollt, ignorierte den Anruf einer ihrer Freundinnen, die sie sicher fragen wollte, weshalb sie nicht beim Training im Fitnessstudio war, aber dann nahm sie nicht den direkten Weg zurück zur Villa, sondern nahm einen Umweg, den sie länger nicht mehr gefahren war. Sie parkte den Cayenne im Schatten ein paar mächtiger Bäume und stieg aus. Sie fröstelte.

Sie ging den Weg unter den Bäumen und spürte, wie sie eine dunkle Beklemmung ergriff. Marc hatte sich immer geweigert, noch einmal herzukommen, so oft sie ihn auch darum gebeten hatte, und so war sie immer allein diesen Weg gegangen, mit einem neuen Kuscheltier oder frischen Blumen. Als sie die Stelle erreichte und auf den kleinen, schmalen Stein aus weißem Marmor blickte, blieb ihr kurz die Luft weg. *Atme, kleine Bródka, atme weiter, du musst stark sein.* Sie ging in die Knie und strich über den kühlen Stein, wischte ein paar welke Blätter zur Seite. Nein, sie war nicht hilflos, sie war nicht mehr die kleine Bródka von einst, überwältigt von Marcs Reichtum, von seiner Aura. Davon war nichts mehr übrig. Aber ihr kleiner Engel würde ihr für immer bleiben, egal wo sie war. Sie wischte sich eine Träne von der Wange und stand auf, schob die Hände in die Taschen ihres Mantels. Und wie sie so dastand und auf die eingravierten Zahlen und Buchstaben blickte, spürte sie, wie die Wut in ihr aufstieg. Die Wut auf Marc, auf Ivo, auf ihr eigenes, falsches Leben.

Marc würde für all das bezahlen, was er ihr angetan hatte. Genauso wie Ivo.

Hatte sie vorher beinahe Mitleid mit Marc gehabt, spürte sie jetzt beim Gedanken an ihn im Krankenbett nichts mehr. Sie warf einen letzten Blick auf das Grab, dann ging sie zum Wagen zurück.

Sie stieg nicht sofort ein, sondern lehnte an der geschlossenen Wagentür und wartete, bis das Display des Prepaid-Handys aufleuchtete. Sie würde Altmann jetzt sofort schreiben, sie brauchte endlich Klarheit und tippte ein paar schnelle Zeilen. Dann schob sie das Handy zurück in ihre Tasche und wartete einige Augenblicke, aber gerade, als sie einsteigen wollte, piepte das Gerät. Sie zog es heraus und las:

hier ist ein freund von a. er ist tot. wir müssen uns sehen

Ruth starrte auf die Zeilen. Dann hatten sie ihn also wirklich erwischt. Aber wie kam ein Fremder an Altmanns Telefon? Wen hatte er noch in seine Recherchen eingeweiht? Sie sah über den Parkplatz zu den Gräbern, ging ein paar Schritte und hielt sich die Hand vor den Mund, um nicht loszuschreien.

Dann stieg sie ein, startete den Motor und ließ den Cayenne vom elektronischen Fahrassistenten aus der Parklücke manövrieren.

9

»Komm rein, ich bin hier.«

Sie hörte Pankratz' Stimme, konnte ihn aber nicht sehen. Sie war noch nie in seinem Büro gewesen, selten in diesem Teil des Gebäudes, wo die Eingreifreserve ihre Räume hatte. Die Jalousie war halb heruntergelassen, es herrschte eine diffuse Dunkelheit, aus der sich erst nach und nach die Gegenstände und Möbel des Raums herausschälten. In einer Ecke stand ein Benjamini, der sich gefährlich zur Seite neigte, der Schreibtisch war voller Akten, in einem Regal standen einige Bücher, irgendwelche Broschüren. Pankratz kam jetzt hinter seinem Schreibtisch hervorgerollt, er hatte einen halb gegessenen Apfel in der Hand und kaute gerade knackend auf dem Kerngehäuse herum.

»Ich versuche aufzuräumen«, sagte er mit einem entschuldigenden Lächeln, stand auf und nahm ein paar Akten vom Tisch. »Es ist alles etwas viel geworden, aber keine Sorge, ich hab den Überblick.« Er schob ihr einen Stuhl hin. »Willst du was trinken, Kaffee oder so?«

»Ein Wasser würde mir reichen.«

»Klar, warte.«

Er verschwand wieder hinter dem Schreibtisch. Vogelsang war über das Chaos amüsiert, freute sich zu sehen, dass jeder so seine Baustellen hatte. Pankratz kam wieder hervor, reichte ihr ein Glas Wasser, zog die Jalousien hoch und setzte sich zu ihr an den Tisch. Der Raum wurde größer, sie erkannte jetzt an der Wand einen alten Kalender mit Meeresmotiven, der gerade das Bild eines bläulich schimmernden Eisbergs zeigte.

»Ich habe von der Sache mit Altmann gehört«, sagte Pankratz und verschlang den letzten Rest seines Apfels. »Der Name kam mir gleich bekannt vor. Der war doch Journalist, nicht wahr, so ein linker Ökotyp?«

Vogelsang nickte nur. Sie hatte keine Lust auf ein weiteres Gespräch über Altmann, und Pankratz bemerkte ihre Zurückhaltung. Er sagte nichts mehr, griff nach einer Akte und schlug sie auf.

»Kommen wir zur Sache«, sagte er. »Lass uns die Akten durchgehen.«

Pankratz erläuterte Vogelsang, was er bereits zusammengetragen hatte: Rechnungen und Gutachten der Firma von Frank Demand, die ihm von Ines B. zugespielt worden waren, es gab erste Ergebnisse der TKÜ mit den Daten von Wassermann-Schlotz' Smartphone: wann und wo es sich in welcher Funkzelle eingeloggt hatte.

»Da müssen wir jetzt erst mal durch«, sagte er. »Ich habe hier noch mehr, aber lass uns damit beginnen. Ich glaube nämlich, wir finden ziemlich schnell etwas, ein Muster, so was in der Art. Trotz aller kriminellen Energie: Sie haben sehr sorgfältig gearbeitet, jeder Arbeitsschritt wurde für die spätere Abrechnung sorgfältig dokumentiert. Gut möglich, dass die Rechnungen aufgebläht wurden, jedenfalls weisen einige extrem hohe Arbeitsstunden auf.«

»Vielleicht waren sie nur besonders gründlich«, sagte Vogelsang, »wollten keine Fehler machen.«

»Schon möglich. Das kriegen wir jetzt im Nachhinein wahrscheinlich auch nicht mehr rekonstruiert. Ines B. hat jegliche Auskünfte, die sie selbst belasten könnten, verweigert. Aber bei den Summen, über die wir hier reden, würde mich ein Abrechnungsbetrug nicht wundern. Höhere Rechnung gleich mehr Geld für Richard.«

Pankratz schenkte ihnen Wasser ein, dann machten sie sich

an die Arbeit. Während sie die Belege durchging, dachte Vogelsang immer wieder an Wassermann-Schlotz, an sein selbstsicheres, joviales Auftreten, seine Art, anderen seine Überlegenheit deutlich zu machen, lächelnd, fast freundschaftlich.

Sie arbeitete konzentriert den Vormittag über. Ab und zu machte Pankratz sie auf das eine oder andere Detail aufmerksam, schob ihr ein Blatt herüber, sie machten sich Notizen. Nachdem sie den ersten Stapel mit Bankauszügen und den Bewegungsdaten bearbeitet und gegeneinander abgeglichen hatten, lehnte sich Vogelsang zurück.

»Also, wenn ich mir die Bewegungsdaten von Wassermann-Schlotz' Handy anschaue, dann scheint es zu passen«, sagte sie.

»Lass mal sehen.«

»Hier gibt es zwei Abbuchungen von einem Automaten am Opernplatz, und zur gleichen Zeit war sein Smartphone in der Nähe. Ich vermute mal, dass er immer den gleichen Automaten nutzt.«

Pankratz nickte zustimmend.

»Du hast recht. Noch ist es vielleicht zu früh, um da ein Muster zu erkennen, aber zumindest ist es ein Anfang. Wir brauchen weitere Daten von der TKÜ, da müssen wir ihn jetzt einfach noch eine Zeit weitermachen lassen und ihn so in Sicherheit wiegen.«

Vogelsang nahm einen Schluck Wasser.

»Nur mal so ins Blaue gesprochen: Könnte es auch sein, dass er da in etwas reingezogen wurde? Dass er unschuldig ist?« Vogelsang hatte auch nicht besonders viel für Wassermann-Schlotz übrig, aber sie mussten ihn fair behandeln, mit der gleichen Objektivität wie jeden anderen auch. »Könnte das Ganze nicht auch ein Racheakt sein, von seiner Lebensgefährtin, weil er sich von ihr getrennt hat? Ich meine, so was kommt vor, ständig. Liebe, Enttäuschung, dann Hass.«

Pankratz kniff leicht die Augen zusammen. Sein dunkles Haar wurde an den Seiten bereits grau, auch sein gepflegter Bart zeigte weiße Stellen. Er rieb sich die Augen, schlug dann die Akte zu.

»Ja, daran hab ich auch schon gedacht«, sagte er. »Was, wenn jemand Wassermann-Schlotz fertigmachen will? Er ist ein ausgezeichneter Staatsanwalt, das wissen wir beide, arrogant und selbstsicher, aber er macht einen sehr guten Job. Hat er Neider? Sicher hat er die, zwei sitzen wahrscheinlich gerade hier im Büro zusammen.« Er lächelte jetzt und lehnte sich wieder nach vorn. »Das Problem dieser These ist, dass wir die Unterlagen von Ines B. haben. Klar, da spielen auch Kränkungen eine Rolle, wieso sonst hat uns Ines B. die Daten übergeben? Sie will ihrem Ex schaden, aber sie wäre nicht mit leeren Händen zu uns gekommen, sie muss sich ihrer Sache schon sicher gewesen sein. Ich denke, dass sie von den Geldzahlungen an Richard wusste, mittelbar wird sie wahrscheinlich davon auch profitiert haben, Urlaubsreisen, Restaurantbesuche und so weiter.«

Vogelsang stimmte ihm zu.

»Das heißt, wir arbeiten erst einmal weiter an einem Bewegungsmuster und tragen die Daten zusammen.«

»Ist zwar ein bisschen frickelig, aber ja.«

»Ich kann das alles immer noch nicht so richtig verstehen«, sagte Vogelsang. »Wassermann-Schlotz bekommt den Hals nicht voll, die Revisionsabteilung pennt und bekommt anscheinend nichts mit, und jetzt müssen wir den ganzen Mist wieder aufräumen. Da machen es sich ein paar Leute doch sehr einfach. Wenn wir nichts rausfinden oder es versauen, können die alles auf uns schieben, dann sägen die uns einfach ab.«

»Du weißt, wie's läuft«, sagte Pankratz und zuckte mit den Schultern.

Vogelsang war der Gedanke erst heute Morgen unter der Dusche gekommen: Was, wenn man sie auf diesen Fall angesetzt hatte, um sie loszuwerden? Warum sollte ausgerechnet sie gegen Wassermann-Schlotz ermitteln? Hatte Zöllner das allein entschieden oder hatte ihm jemand dazu geraten? Vielleicht suchte man nach einer Möglichkeit, sie aus dem Weg zu räumen, indem sie bei dieser Ermittlung versagte. Aber als sie jetzt wieder daran dachte, kam ihr der Gedanke doch recht absurd vor. Es waren ja auch Pankratz und Zöllner in die Ermittlungen involviert, und wenn die Sache schiefging, wenn sie Wassermann-Schlotz nichts würden nachweisen können, würde den Ärger am ehesten noch Zöllner abbekommen und nicht sie.

Sie stand auf, Pankratz ebenfalls. Einige Augenblicke sahen sie sich an, zwei Verschwörer, die den undankbaren Job hatten, gegen einen allseits geachteten Kollegen zu ermitteln. Konnte ja nur schiefgehen.

Auf dem Weg zurück ins Büro fühlte sie sich müde, vom langen und genauen Lesen der Unterlagen hatte sie Kopfschmerzen bekommen. Und das Wetter spielte auch nicht mit, es nieselte. Außerdem hatte sie irgendwie das Gefühl, unter Beobachtung zu stehen, plötzlich selbst in den Fokus geraten zu sein. Sie dachte an ihren Besuch im besetzten Haus und die brenzlige Situation dort. Man hätte sie auch einfach niederschlagen und wie Altmann zum Schweigen bringen können. Alles um sie schien gerade in eine beunruhigende Bewegung zu geraten, als ginge sie über die Planken eines stark schwankenden Schiffs. Und irgendwie musste sie ihren Halt wiederfinden, durfte sich nicht über Bord spülen, in die Tiefe ziehen lassen. Deshalb musste sie zumindest mit der Altmann-Sache weiterkommen. Als sie in ihrem Büro war, griff sie zum Smartphone und wählte Brandts Nummer. Irgendwas musste sie ja tun.

»Hallo, Greta«, begrüßte sie die anscheinend gut gelaunte Kollegin.

»Ich hoffe, ich störe nicht.«

»Nein, tust du nicht. Was kann ich für dich tun?«

»Robert Altmann. Hast du irgendwas Neues? Hat Uwe was herausgefunden?«

»Leider nichts Neues«, sagte Brandt, jetzt etwas verhaltener. »Bist du denn weitergekommen mit deiner Spur?«

»Nada, nichts. Der Einzige, der was wissen könnte, ist ein Freund von Altmann, er hat wohl mit ihm zusammengearbeitet. Aber er ist untergetaucht.«

Sie hörte Brandt am anderen Ende atmen. Auch sie schien gerade nicht weiterzuwissen.

»Mal was anderes«, sagte Brandt. »Freitag wollen ein paar Kollegen in die Altstadt, was trinken. Ich dachte, das wär eine gute Gelegenheit, dass wir beide uns mal wieder sehen, außerhalb der Arbeit. Was meinst du?«

Vogelsang zögerte. Die letzte gemeinsame Feier war damit geendet, dass sich Brandt am Mainufer übergeben hatte. Aber vielleicht würde Vogelsang genauso ein Abend guttun, ein bisschen zu viel trinken, laut lachen, dumme Witze machen.

»Ich denke, ich komme mit«, sagte sie.

»Freut mich. Ich schick dir noch die Einladung. Dann bis Freitag.«

»Bis Freitag.«

Sie legte auf und sah hinüber zur Calla. Ja, Rakete war nun ihre einzige Chance, ihre einzig konkrete Spur. Und da sie nicht länger auf Uwe, Brandt oder Köster warten wollte, entschied sie sich, nach Feierabend noch einmal nach Bockenheim zum ExZess zu fahren – vielleicht gab es dort jemand, der Rakete gesehen hatte, der wusste, wo sie ihn finden konnte.

Vor dem ExZess hatte sich schon eine größere Menschenmenge versammelt, sie standen auf dem Gehweg, auf der Straße, unterhielten sich, tranken Bier und Limo. Ein Plakat kündigte das Konzert zweier Bands an, von denen Vogelsang noch nie gehört hatte. Sie schloss ihr Rad an und mischte sich unter die Leute, blickte in die Gesichter, aber es war niemand dabei, den sie kannte. Sie stellte sich an den Rand, zog ihr Smartphone aus der Tasche und tat so, als würde sie auf jemand warten, dabei sah sie immer wieder kurz zu den Leuten, in der Hoffnung, irgendjemand würde auftauchen, den sie fragen konnte. Sie wusste, dass sie nicht einfach ins ExZess marschieren und sich nach Rakete erkundigen konnte, wahrscheinlich kannten die Leute ihn, wussten auch, was mit Altmann passiert war, und würden sie sofort als möglichen Spitzel betrachten. Sie musste Geduld haben, wenn sie was erfahren wollte. Sie schob das Smartphone zurück in die Tasche, als sie hinter sich plötzlich ihren Namen hörte.

»Greta?«

Sie fuhr herum, erkannte Erika zwischen den Leuten, die lächelnd auf sie zukam.

»Was machst du denn hier?«, fragte sie.

»Ehrlich gesagt, weiß ich das auch nicht so genau«, gab Vogelsang zu. »Seit der Sache mit Robert bin ich anscheinend etwas sentimental.«

»Alles kommt wieder zu einem zurück, irgendwann«, sagte Erika. Sie schwiegen kurz, Erika blickte in die Ferne. Dann sagte sie leise, ohne sie anzusehen: »Robert war kurz vor seinem Tod bei dir.«

Vogelsang spürte, wie eine leichte Übelkeit in ihr aufstieg und sie zu schwitzen begann. Versuchte Erika irgendwas anzudeuten, wollte sie ihr eine Mitschuld an Roberts Tod geben?

»Ja, er hat mir Recherchematerial gegeben, Bilder, Videos«, sagte sie so sachlich wie möglich. »Dann ist er wieder verschwunden. Woher weißt du das?«

»Er sagte mir, er hätte dich um Hilfe gebeten.«

»Aha. Und was soll das jetzt hier werden, Erika? Warum hast du mir das nicht schon bei unserem ersten Treffen gesagt? Wolltest du mich testen?« Die Übelkeit machte einer zitternden Wut Platz.

»Ich frage mich nur, auf welcher Seite du stehst«, sagte Erika.

»Auf welcher Seite? Was soll das heißen? Glaubst du denn wirklich, dass das alles so einfach ist, hier die Guten, da die Bösen? Ich dachte echt, ihr seid da mittlerweile auch weiter. Ich meine, ja, so hab ich mit zwanzig auch mal gedacht, da waren wir die Guten, die weißen Ritter, und der Staat und die Bullen und das Kapital, all das musste bekämpft werden. Aber das ist doch Scheiße, Erika. So eine Welt gibt es doch bloß in den Gesprächskreisen und auf den Podien, aber so einfach ist es eben nicht. Es ist ein verdammtes Privileg, sich entscheiden zu können.«

»Bist du fertig?«

»Ja, bin ich.«

Erika lächelte jetzt.

»Genau deswegen hab ich die Hoffnung noch nicht ganz verloren«, sagte sie.

»Was meinst du?« Vogelsang war etwas irritiert, sie hatte eigentlich mit einer Gegenrede gerechnet.

»Wegen Frauen wie dir.« Erika stieß sie sanft mit dem Ellenbogen an. »Du lässt dir nichts vormachen, egal von wem. Und das mag ich an dir, das mochte ich schon immer. Und du hast recht, Robert war oft mit Vollgas unterwegs, hat die Wahrheit für sich beansprucht. Ziemlich anstrengender Typ. Geliebt hab ich ihn trotzdem.« Erika machte eine kurze Pause. »Willst du auch ein Bier?«

Sie nickte und Erika verschwand. Vogelsang fragte sich, ob Robert und sie auch ein Paar gewesen waren oder ob Erika nur heimlich in ihn verliebt gewesen war. Eine komplizierte Zeit war das gewesen. Erika kam zurück und reichte ihr eine Flasche. Sie stießen an.

»Ich kann dich verstehen«, sagte sie. »Ist sicher nicht leicht. Für uns alle nicht, die wir Robert kannten.«

»Tut mir leid, dass ich gleich so in die Luft gegangen bin«, sagte Vogelsang. »Die ganze Sache hat mich ziemlich umgehauen.«

»Mich doch auch.« Erika lächelte aufmunternd. »Und ich musste wieder daran denken, dass du ja dabei warst, als er gefunden wurde. Ich weiß nicht, wie ich reagiert hätte, ich wär ausgeflippt oder hätte mich tagelang ins Bett gelegt, keine Ahnung. Gibt es denn schon irgendwelche Hinweise, was sagt die Polizei? Ich glaube ja auch, dass Robert aufgrund seiner Recherchen irgendwem zu nahe gekommen ist und dann, na ja, dann musste er halt weg.«

»Die tappen noch ziemlich im Dunkeln, soweit ich das mitbekomme«, sagte Vogelsang. »Und ich bin ja in diesem Fall auch gar nicht zuständig, ich bin doch nur die, die ein paar Eidechsen rettet.«

Sie warf Erika einen belustigten Blick zu. Die legte ihr die Hand auf die Schulter.

»Ich bin sicher, dass du gute Arbeit machst. Du warst ja schon immer ziemlich hartnäckig, schon im Studium und in deinem Referendariat. Bei wem warst du da noch mal?«

»Bei Ulrike Fromm.«

»Ja, stimmt, Ulrike. Sie hat doch in den Siebzigern Fischer und Cohn-Bendit verteidigt, als ganz junge Anwältin. Lebt sie denn noch?«

»Ich glaube schon. Sie müsste jetzt so Mitte siebzig sein.«

»Weißt du, insgeheim war ich immer ein bisschen neidisch auf dich«, sagte Erika und nahm einen Schluck, stellte ihre Flasche neben sich und begann eine Zigarette zu drehen. »Nicht nur wegen Robert, auch weil du dich nicht von deinem Weg hast abbringen lassen. Ulrike ist eine tolle Frau und war eine großartige Anwältin, aber sie stand ja auch immer im Abseits, weil sie die unbequemen Themen angepackt hat, weil sie uns Linke verteidigt hat.«

»Ja, sie war der festen Überzeugung, dass es auch innerhalb des Staatsapparats Leute mit progressiven, linken Einstellungen geben muss, dass man das Feld nicht nur den Konservativen überlassen darf. Davon gibt es ja genug.«

»Der Apparat zieht halt die entsprechenden Leute an«, sagte Erika. »Schau dir nur mal an, wer heute zum Beispiel zur Polizei geht, da sind die wenigsten links oder progressiv, würde ich denken. Das ist ja im Grunde ein paramilitärischer Verein, und dann hast du da halt Leute, die auf Uniformen und Waffen stehen, Leute, die legal Macht ausüben wollen. Die meisten Verfahren gegen Polizisten werden eingestellt, wie heißt das in eurer Beamtensprache immer so schön, wegen fehlender Öffentlichkeit.« Erika zündete sich die Zigarette an und pustete den Rauch über ihre Köpfe. »Zeig mir mal einen Polizisten, der sich offen als links bezeichnen würde. Da gibt es doch unterschwellig einen Hass gegen alles, was links der Mitte steht, das Schreckgespenst des Kommunismus geistert noch immer durch die Dienststuben.«

Erika bot Vogelsang die Zigarette an. Die nahm einen Zug, trank dann schnell einen Schluck Bier hinterher. Ulrike Fromm war damals der Grund gewesen, weshalb sie überhaupt weitergemacht hatte. Die Anwältin hatte sie immer wieder ermutigt, hatte versucht, ihr die Zweifel zu nehmen, und ihr eingebläut, dass es genau solche Leute wie sie brauche, eine Frau ohne Anwalt-Papa im Hintergrund, ohne Golf-Handicap und Jachtführerschein. Wie Robert, so hatte auch Ulrike oft übertrieben, hatte zugespitzt, aber gerade damit Erfolg gehabt, auch bei Vogelsang. Sie hatte ihr Referendariat durchgezogen, hatte die Prüfungen geschafft, und danach, heulend vor Freude und Erschöpfung, in Ulrikes Armen gelegen und sich von ihr trösten lassen.

Vogelsang hatte Ulrike seit Jahren nicht mehr gesehen, und Erikas Frage, ob Ulrike noch am Leben sei, hatte sie verstört. Sie wusste es nicht. Und sie nahm sich im Stillen vor, sie sobald wie möglich anzurufen.

Aus dem ExZess war jetzt Musik zu hören, die erste Band hatte zu spielen begonnen. Heftiges Schlagzeug-Geprügel, Geschrei, feinster Grindcore.

»Willst du noch mit rein?«

»Nein, ich denke nicht.« Die Musik schwoll an, ein dichtes Getöse aus Gitarren und menschlichem Gebrüll. »Danke für das Bier. Es war schön, mit dir zu reden.«

»Geht mir auch so.«

Vogelsang zögerte einen Moment, wollte die Stimmung nicht schon wieder ruinieren, aber dann fragte sie doch: »Ich suche nach Rakete. Hast du vielleicht eine Ahnung, wo ich ihn finden könnte? Ich habe die Hoffnung, dass er uns bei den Ermittlungen weiterhelfen könnte.«

Erika sah sie an, schien zu überlegen.

»Ich habe Rakete seit Roberts Tod nicht mehr gesehen«, sagte sie. »Aber vielleicht versuchst du es mal draußen am Fecher, im Camp der Aktivisten. Dort war er in letzter Zeit wohl öfter.«

»Danke dir.« Vogelsang strich Erika über die Schulter. »Ich muss jetzt los.«

Erika zögerte einen Moment, dann fasste sie Vogelsang am Arm und zog sie sanft ein Stück zu sich.

»Ich weiß, dass Robert dir immer vertraut hat«, sagte sie jetzt leise, und Vogelsang hatte Mühe, sie gegen den Lärm der Musik zu verstehen. Gerade endete das erste Stück, das Publikum johlte, und Erika sah sie mit einem merkwürdigen Leuchten in den Augen an. »Mehr als den meisten. Warum, glaubst du, wäre er sonst einfach so bei dir aufgetaucht?«

Das Gekeife auf der Bühne setzte erneut ein und Erika beugte sich zu ihr.

»Warte hier kurz, ich muss dir was geben.«

Sie verschwand. Vogelsang spürte den Bass in ihrem Magen, und für Augenblicke dachte sie daran, sich einfach in die feiernde Menge zu stürzen, alles fallen zu lassen, alles hinter sich zu lassen, nicht mehr nachzudenken, sich dem Lärm hinzugeben, dem tosenden Gebrause der Instrumente. Da erschien Erika wieder und reichte ihr einen Jutebeutel.

»Das ist von Robert«, sagte sie und blickte sich um. »Sein Laptop. Vielleicht kannst du damit was anfangen.«

»Woher hast du den?«

»Von Robert. Er glaubte, er würde verfolgt werden. Ich wollte das Ding erst verstecken, aber jetzt denke ich, dass es vielleicht helfen könnte, die Sache aufzuklären. Ich habe nur eine Bitte: Nenn meinen Namen nicht, ich will nicht in irgendwelchen Akten auftauchen oder vorgeladen werden. Versprich mir das.«

Vogelsang hängte sich den Beutel über die Schulter.

»Danke«, sagte sie. »Das könnte uns einen großen Schritt weiterbringen.«

Sie gingen vor zum Eingang, blieben noch einmal stehen, umarmten sich zum Abschied. Dann ging Erika hinein, und Vogelsang stieg auf ihr Rad, rollte langsam die Leipziger Straße hinunter.

Sie wollte Uwe eigentlich nur eine kurze Nachricht hinterlassen, erwischte ihn aber kurz vor seinem Feierabend.

»Wie kann ich helfen, Greta?«

»Mit einem halben Jahr Urlaub vielleicht.«

Obwohl sie ihn nicht sah, wusste sie, dass er wie sie grinsen musste.

»Ich hab was für dich«, sagte sie. »Altmanns Laptop. Interesse?«

»Klar. Wo bist du?«

»Bockenheimer Warte.«

»Bin in zehn Minuten da.«

Vogelsang wartete am U-Bahn-Aufgang. Sie hatte kurz darüber nachgedacht, ob sie den Laptop einfach behalten sollte, wie sie auch die Speicherkarte zuerst behalten hatte, aber dann hatte bei aller Trauer und Wut doch ihre Vernunft gesiegt. Wer konnte schon wissen, was für Spuren auf dem Gerät zu finden sein würden, sie wollte die nicht durch Dusseligkeit zerstören, und ganz nebenbei war das Zurückhalten von Beweismitteln auch kein Kavaliersdelikt, sondern konnte mit einer Freiheitsstrafe von bis zu einem Jahr geahndet werden.

Gut zehn Minuten nach ihrem Telefonat hielt Uwes Volvo auf dem Taxistreifen, er stieg aus. Vogelsang reichte ihm den Jutebeutel mit dem Laptop.

»Wie kommt der zu dir?«, fragte er.

»Auch ich kenne Leute, die Leute kennen«, sagte sie mit einem schmalen Lächeln.

Uwe nickte nur. Sie gingen hinüber zu einem Café, wo Uwe am Außenverkauf zwei Flaschen Henninger holte.

»Wenn wir schon mal hier sind«, sagte er und floppte die Kronkorken von den Flaschen, sie stießen an. »Die Sache nimmt dich ziemlich mit, das seh ich.«

»Soll ich lügen? Klar tut sie das. Da liegt dein Ex-Freund nur in Unterwäsche plötzlich tot im Sperrmüll, ich meine, klar macht mich das fertig.« Sie trank rasch von ihrem Bier. »Du könntest mich sogar als Verdächtige betrachten.«

»Du weißt, dass das Quatsch ist, Greta.«

»Viele Morde sind Beziehungstaten.«

»Und dein Motiv?«

Vogelsang zuckte mit den Schultern.

»Beziehungstaten passieren meist im Affekt«, sagte Uwe. »Das hier war geplant, der Fundort, man hat Altmann die Klamotten ausgezogen. Da wusste jemand, was er tat.«

»Ja, du hast vermutlich recht.«

»Nicht nur vermutlich.«

Er hielt ihr seine Flasche hin und sie stießen erneut an.

»Dass du mal was mit Altmann hattest, ist für dich jetzt sicher unangenehm, spielt aber für den Fall meiner Meinung nach keine Rolle. Er hat sich mit seinen Recherchen in gefährliches Terrain vorgewagt, das hat nichts mit dir zu tun.«

Er sah sie mit einem Blick an, in dem Zuneigung mitschwang und noch etwas anderes, eine leichte Besorgnis, ein leiser Zweifel. Sie hatte Uwe nie etwas von ihrer Zeit in der linken Szene erzählt, wieso auch, es ging ihn nichts an. Und doch hatte sie manchmal das Gefühl, es ihm schuldig zu sein. Manchmal fragte sie sich, inwieweit Uwe ihr wirklich vertraute. Vielleicht wusste er sogar etwas über ihre Zeit vor dem Staatsdienst, wenngleich sie nie erkennungsdienstlich behandelt worden war, ihr Name tauchte in keiner Akte auf. Uwe aber nutzte oft andere Quellen als die offiziell zugänglichen, er hatte überall Informanten, Boten, die ihm die Dinge der Straße zuflüsterten, Namen, Orte. Wie viel wusste er über sie?

»Vielleicht sollten wir mal wieder ins Stadion«, sagte Uwe, »damit du auf andere Gedanken kommst.«

»Das wollen wir doch schon seit Ewigkeiten.«

»Also an mir soll's nicht scheitern.«

»Oder du fährst mal mit Mika und mir eine Runde Rad«, sagte Vogelsang.

»Das ist sicher keine gute Idee.« Uwe grinste. »Ich glaube, ich saß das letzte Mal vor zehn Jahren auf einem Fahrrad, das Ding hat nur drei Gänge und hinten einen Platten, außerdem sind die Bremsen Schrott. Also eher nein, dann doch lieber ins Stadion, da muss ich nur sitzen und mich aufregen.«

Als sie ausgetrunken hatten, brachte Uwe die Flaschen zurück und sie verabschiedeten sich voneinander.

»Mal sehen, was die KTU auf dem Laptop findet«, sagte er. »Und hör auf, dir irgendwelchen Quatsch einzureden.«

»Jawohl, Herr Kommissar.«

Uwe stieg in seinen Volvo und zischte davon, und auch Vogelsang machte sich auf den Heimweg.

Sie hatte gerade ihr Rad abgestellt und war hinaus auf die Terrasse zu Mika gegangen, da begann ihr Smartphone zu vibrieren. Als sie es aus der Tasche zog und auf dem Display »Papa« stand, wusste sie sofort, dass etwas passiert war.

»Was ist los, Papa?«, fragte sie daher auch ohne Umschweife.

»Mama ist wieder unterwegs«, sagte er.

Greta stand auf der Terrasse, sah zu Mika, sah in den Garten, und eine Welle der Hilflosigkeit schlug über ihr zusammen. Sie war müde, sie war gestresst und wollte eigentlich nichts mehr von der Welt wissen. Andererseits: was blieb ihr anderes übrig, als ihrem Vater zu helfen.

»Wo seid ihr denn?«, fragte sie.

»Im Garten. Ich war hinten bei den Beeten, sie saß die ganze Zeit am Haus, aber jetzt ist sie weg. Ich kann sie nirgends finden.«

»Beruhig dich, Papa. Mika und ich gehen los.«

»Danke, Greta. Ihr meldet euch, wenn ihr sie gefunden habt? Ich werde noch mal durch die Anlage gehen.«

»Wir melden uns.«

Am Vormittag hatte Alfred sie schon einmal angerufen und ihr vom positiven Verlauf des Probewohnens berichtet, davon, dass das Pflegepersonal einen guten Zugang zu Helga gefunden habe, außerdem habe er die Zusage der Krankenkasse erhalten. Da im Heim kurzfristig ein Platz frei geworden war, konnte sie nächste Woche schon einziehen. Vogelsang war erleichtert gewesen, zumindest eine Sache, die gut zu laufen schien.

Mika war aufgestanden, und Greta erzählte ihm kurz, was los war. Mika zog sich seine Schuhe an, dann gingen sie zu den Rädern. Es war kurz vor acht, zusammen fuhren sie zur Staustufe Griesheim, trugen die Räder die Stufen hinauf und fuhren auf der anderen Seite die Rampe wieder herunter.

»Ich fahre am Main lang«, sagte Mika. »Nimmst du den Rewe?«

Sie küssten sich flüchtig, dann sausten sie in unterschiedliche Richtungen davon. Den Nachmittag über hatte sich das Wetter gebessert, die Sonne hatte sich noch mal gezeigt. Jetzt aber wurde es dunkel und kühl. Sie fuhr an der Kleingartensiedlung vorbei, in der der Garten ihrer Eltern lag, fuhr langsam durch die Straßen und hielt Ausschau nach der Königin. Weit konnte sie eigentlich nicht gekommen sein, sie benutzte noch immer einen Stock und war nicht mehr so schnell wie früher. Sie bog auf den Rewe-Parkplatz ein, stellte ihr Rad ab und warf einen kurzen Blick hinein ins Café, aber dort war sie nicht. Verdammt, dachte sie. Was, wenn die Königin in den Main gesprungen war? Wenn sie plötzlich die Idee gehabt hatte, wie früher schwimmen zu gehen, zusammen mit Clark oder Audrey? Kurz packte sie die Angst, aber dann rief Mika an.

»Alles okay, ich hab sie gefunden«, sagte er, noch etwas außer Atmen.

»Wo seid ihr?«

»Richtung Niederrad, ein Stück hinter der Schleuse.«

»Ich komme zu euch.«

Während Greta den Uferweg entlangfuhr, rief sie ihren Vater an und sagte ihm, dass alles in Ordnung sei. Ihre Mutter saß nah am Wasser auf einer Bank, Mika neben ihr. Bei ihnen waren auch noch zwei Jugendliche, ein Mädchen und ein Junge. Vogelsang umarmte ihre Mutter sachte von hinten und küsste sie auf die Wange.

»War sie bei euch?«, fragte sie die Jugendlichen.

»Ja, sie hat sich zu uns gesetzt«, sagte das Mädchen.

»Ich dachte erst, die ist betrunken«, sagte der Junge und fummelte an seiner Basecap herum. »Weil sie so komisches Zeug geredet hat, aber dann meinte sie, also Melly meinte, die ist gar nicht besoffen, der geht's nicht gut, die hat vielleicht was, meinte Melly.«

Das Mädchen nickte.

»Das hier ist meine Tochter Greta«, wandte sich die Königin an die beiden Jugendlichen. »Wir wohnen nicht weit von hier, ihr könntet euch doch mal treffen. Greta ist etwas schüchtern, aber sie ist ein liebes Mädchen. Was meinst du, Greta, die zwei da sind nett. Wisst ihr, dass Greta Schauspielerin werden will? Sie hat ja Talent, wisst ihr, schon als ganz kleines Mädchen, da wollte sie immer auf die Bühne. Ich hatte ja dazu nie die Chance, obwohl ich es sicher gekonnt hätte, also vor der Kamera stehen und sprechen und lustige Dinge sagen. Was meinst du, Greta, du könntest den beiden doch mal etwas vorspielen, oder nicht?«

»Ja, vielleicht. Aber wir sollten jetzt gehen, Mama.«

»Und dieser junge Mann hier könnte doch was für dich sein, Greta, meinst du nicht? Er hat sich gar nicht bei mir vorgestellt, aber so ist die Welt heute nun mal.« Die Königin stupste Mika neben sich an. »Weißt du, die Greta bräuchte mal wieder einen Mann, also einen Liebhaber.« Sie beugte sich zu Mika, die beiden Jugendlichen grinsten.

Mika grinste ebenfalls.

»Ja, Mama, Mika und ich treffen uns bestimmt mal. Aber jetzt gehen wir heim, Alfred hat sicher schon Abendbrot gemacht.«

»Dieses Biest«, zischte die Königin, stand aber auf und griff nach ihrem Stock.

»Adieu, ihr beiden Hübschen«, sagte sie zu den Jugendlichen und ging langsam davon.

Greta dankte den beiden, dann hakte sie sich bei der Königin unter.

»Lass uns mal ein Stück zusammen gehen, in Ordnung?«

»Von mir aus. Aber du musst nicht so tun, als sei ich eine alte Schachtel.«

»Du siehst toll aus, Mama.«

Greta strich ihr über die Wange, und die Königin lächelte mild.

Langsam gingen sie den Weg zurück zur Kleingartensiedlung, Mika folgte ihnen mit den Rädern. In den Wiesen zirpten die Grillen, an den Himbeerranken hingen die letzten dunklen Früchte, und über dem Main kreisten ein paar Flussmöwen in elliptischen Bahnen, ließen sich auf den Leuchtmasten der Schleuse nieder.

Alles schien friedlich, alles schien in Ordnung.

Und für kurze Zeit wollte Greta das auch glauben.

10

Richard

Er streckte die Beine unter dem Tisch aus und blickte hinüber zum Stoltze-Brunnen, vor dem sich gerade lachend eine Gruppe junger Frauen versammelte, um Fotos zu machen. Das Wetter zeigte sich heute noch mal von seiner besten Seite, schönster Frühherbst, aber er fühlte sich nicht mehr wohl damit; die letzten beiden Wochen, in denen es viel geregnet hatte und die damit das Ende des Sommers ankündigten, hatten ihn irgendwie dünnhäutig gemacht, nervös. Jetzt schwitzte er trotz des kurzärmligen Hemds, das er trug. Er hatte eigentlich gar nicht mitkommen wollen, aber nachdem ihn Mölders in der Mittagspause noch einmal auf den Abend angesprochen hatte, änderte er seine Meinung. Es musste alles so aussehen wie immer, niemand sollte sich fragen, was mit ihm los sei, er ließ ja auch sonst keine Gelegenheit aus, um zu feiern. Obwohl er leichte Kopfschmerzen hatte, gab er sich heiter, nahm an den Gesprächen teil, trank wie alle zum Auftakt einen Aperol Spritz, suchte sich etwas zu essen aus. Manchmal, gerade wenn er mit den Kollegen unterwegs war, machte er sich einen kleinen Spaß daraus, genauer auf die Preise zu schauen, Aperol Spritz 14 Euro, Tatar 29 Euro, Tafelspitz 33 Euro, und sich dann das teuerste von der Karte zu bestellen, einfach deshalb, weil er es konnte und ihm die unauffälligen, neidvollen Blicke der Kollegen immer einen kleinen Schauer über den Rücken jagten.

Er war nicht oft in der Frankfurter Altstadt unterwegs, die ja jetzt Neue Frankfurter Altstadt hieß, nach der jahrelangen, aufwendigen Restauration. Auf eine merkwürdige Art war ihm dieser Ort unangenehm, er fühlte sich hier immer wie auf einer Bühne, so als würden ihn alle Umstehenden anstarren und etwas von ihm erwarten, irgendeine Darbietung.

Der Neubau der Altstadt hatte von Anfang an die Gemüter erregt, wurde begleitet vom Für und Wider, von den Debatten um Sinn und Unsinn dieser Rekonstruktion. Die einen sahen darin ein Zeichen engagierter Bürgerschaft und großer Handwerkskunst, ein architektonisches Palimpsest, das die Erinnerung an das Vergangene immer in sich trage, feierten gerade das Illusionäre an den Bauten, das sich gegen die Zweckarchitektur von Wohn- und Gewerbegebieten richte. Andere wiederum hielten das Quartier für eine Märchenwelt, eine Puppenstube, die nur Kulisse für Touristen am Selfie-Stick sei, Ausdruck eines konservativen Zeitgeistes, ein Heile-Welt-Gebaue, das die wirklichen städtebaulichen Herausforderungen wie Wohnungsnot und Platzmangel ganz bewusst außer Acht lasse.

Während sie aufs Essen warteten, drehte sich das Gespräch um den anstehenden Umzug der Staatsanwaltschaft nach Niederrad. Das Hauptgebäude an der Konstablerwache sollte abgerissen und neu gebaut werden, in dieser Zeit sollten alle Abteilungen außer der Wirtschaft in ein leer stehendes Gebäude in der Bürostadt im Stadtteil Niederrad umziehen, für die meisten am Tisch ein reines Himmelfahrtskommando.

»Ich meine, wir wissen doch, wie so was läuft«, sagte Mölders und schenkte sich aus einem Bembel Apfelwein ein. »Die sagen, es dauert zwei Jahre und nachher sind es zehn, und die Kosten verdreifachen sich. Ist doch immer so.«

Allgemeine Zustimmung, auch er nickte. Einfach mitspielen, Apfelwein trinken.

»Wenn ich mir vorstelle, jedes Mal von Niederrad mit der S-Bahn zur Verhandlung fahren zu müssen, rechnet mal aus, wie viel Zeit da jede Woche für die Fahrerei draufgeht.«

Sandra Brandt war wie immer schön und tadellos, außerdem war sie ehrgeizig, und das mochte er an ihr. Sie machte gute Arbeit, auch wenn sie noch nicht so lange dabei war; er würde sie auf jeden Fall im Auge behalten. Wenn sie so weitermachte, stand ihrer Karriere nichts im Wege.

»Ich werde deswegen bestimmt keine Überstunden machen«, sagte Lukic.

»Die hätten sicher auch was in der Nähe gefunden«, sagte Mölders, »aber es ist ja nie Geld da für so was, Hauptsache billig.«

»Die waren doch schon immer so knausrig«, sagte er und sah dabei zu Vogelsang, die am Rand des Tisches neben Brandt saß.

Sie war seltsam schweigsam. Kein Wunder, sie hatte vor Kurzem die Leiche ihres Ex-Freundes im Sperrmüll gefunden. Er fragte sich, wie viel Vogelsang eigentlich von dessen Recherchen gewusst hatte. Hatten die beiden noch Kontakt gehabt? Seit dem Abend bei Bretone und dem, was danach passiert war, war ihm das nicht mehr aus dem Kopf gegangen. Vielleicht konnte er sie später in ein Gespräch verwickeln und das Thema nebenbei erwähnen.

Das Essen kam. Er hatte sich ganz klassisch für ein Frankfurter Schnitzel vom Kalb entschieden, dazu gab es Bratkartoffeln und Grüne Soße. Er aß mit großem Appetit, die Gespräche versiegten. Sie waren nur eine kleine Runde. Lukic und Mölders, Vogelsang, Brandt und er, alle anderen hatten abgesagt.

Die Sonne schickte ihre letzten Strahlen über den Hühnermarkt, die Touristen starrten in ihre Smartphones, machten Fotos, und wieder kam er sich vor wie zwischen den Kulissen eines alten Theaterstücks. Er aß schweigend vor sich hin, einmal vibrierte sein Smartphone in der Hosentasche, und noch bevor er darüber nachdachte, hatte er es herausgeholt und war verärgert, dass es nur eine nervige Push-Nachricht seiner Sportapp war. Warum glaubte er jedes Mal, es könnte Ines sein? Oder Frank? Er kapierte nicht, was mit ihm los war, woher diese Nervosität kam. Er trank einen Schluck Äppler und ließ seinen Blick durch die Reihen der Kollegen gleiten. Ahnten sie etwas? War das hier alles bloß Theater? Er merkte, wie er schlechte Laune bekam, das Schnitzel vor ihm sah plötzlich grau und durchgeweicht aus, die Bratkartoffeln glänzten fettig. Ihm war der Appetit vergangen, er schob den Teller von sich, entschuldigte sich und stand auf.

Er hockte schon eine ganze Weile auf der Toilette und wartete darauf, dass ihm irgendwas einfiel. Ines meldete sich einfach nicht mehr bei ihm, reagierte nicht auf seine Anrufe. Er wusste von Frank, dass sie schon seit Tagen nicht mehr zur Arbeit kam, sie hatte sich aber weder krankgemeldet noch sonst irgendwie entschuldigt, war einfach verschwunden. Zumindest war inzwischen auch Frank etwas besorgt, aber auf seinen Vorschlag hin, das Geld ab jetzt bar auszuzahlen, hatte er nur gelacht und gefragt, ob er langsam paranoid würde. Wie er sich das außerdem vorstelle, so ganz klassisch mit Plastiktüte in der U-Bahn? Aber er bestand darauf. Er war es, der hier die Spielregeln machte, und nicht Frank; ohne ihn wäre Frank aufgeschmissen, er konnte dafür sorgen, dass man bei ihm kein einziges Gutachten mehr in Auftrag geben würde, und Frank wusste das. Also hatte er schließlich doch zugestimmt, mit leicht gereiztem Unterton. Ab dem nächsten Monat würden sie sich jeden zweiten Mittwoch in der Stadt treffen, in irgendeinem Café in der Freßgass oder im Bahnhofsviertel.

Er stand auf, schwankte leicht. Er war schon etwas angeschickert, und er ermahnte sich, nicht mehr zu viel zu trinken, er musste unbedingt die Kontrolle behalten, gerade jetzt, wo ihm die Sache mit Ines doch mehr zusetzte, als er sich eingestehen wollte. Er versuchte sich zu beruhigen. Selbst wenn sie zur Polizei gehen würde, was konnte sie denen schon sagen? Sie hatte nichts außer den Rechnungen. Er wusste ja, wie träge der Apparat war, wie viel unter den Tisch fiel, und wer um alles in der Welt würde sich die Zeit nehmen, die Rechnungen detailliert durchzugehen? Die Staatsanwaltschaft war ja völlig überlastet, zu viele Fälle, zu wenige Mitarbeiter, und gerade für die wirklich kniffligen Dinge fehlten oft die Expertise und die nötige Ruhe. Alle waren gehetzt und gestresst, alle mussten schnell Ergebnisse liefern, um die Presse und den Vorgesetzten zu beruhigen, er kannte das Spiel, er spielte es seit Jahren.

Er wusch sich die Hände, betrachtete sein Gesicht im Spiegel. Die kommen dir nie auf die Spur, dachte er mit einem Lächeln. Und um Ines würde er sich kümmern, er wusste, dass sie über kurz oder lang zu ihm zurückkommen würde, spätestens dann, wenn ihr das Geld ausging.

Es war kühl geworden, Lichter illuminierten den Hühnermarkt. Man stand jetzt, Gläser in der Hand, rauchte, schwatzte. Er war zum Riesling übergegangen, die Flasche für 95 Euro. Er stand neben Vogelsang, die zusammen mit Brandt eine Zigarette rauchte, und betrachtete sie. Greta zog ihn an und schreckte ihn gleichzeitig ab. Die Tatsache, dass sie bei Ulrike Fromm ihr Referendariat gemacht hatte, ließ sie in seinen Augen etwas zwielichtig erscheinen. Ihr Führungszeugnis war tadellos, das wusste er, sie war nie in irgendeiner Weise aufgefallen oder polizeilich erfasst worden, und trotzdem ahnte er, dass sie etwas zu verbergen hatte, dass es da Dinge gab, die sie aus gutem Grund verschwieg. Trotzdem: Sie war eine außergewöhnlich gute Staatsanwältin, und wenn sie keine Scheiße baute, würde sie irgendwann im Zimmer von Zöllner sitzen oder noch weiter oben. Sie wirkte stets gelassen, aber darunter lag eine flimmernde Unruhe, ein nervöses Brennen, das ihn seltsam erregte. Es war nicht so sehr das Körperliche, das ihn anzog, es war vielmehr ihre Ausstrahlung, ihr Wesen, das ihn schon damals während des Studiums fasziniert hatte, er wusste nicht, wieso. Ideologisch lagen sie weit auseinander, und er hielt nichts von ihren Ermittlungsmethoden, sich immer mittenrein zu stürzen, über alle Köpfe hinweg zu entscheiden, und noch weniger mochte er ihre Sturheit – leider hatte sie aber damit Erfolg und war in den oberen Etagen beliebt. Aber genau diese Unterschiede zwischen ihnen reizten ihn auch.

»Da hast du ja Glück, dass du im Helbergerhaus bist und nicht umziehen musst«, sagte er. »Hast mit deinem Wechsel ja alles richtig gemacht.«

Vogelsang lächelte schmal.

Im Verlauf des Abends hatte er immer mal wieder versucht, Vogelsang aus der Reserve zu locken, aber sie ließ sich nicht darauf ein. Er nahm einen großen Schluck Riesling, merkte, wie es in seinem Kopf summte, er hatte Lust, zu kichern oder etwas Dummes zu sagen, konnte sich aber zurückhalten.

Brandt sprach mit Vogelsang. Lästerten die beiden über ihn? Er sah doch gut aus, tat einiges für seinen Körper, ging ins Fitnessstudio, fuhr Rad, boxte und fühlte sich mit seinen neunundvierzig Jahren den meisten Mittdreißigern überlegen; beim geringsten Verdacht auf einen Bauchansatz intensivierte er sein Training und stellte seine Ernährung um.

»Ich habe von der Sache mit Altmann gehört«, versuchte er seinen Vorsatz von vorhin umzusetzen, wobei er schon beim Aussprechen der ersten Wörter merkte, wie plump das alles war. »Tut mir leid.«

Vogelsang sah ihn durch den Rauch der Zigarette an, die sie sich mit Brandt teilte, ein misstrauischer Blick, aber er lächelte jetzt aufmunternd.

»Danke«, sagte sie. »Hätte nicht gedacht, dass du dich an ihn erinnerst.«

»Ich hab jahrelang nicht mehr an ihn gedacht, und dann so was.« Er schwitzte, wollte sich aber nichts anmerken lassen. »Waren ja wilde Zeiten damals.«

»Ja, feiern konnten wir alle gut.«

Vogelsang lächelte jetzt, und er entspannte sich, trank sein Glas leer. Der Hühnermarkt war erfüllt von Stimmen und Gelächter, die an den Häuserwänden hinauf in den dunklen Himmel stiegen.

»Weiß man denn schon mehr, also, was passiert sein könnte?«

Die Frage war mehr an Brandt als an Vogelsang gerichtet, und er wusste, dass es eigentlich eine dumme Frage war, weil es nichts Neues in diesem Fall gab, aber er hatte das Gefühl, irgendwas sagen zu müssen. Brandt antwortete ihm knapp, aber er hörte gar nicht richtig zu. Er dachte an die Party bei Bretone, dachte an Altmann, der ihm, in seiner Rolle als Service-Mitarbeiter, einen Champagner gereicht hatte; er dachte daran, wie er ihn verpfiffen hatte, denn er war sich sicher gewesen, dass Altmann nicht ohne Grund auf der Party gewesen war, und er fragte sich jetzt, ob diese Aktion Altmann schlussendlich in die Scheiße geritten hatte. Eigentlich hätte er sein Wissen längst mit Brandt teilen müssen, aber dann hätte sie auch von der Party erfahren, und irgendwas sagte ihm, dass das keine gute Idee war. Also hielt er einfach die Klappe, ohne Reue, ohne irgendein Gefühl der Schuld – das konnte er gut, er machte es ja schon seit Jahren so.

»Bei dir läuft es ja aber auch ganz gut«, hörte er jetzt Vogelsang sagen. An ihrer Stimme erkannte er, dass sie ebenfalls nicht mehr ganz nüchtern war. »Beförderung, neues Büro.«

»Kann nicht klagen«, sagte er.

Zum Abschied musste jeder ein Mispelchen trinken, dann wurde abkassiert. Man verabschiedete sich voneinander, Brandt und Vogelsang gingen Richtung Straßenbahn, er stand noch eine Weile etwas verloren vor dem Stoltze-Brunnen, dann machte er sich auf den Weg runter zum Main.

Er stand in der Nähe der Ausflugsschiffe am Fluss und sah auf das schillernde Wasser. In seinem Rücken Gelächter, der Geruch nach Marihuana und Energydrinks. Er hatte noch keine Lust nach Hause zu gehen, er war seltsam erregt und schrieb Ines eine Nachricht: Er würde sie gern sehen, würde sie gern ficken. Er wusste, dass sie auf solche Nachrichten stand. Sie selbst hatte ihn zu Beginn ihrer Beziehung dazu aufgefordert, und einmal hatte er ihr gestanden, dass er überrascht von dieser Aufforderung gewesen war – da hatte Ines nur gelacht und gesagt: Stille Wasser sind tief. Er erwartete nicht, dass sie ihm antworten würde, und schob das Smartphone in seine Tasche.

Er ging am Eisernen Steg vorbei, dann weiter Richtung Untermainbrücke und bog dort in die Neue Mainzer Landstraße ein, ging an den Kammerspielen und dem Schauspiel vorbei. Er mochte die Stadt in der Nacht, die Lichter, die Spiegelungen. Er blickte hinauf zu den erleuchteten Fenstern der Hochhäuser, in denen zum Teil immer noch gearbeitet wurde. Highperformer, One-nighter und Two-nighter. Arbeitstage bis zwei Uhr morgens, kurz dösen bis fünf, dann weiter. Hätte er auch haben können, plus ein sechsstelliges Gehalt. Er grinste, merkte, dass er etwas wankte. Scheiß drauf, er war jetzt Leiter der Abteilung für Kapitalverbrechen und hatte mit Frank ein einträgliches Geschäft am Laufen. Wer bitte sollte ihn stoppen?

Über die Taunusanlage gelangte er ins Westend, wo seine Wohnung lag, schlenderte die Guiollettstraße hinauf.

Sein Smartphone piepte.

Er zog es aus der Tasche, eine Nachricht von Ines.

Wann können wir uns sehen?

11

Das Protestcamp lag im Osten der Stadt zwischen den Stadtteilen Seckbach und Fechenheim. Vogelsang hatte Mika gesagt, dass sie noch einmal wegen der Arbeit losmüsse, versprach ihm aber, dass sie morgen, am Sonntag, zusammen etwas unternehmen würden, er dürfe entscheiden, was. Dann hatte sie sich aufs Rad geschwungen, war bis zur Flößerbrücke am Main gefahren und dann Richtung Innenstadt abgebogen, vorbei an der EZB, die sich im frühen Sonnenlicht leuchtend in den wolkenlosen Himmel hob, weiter am Ostpark und der Eissporthalle vorbei, an stillen Wohnsiedlungen, bis sie schließlich die Gewerbegebiete am äußersten Rand der Stadt erreichte und von der Straße in einen Feldweg einbog. Es war Samstag und in der Stadt noch nicht viel los, sodass sie problemlos durchgekommen war.

Es waren an diesem Morgen schon etliche Unterstützer der Baumhausbewohner unterwegs. Auf einer Freifläche vor dem Wald wurde gerade ein Pavillon errichtet, Bänke aufgestellt, Transparente mit Aufschriften wie »Fecher bleibt!« oder »Bau- und Rodungsstopp A 66!« waren aufgespannt worden. Jemand klimperte auf einer Gitarre, zwei Aktivisten beluden einen Bollerwagen mit Lebensmitteln, um sie in den Wald zu den Besetzern zu fahren. Vogelsang bekam einen Flyer in die Hand gedrückt, ein weißbärtiger Mann in blauer Funktionsjacke und Rucksack sah sie mit einem wissenden Lächeln an.

»Gut, dass du da bist«, sagte er, obwohl sie sich noch nicht gesehen hatten.

Vogelsang nickte ihm zu.

»Die machen jetzt ernst«, sagte der Mann und seine Miene verfinsterte sich, das Lächeln verflog. Er deutete hinüber zu den Bauzäunen. »Die verschanzen ihre Bagger hinter dem Zaun, um sofort loslegen zu können. Da wird keine Rücksicht mehr genommen, nicht auf die Natur und schon gar nicht auf den Volkswillen. Es ist ein Verbrechen, was hier passiert!«

Vogelsang hatte die Auseinandersetzungen um den Fechenheimer Wald bisher nur in der Zeitung und gelegentlich in der *hessenschau* verfolgt. Es ging um den Bau eines neuen Autobahnabschnitts, der die beiden bestehenden Trassen der A 66 und A 661 mittels Tunnel verbinden sollte; dafür mussten nun gut zwei Hektar eines Auenwaldes gefällt werden, was Klimaschützer und Umweltverbände für rechtswidrig hielten und wogegen sie immer wieder Klagen anstrengten, bis jetzt ohne großen Erfolg.

»Man muss sich das mal vorstellen«, sagte der Mann und fummelte an seinem Reißverschluss herum, »sechshundert Millionen Euro für gut zwei Kilometer Autobahn. Das ist absoluter Wahnsinn! Da wurden Dinge vor fünfzehn Jahren beschlossen, und die sollen jetzt durchgedrückt werden, egal, ob sich die Bedingungen in der Zwischenzeit geändert haben. So wird das nichts mit dem Klimaschutz, da geht alles den Bach runter!«

Er schaute sie etwas verzagt an.

»Aber deswegen sind wir ja hier, um denen zu zeigen, dass wir damit nicht einverstanden sind. Wir sehen uns sicher später noch.«

Er stiefelte davon, und Vogelsang sah sich weiter um. Sie fühlte sich nicht ganz wohl in ihrer Haut, vielleicht auch deswegen, weil sie sich in den letzten Jahren kaum um solche Aktionen und Versammlungen gekümmert hatte. Sie wusste, dass sie damit nicht allein war, dass es vielen so ging, die zwischen Job, Kindern,

Beziehung oder der Pflege von Angehörigen keinen Kopf mehr für solche Sachen hatten, und trotzdem fragte sie sich, warum sie so bequem, ja spießig geworden war, dass sie die Wochenenden lieber auf dem Sofa oder im Garten verbrachte, in ihrer eigenen, kleinen Welt. Dabei hatte sie sich früher pausenlos in solche Aktionen hineingeworfen, war auf Demos gegangen, hatte in den Fußgängerzonen Unterschriften gesammelt; nach der Sache in Genua und nachdem sie sich von Altmann endgültig getrennt hatte, war sie zweimal bei Protesten in Gorleben dabei gewesen, hatte sich aber immer aus direkten Konfrontationen mit den Beamten herausgehalten, hatte stattdessen gekocht, im Hintergrund organisiert und versucht, so ihre Ängste zu überwinden, das Zittern in den Händen loszuwerden. Dabei war ihr langsam klar geworden, dass das nicht ihr Weg sein würde, und sie hatte sich zurückgezogen.

Sie ging jetzt ein Stück in den Wald hinein, sah über sich in schwindelerregender Höhe die Baumhäuser, zwischen den Bäumen aufgespannte Plakate, »Ohne Wald ist alles tot, Highway to climate crisis«. Bewegungen waren dort oben zu erkennen, Stimmen zwischen den Plattformen. Sie fragte sich, wie sie hier Rakete finden sollte, sie konnte ja schlecht in die Baumhäuser hinauf. Wenn er überhaupt hier war.

Zwei vermummte Baumbesetzer kamen auf sie zu, und obwohl Vogelsang wusste, dass es ein Risiko war, fragte sie, ob einer von ihnen Rakete gesehen habe. Die beiden blieben stehen, sahen sich an.

»Schau mal dahinten.« Einer von ihnen deutete in den Wald hinein.

Vogelsang bedankte sich und ging in die ihr gewiesene Richtung, stapfte über Wurzeln, auf eine Gestalt zu, die am Boden kniete, ihr den Rücken zugewandt hatte.

»Rakete?«, sagte Vogelsang.

Die Gestalt fuhr herum, beide erkannten sich sofort. Rakete sprang auf, ließ den Hammer fallen, mit dem er gerade an etwas gearbeitet hatte, und noch bevor Vogelsang auch nur ein Wort sagen konnte, lief er geschickt und schnell tiefer in den Wald und war verschwunden.

Scheiße. Rakete war ihr schon damals, im besetzen Haus, irgendwie merkwürdig vorgekommen, und dann sein komischer Satz, er wisse, wer sie sei. War er wie Robert auch ein bisschen zu weit in den Kaninchenbau hinabgestiegen und schob jetzt irgendwelche Filme von Agenten und Verfolgern? Aber seit dem Erlebnis im besetzten Haus konnte sie ihn verstehen, wenngleich sie ihm klarmachen musste, dass sie mit der ganzen Sache nichts zu tun hatte, dass sie auf seiner Seite stand. Ja, Rakete hatte Angst und wollte nichts mit den Behörden zu tun haben, aber ohne ihn würde sie nicht weiterkommen.

Frustriert trat sie den Rückweg an, wollte auf ihr Rad steigen und zurück zu Mika und den beiden Katern fahren. Sie würde sich im Garten austoben, Unkraut ausreißen, Rasen mähen, was auch immer, die Hände verdreckt, Rückenschmerzen, aber das gute Gefühl, etwas bewirkt zu haben.

Doch dann erkannte sie plötzlich im Unterholz, etwa fünf Meter entfernt, erneut eine Gestalt, das Gesicht jetzt vermummt. Sie wusste sofort, dass es Rakete war.

»Ich will nur mit dir reden«, rief sie. »Über Robert. Du willst doch auch wissen, was passiert ist. Ich brauche deine Hilfe.«

Beide verharrten regungslos. Dann machte Rakete einige Schritte auf sie zu, zog sich den Schal vom Gesicht.

»Du bist doch von denen«, sagte er leise.

»Ich bin Staatsanwältin«, sagte sie und hielt Rakete ihren Ausweis hin. »Ich will rausfinden, was Robert zugestoßen ist.«

»Jule hat erzählt, du warst mit Robert damals in Genua.«

»Ja, das stimmt. Robert und ich waren eine Zeit lang zusammen.«

Rakete starrte in den Wald, überlegte.

»Komm mit«, sagte er.

Vogelsang folgte ihm auf einem schmalen Trampelpfad tiefer in den Wald hinein, zu einer Art Versammlungsplatz. Baumstämme lagen so, dass in der Mitte eine kleine Freifläche entstand, auf einen hockte sich jetzt Rakete, Vogelsang setzte sich zu ihm.

»Wen meinst du denn mit denen?«, fragte Vogelsang. »Zu wem sollte ich denn deiner Meinung nach gehören?«

»Ich weiß nicht genau, wer die sind, die, die Robert ... ich meine, die ihn da in den Müll ... die ihn umgebracht haben.«

Kurz überlegte sie, ob sie ihm von der Sache im besetzten Haus erzählen sollte, aber dann entschied sie sich dagegen. Es würde ihn nur noch nervöser machen, und sie war froh, dass er überhaupt mit ihr redete.

»Robert und du, ihr habt zusammengearbeitet, nicht wahr?«

»Ja, ich habe ihm bei seinen Recherchen geholfen.«

»Robert hat mir Fotos zukommen lassen. Geht es um Bushmeat, um illegal eingeführtes Wildfleisch?«

Rakete nickte.

»Und die Videos? Auf einem von denen bist du auch drauf. Wo wurden die gemacht?«

Rakete sah sich um, als müsse er sich versichern, dass sie keiner belauschte.

»Es gibt da diese Firma im Gallus ...«

»La Boca?«, unterbrach ihn Vogelsang.

»Ja.« Rakete sah sie erstaunt an.

»Ich hab auch schon ein bisschen recherchiert«, sagte sie. »Aber erzähl weiter.«

»Also, diese Firma, La Boca, die sind in den Handel mit Bushmeat verwickelt, das hat Robert rausgefunden, und zwar im großen Stil, also mindestens deutschlandweit, wahrscheinlich geht das Fleisch auch in die Schweiz, nach Österreich, rüber nach Frankreich. Robert wollte mehr über diese Firma wissen, er wollte wissen, wer hinter den Geschäften steckt, wer da alles seine Finger im Spiel hat. Deswegen haben wir uns beide von denen einstellen lassen, also von der Firma La Boca, die haben einen großen Catering-Service, arbeiten mit Eventagenturen zusammen. Die suchen immer Personal, war nicht schwierig, da reinzukommen.«

Wieder sah sich Rakete um. In den Bäumen rauschte der Wind, von irgendwoher wurden die Akkorde einer Gitarre zu ihnen getragen. Rakete zupfte an seinem Schal herum, richtete sich die Mütze.

»Am Anfang dachten wir, es würde zu nichts führen, Robert war ziemlich genervt, wütend auf sich selbst. Wir wurden auf ein paar Firmenfeiern eingesetzt, im Westend, draußen in Eschborn, aber es gab keinerlei Spuren von Bushmeat. Bis zu dieser Party in Kronberg. Da wurde Bushmeat serviert, Steaks und so.«

»Woher wusste Robert denn, dass es sich um Bushmeat handelt?«, fragte Vogelsang.

»Er sagte, er hätte einen Informanten. Jemand hatte wohl Kontakt zu ihm aufgenommen, von dem hat Robert auch den Tipp mit dem La Boca, der wusste auch von dem illegalen Fleisch. Bei der Feier in Kronberg hat Robert zu mir gesagt, wir müssten filmen und Fotos machen, und das habe ich dann auch gemacht, so gut es eben ging.«

»Weißt du etwas über diesen Informanten?«

»Nein, nichts. Das hat Robert alles alleine geregelt. Es gibt wohl ein Handy, das Robert für den Kontakt benutzte, aber das Ding ist verschwunden, keine Ahnung.«

»Hast du das Fleisch gesehen?«

»Ich konnte es sogar riechen, als ich im Haus war, um Kisten rauszutragen. Wir waren ja schon einen Tag vorher da, um alles vorzubereiten. Also, da habe ich eine Frau in der Küche gesehen, die das Fleisch vorbereitet hat. Ich hab mich gewundert, weil wir das ja eigentlich alles machen, aber die Frau stand da und hat irgendwas mit dem Steak gemacht. Später habe ich auch kapiert, was: Sie hat das Stück in Gold eingewickelt und das haben sie dann so gegrillt, ein goldenes Steak.«

»Wer war die Frau, gehörte sie zum Personal?«

»Nein, ich glaube, der gehörte das Haus. Es war anscheinend eine Geburtstagsfeier, und sie hat jemanden geküsst, wahrscheinlich ihren Mann. Ihm hat sie auch den Teller mit dem goldenen Steak gegeben, es war so was wie ein Geschenk.«

Vogelsang nickte.

»Und was ist an diesem Abend passiert, seid ihr aufgeflogen?«

»Ja, Robert. Der wurde unvorsichtig, hat überall Fotos gemacht und gefilmt und ist wohl irgendeinem aufgefallen. Die hatten ja da überall Securitys, die wollten ihn, glaube ich, filzen, aber Robert konnte abhauen.«

»Und du?«

»Na ja, ich bin halt dageblieben und hab weitergemacht, obwohl ich total Schiss hatte, dass ich denen auch auffalle und die mich dann in die Zange nehmen.«

Vogelsang stand auf. Ihr war etwas kalt und sie machte einige Schritte, schob sich die Hände in die Taschen ihrer Jacke.

»Und jetzt glaubst du, dass sie auch hinter dir her sind?«

»Denke schon«, Rakete stand ebenfalls auf. »Die suchen wahrscheinlich nach Material, den Bildern und Videos. Ich dachte, ich zieh jetzt erst mal den Kopf ein, ich meine, die Räumung, Roberts Tod, das alles war für uns ein riesiger Schock.«

»Das verstehe ich. Aber noch mal zu der Party in Kronberg. Weißt du, wie die Leute hießen, die das Fest veranstaltet haben?«

»Ich habe nur den Namen Marc gehört, das war der Besitzer der Villa, dem haben sie ein Ständchen gesungen.«

»Bekommt ihr denn keine Adressen oder Namen von den Leuten, für die ihr arbeitet?«

»Nur der Chef, wir anderen nicht. Wir kriegen nur gesagt, was wir tun sollen. Die Kunden bezahlen ja auch für diese Diskretion. Selbst auf den Klingelschildern steht meistens nur eine Abkürzung.«

Vogelsang betrachtete Rakete einige Augenblicke lang. Er wusste mehr, als er ihr sagen wollte, wahrscheinlich vertraute er ihr immer noch nicht ganz, hatte Angst, fühlte sich von allen Seiten bedrängt. Sie reichte ihm ihre Karte.

»Meld dich bitte bei mir, wenn dir noch was einfällt«, sagte sie. »Wir stehen auf derselben Seite, du kannst mir vertrauen.«

Rakete nahm die Karte.

»Ich bin mir sicher, dass Robert wegen seiner Recherche umgebracht wurde«, sagte er. »Die haben irgendeine Schweinerei zu verbergen, und deswegen musste er sterben.«

Er presste die Lippen zusammen, drehte sich um und ging langsam in den Wald hinein. Vogelsang sah ihm nach, dann machte sie sich auf den Rückweg. Auf der Wiese hatte sich jetzt eine beträchtliche Anzahl an Menschen versammelt, gerade hielt jemand eine erste Rede. Vogelsang ließ sich an einem improvisierten Stand einen warmen Tee geben, stand zwischen den Leuten herum, in ihrem Kopf drehten sich die Gedanken.

Robert hatte also undercover recherchiert und war dabei bestimmten Leuten zu nahe gekommen, Leuten, denen ein Menschenleben wenig wert war. In diesen Kreisen führte Geld zu Macht und Macht wiederum zu noch mehr Geld. Natürlich taten diese Leute alles dafür, sich vor Eindringlingen zu schützen, vor jemandem wie Altmann, der drauf und dran war, ihr Treiben öffentlich zu machen. Die Sache mit dem angeblichen Informanten erschien ihr allerdings fragwürdig. Warum hatte der sich nicht direkt bei der Polizei gemeldet und Anzeige erstattet? Außerdem hatte sich Robert gern wichtig gemacht, hatte gern Geheimnisse gehabt, vielleicht gab es auf seinem Laptop Hinweise auf seine Quelle. Sie würde mit dieser Information erst mal vorsichtig umgehen.

Die Leute um sie applaudierten, ein kurzer, gemeinsamer Sprechchor hob an: »Fecher bleibt, Fecher bleibt!«, hallte in den Wald hinein, über die Wiese hinüber zum Zaun und den dahinter abgestellten Baumaschinen, die nur darauf warteten, sich in den Wald zu stürzen. Der Mann von vorhin kam an Vogelsang vorbei, lächelte ihr zu. Dann machte sie sich auf den Heimweg, schob ihr Rad den Feldweg zurück, vor an die Straße.

Sie würde gleich zu Beginn der kommenden Woche alle zusammentrommeln, Uwe, Brandt und Köster, um gemeinsam mit ihnen die nächsten Schritte zu besprechen. Für Vogelsang stand nach dem Gespräch mit Rakete fest, dass Robert Altmanns Tod nichts mit Menschenhandel zu tun hatte, sondern im Zusammenhang mit der Firma La Boca und dem Handel mit Bushmeat stand.

Jetzt musste sie das nur noch den anderen klarmachen.

Sie bemerkte den dunklen Wagen erst, als er neben ihr langsamer wurde. Sie fuhr auf der Gutleutstraße Richtung Griesheim und war in Gedanken gewesen, darüber, was sie mit Raketes Informationen tun, wie sie mehr über den ominösen Marc aus Kronberg herausfinden sollte. Jetzt sah sie auf und wurde noch langsamer, aber auch der Wagen verringerte weiter seine Geschwindigkeit. Er war ein schwarzer SUV, die Scheiben waren dunkel getönt, sie konnte nicht ins Wageninnere sehen.

Sie stoppte, der Wagen hielt ebenfalls. Kaum jemand war an diesem Samstagvormittag unterwegs, die Straße verwaist. War das alles nur Zufall? Sie fuhr wieder an, und auch der Wagen setzte sich langsam wieder in Bewegung, scherte plötzlich zum Radweg hin aus, sodass Vogelsang scharf bremsen musste und nur mit Mühe einen Sturz verhindern konnte.

»Hey!«, brüllte sie. »Spinnst du!«

Nein, das war kein Zufall mehr. Hier hatte es jemand auf sie abgesehen. Waren das dieselben, die sie im besetzten Haus überrascht hatte, die vermutlich auch nach Rakete suchten? Sie ging ihre Optionen durch. Sollte sie zum Telefon greifen und die Polizei oder Uwe anrufen, sollte sie mit Mika sprechen, so tun, als hole sie Hilfe? Oder sollte sie näher an das Fahrzeug ran, sich das Kennzeichen merken?

»Was ist los, was willst du von mir?«, rief sie.

Der Wagen bewegte sich nicht, leise surrte der Motor vor sich hin. Und plötzlich wurde ihr klar, in welcher Gefahr nicht nur sie, sondern auch Rakete schwebte. Sie hatten im Haus nach ihm gesucht, und jetzt waren sie hier, um sich um sie zu kümmern. Sie war sich sicher, dass es die gleichen Leute waren, die auch Altmann auf dem Gewissen hatten, und sie würden vermutlich nicht zögern, das Gleiche mit Rakete oder ihr anzustellen. In ihr zog sich alles zusammen, sie tastete nach ihrem Smartphone.

Da heulte plötzlich der Motor auf und der Wagen schoss zurück auf die Straße, beschleunigte rasch. Vogelsang zuckte zusammen und war nicht in der Lage, sich das Kennzeichen zu merken, außer dem *F* am Anfang konnte sie nichts mehr erkennen, das Auto war schon zu weit weg. Es fuhr jetzt in eine lang gezogene Kurve und verschwand. Vogelsang stand einige Augenblicke regungslos da und hielt ihren Lenker umfasst. Was war das gewesen, eine Drohung, eine Machtdemonstration? Ein Hinweis, dass sie sie im Blick hatten?

Sie setze sich wieder auf den Sattel und nahm Fahrt auf, hielt

Ausschau nach dem SUV. Aber bis sie zu Hause war, tauchte er nicht mehr auf.

Der Sonntag lag in spätsommerlichem Licht, wolkenlos blau der Himmel, durch die Maisstauden fuhr ein warmer Wind. Greta und Mika waren auf ihren Rädern auf dem Weg nach Eppstein, einer kleinen Gemeinde westlich von Frankfurt im Vordertaunus. Diesmal waren sie mit den Mountainbikes unterwegs, die Strecke war bergig, die Wege unbefestigt. Hinter Zeilsheim fuhren sie an ausgedehnten Feldern vorbei, über ihnen kreisten Bussarde, rechts von ihnen lag die Skyline im Dunst. Die ersten Rampen forderten ihre ganze Konzentration, sie rollten am Kelkheimer Freibad vorbei und dann einen steilen Weg hinunter nach Lorsbach. Kurze Zeit später erreichten sie die Burg Eppstein und machten am ehemaligen Burggraben Rast. Sie tranken, setzten sich auf eine Bank und streckten die Beine aus. Vogelsang machte ein paar Fotos von der Burg, von der im Wind schlackernden Fahne. Mika hatte die Augen geschlossen, döste eine Weile in der spätsommerlichen Wärme, die die Burgmauern abgaben, Greta aß eine Banane. Sie hatte ihm nichts von dem SUV gestern erzählt, wollte nicht, dass er sich Sorgen machte. Auch sie selbst versuchte, dem Vorfall nicht allzu große Bedeutung beizumessen, hatte sich aber bei der Fahrt nach Eppstein ertappt, wie sie sich mehrmals umsah, als sie hinter sich Motorengeräusche hörte.

»Wie geht's dir denn?«, fragte Mika, er richtete sich auf und legte ihr seine warme Hand auf den Oberschenkel.

Sie lächelte. Mika wusste, was dieses Lächeln zu bedeuten hatte.

»Die Sache mit Robert, richtig?«, sagte er.

Greta nickte, wieder sagte sie nichts.

»Das nimmt dich ganz schön mit.«

»Ich dachte, ich hätte das alles hinter mir gelassen, die Zeit mit Robert«, sagte sie jetzt leise. »Aber das stimmt wohl nicht ganz.«

»Du musst ja wirklich sehr verliebt gewesen sein.«

»Ja, war ich wahrscheinlich auch. Aber ich glaube, ich habe dir nie alles erzählt.« Sie sah ihn an.

»Was meinst du mit alles?«

»Von der Sache in Genua, der Zeit danach.«

»Von Genua schon. Dass euch nachts die Polizei überfallen hat. Robert und du, ihr konntet abhauen.«

»Ich habe das alles gehört, die Schläge, die Schreie, ich habe später auch das Blut in den Gängen gesehen. Während wir uns oben auf dem Dach versteckt hatten, habe ich daran gedacht, einfach runterzuspringen, wenn sie kommen. Ich dachte, lieber so sterben als totgeschlagen zu werden. Ich war noch so jung, da oben auf dem Dach, ich wollte ja leben, aber was tun gegen die Polizisten? Dann doch lieber vom Dach springen, ein schnelles Ende. Ich war wie gelähmt, ich habe gar nichts mehr gespürt, ich habe nicht gezittert, gar nichts.«

Sie wischte sich eine Träne von der Wange, lächelte. Mika reichte ihr ein Taschentuch, legte einen Arm um sie und zog sich zu sich.

»Aber du bist noch da«, sagte er. »Du bist nicht gesprungen.«

»Nein, bin ich nicht.«

Auf dem nahen Spielplatz kreischten ein paar Kinder, stritten sich um irgendwas, und nun kamen eilig die Eltern dazu. Zwei Jugendliche schlenderten vorbei, einer zündete sich gerade eine Zigarette an, sah sich dabei verstohlen um.

»Nach der Sache in Genua wollte Robert, dass ich aktiv in die linke Szene einsteige, dass ich mich an Aktionen beteilige. Seiner Meinung nach sollte ich meine Loyalität unter Beweis stellen, zeigen, dass ich bereit bin zu kämpfen. Und er hätte mich fast rumgekriegt, ich meine, es fühlt sich verdammt gut an, wenn man glaubt, auf der richtigen Seite zu stehen und das Richtige zu tun, gegen den ganzen neoliberalen Scheiß da draußen, gegen die Banken, das Kapital, die Bonzen. Aber es wurde dann ziemlich schnell ziemlich kompliziert. Antideutsch, antinational, antiimperialistisch, ich habe da irgendwann nicht mehr durchgeblickt, ich wollte mich nirgends reinziehen lassen oder einordnen, obwohl immer alle verlangten, ich müsse mich entscheiden. Eine Zeit lang habe ich so ziemlich alles gemacht, was Robert von mir verlangte, ich dachte eben, ich tue das Richtige. War es aber nicht. Sie hatten einen Anschlag auf Polizeifahrzeuge vor, ich war dabei, konnte aber irgendwann nicht mehr weiter, hatte eine heftige Panikattacke. Da ist Robert wütend geworden, und ich glaube, er hätte mich fast geschlagen, wenn die anderen nicht da gewesen wären. Sie haben mich dann einfach sitzen gelassen und es ohne mich durchgezogen, haben die Fahrzeuge in Brand gesteckt. Ein junger Polizist, der zufällig in der Nähe war, wurde dabei verletzt. Danach war allen klar, dass ich raus bin.«

»Wenn sie dich erwischt hätten ...«

»Wäre ich heute wahrscheinlich keine Staatsanwältin.« Und nach kurzem Schweigen fuhr sie fort: »Ich konnte damals nicht weiter studieren und bin ein halbes Jahr nach Föhr, Vögel zählen. Weißt du ja alles. Ich war da die meiste Zeit alleine mit mir und den Geistern, aber nach diesem halben Jahr ging es mir wieder besser und ich wusste, was ich wollte.«

Sie lächelte, und Mika strich ihr über die Wange. Sie waren jetzt fast zehn Jahre zusammen, eine verdammte lange Zeit, und auch wenn im Alltag vieles unterging, Zärtlichkeiten, Zweisamkeit, so fühlte sie sich Mika in Momenten wie diesem sehr nahe, spürte, dass sie ihm blind vertrauen konnte. Sie mochte es, dass er sich selbst nicht zu wichtig nahm, er strahlte eine große Gelassenheit und Ruhe aus, er war zufrieden mit sich. Sein Job als Trainer im Fitnessstudio forderte ihn gerade so, dass ihm nicht langweilig wurde, er hing aber auch nicht zu sehr an dieser Arbeit, obwohl die Kollegen alle zugänglich und die meisten Kunden freundlich waren. In manchen Augenblicken allerdings schien Mikas Ruhe in Traurigkeit überzugehen, in ein stilles Nachspüren all der Möglichkeiten, die sich für ihn dann doch nicht erfüllt hatten. Eine Zeit lang hatte es wirklich so ausgesehen, dass er den Sprung in ein Profi-Radteam schaffen würde, aber dann war die große Dopingwelle über dem Radsport zusammengeschlagen, Teams hatten sich aufgelöst, es kam zu Prozessen, und hoffnungsvolle Talente wie Mika verschwanden auf Nimmerwiedersehen. Er hatte nie eine zweite Chance bekommen und sich anscheinend damit abgefunden.

Greta fröstelte und schlüpfte in ihre Radjacke. Mika schlug vor, in der Pizzeria, an der sie vorher vorbeigekommen waren, etwas zu essen. Jetzt erst merkte sie, wie hungrig sie war, trotz der Banane. Sie fuhren zum Lokal, nahmen an einem der Außentische Platz und bestellten zweimal Pasta und für jeden einen Salat. Sie fühlte sich glücklich, als sie Mika gegenübersaß und ihn kauen sah, sie fühlte, dass sie hier richtig war, mit Mika zusammen.

»Ich sage das viel zu selten.« Greta legte die Gabel zur Seite, wischte sich mit der Serviette über den Mund. »Aber ich liebe dich, Mika.«

Er lächelte, wirkte kurzzeitig beschämt wie ein kleiner Junge, seine Ohren begannen rot zu leuchten.

»Ich liebe dich auch, Greta«, sagte er leise. Sie wusste, dass ihm Liebesbezeugungen wie Küsse und Umarmungen in der Öffentlichkeit etwas unangenehm waren.

»Und ich will später noch Sex mit dir«, flüsterte sie.

»Klar, kein Problem.«

Beide prusteten los vor Lachen.

Greta mochte es, wenn sie in den Radklamotten miteinander schliefen; wenn sich Mikas Schwanz unter dem schwarzen Stoff der Hose deutlich abzeichnete, wenn er ihre Brüste unter dem Trikot streichelte, seine kratzenden Bartstoppeln. Beide kamen schnell zum Orgasmus, erschöpft lagen sie nebeneinander, sie streichelte über Mikas Brust, er summte irgendein Lied. Dann klingelte es. Mika fuhr auf. Er konnte so was nie unbeantwortet lassen, musste immer zur Tür. Er schlüpfte in seine Jogginghose.

Greta, richtete sich auf. »Man sieht total deine Beule.«

»Besser?« Mika griff sich zwischen die Beine.

Sie nickte, fiel wieder zurück aufs Bett und hörte, wie Mika die Tür öffnete und mit jemandem sprach. Sie war angenehm müde, fröstelte ein bisschen, bekam eine Gänsehaut. Mika kam ins Zimmer zurück.

»Das war Renate«, sagte er. »Sie wollen heute Abend noch Feuer machen, Stockbrot und so. Wir sollen auch kommen.«

Greta stand auf und ging duschen. Auf der Terrasse schmuste sie dann eine Zeit lang mit Engels, der zu ihr auf den Schoß sprang und sich bereitwillig kraulen ließ, während Marx irgendwo zwischen den Beeten hockte und sie beobachtete. Die Natur begann sich zurückzuziehen, im Kirschbaum holten sich die Vögel die letzten, schrumpeligen Früchte von den Ästen. Sie konnte Renates und Wolfgangs Enkelkinder drüben im Garten hören, sah sie aber nicht. Manchmal kam ihr das alles hier so irreal vor, der Garten, die sanierten Wohnungen in den alten Arbeiterhäusern aus dem 19. Jahrhundert, ihre Gemeinschaft mit den anderen Bewohnern, Renate und Wolfgang, Gerhard, Yassir und seine Freundin Mareike, die erst vor Kurzem eingezogen war: eine kleine, heile Welt, scheinbar unberührt von den Ereignissen da draußen. Aber vielleicht brauchte sie das auch, diese kleine Insel, um Kraft zu schöpfen, um nicht komplett den Verstand zu verlieren.

Als sie später im Garten von Renate und Wolfgang zusammenkamen, war die Stimmung gelöst. In einem Feuerkorb entzündeten Wolfgang und sein Sohn Fabian Holzscheite, für die Kinder gab es Stockbrot und Marshmallows, für die Erwachsenen Bier, Weißwein und Erdnussflips. Wolfgang spielte Gitarre, man sprach über den Schwimmteich, über die Möglichkeit, die Solarpanels auf dem Dach noch zu erweitern, die Häuser zukunftsfit zu machen.

Die Flammen schlugen in den Abendhimmel, Funken stoben auf, und Greta fühlte sich in ihre Kindheit zurückversetzt, in einen Sommer, in dem ihre Klassenkameraden nach Italien, in die Türkei oder nach Spanien verreist waren und sie mit ihren Eltern die Ferien im Garten an der Bundesstraße verbracht hatte. Sie sah die schillernden Wassertropfen des Gartensprinklers, roch gemähtes Gras, hatte den Geschmack von frischen Brombeeren auf der Zunge. Und sie dachte mit einem Gefühl der Beklemmung daran, wie das alles zu verblassen begann, die Erinnerungen, die Gerüche und Farben, und wie sich auch die Menschen um sie veränderten, älter wurden, grau wurden, starben.

Renate reichte ihr ein Glas mit Weißwein, sie stießen an. Gemeinsam saßen sie auf einer Bank, die anderen sangen gerade zu Wolfgangs Gitarrenspiel *Roxanne* von The Police.

»Geht's dir wieder besser?«, fragte Renate.

»Mal so, mal so.«

Sie tranken.

»In letzter Zeit, da habe ich auch so seltsame Zustände«, sagte Renate leise. »Da kommt es mir so vor, als würde ich träumen, also mitten am Tag, wenn ich gerade koche oder so, dann bin ich plötzlich ganz woanders, in unserer alten Wohnung, als die Kinder noch klein waren, oder in der WG in Gießen, und dann tauchen die alten Gesichter auf, manche sind schon tot, zu anderen habe ich seit Jahren keinen Kontakt mehr. Aber plötzlich sind sie da. Und irgendwie freue ich mich dann, sie zu sehen, die Geister von früher, denn dann kommen auch die ganzen Gefühle wieder hoch, nicht so stark, nur so Ahnungen. Aber dann weiß ich, dass ich nicht umsonst gelebt habe. Weißt du, dann weiß ich plötzlich, dass hier der richtige Ort ist, dass mich alles, was vorher passiert ist, hierhergeführt hat, zu Wolfgang, in dieses Haus, ja, auch zu dir.«

Sie lächelte und beide schwiegen. Eins der Enkelkinder, Paul, sieben Jahre, kam zu ihnen, fiel in die Arme von Renate und gähnte. Sie küsste ihn auf den blonden Schopf.

Und Greta fühlte sich gleichermaßen verletzlich und geborgen, da auf der Bank neben Renate und dem Jungen, vor sich das stille, dunkle Wasser des Teichs.

12

Vogelsang hatte das Treffen für vierzehn Uhr im Besprechungsraum ihrer Abteilung angesetzt. Sie hatte Butterbrezeln besorgt, ein paar Flaschen Wasser auf den Tisch gestellt und Rafik gebeten, bei ihrem Gespräch mit dabei zu sein. Zusammen saßen sie um kurz vor zwei am Tisch, Vogelsang hatte Rafik von ihrem Ausflug zum Protestcamp berichtet und von dem, was ihr Rakete erzählt hatte, über die Firma im Gallus, über die Party, über einen Marc, Besitzer der Villa in Kronberg. Rafik notierte sich alles akribisch und wollte nach dem Treffen sofort mit der Recherche beginnen.

Es klopfte und Sandra Brandt betrat den Raum. Sie begrüßte Vogelsang herzlich, nickte Rafik zu und setzte sich, kurz darauf erschien auch Tina Köster, in der Uniform des Zolls. Es war eher selten, dass der Ermittlungsführer vom Zollfahndungsamt direkt in die Staatsanwaltschaft kam, meist tauschten sie sich über Mail oder Telefon aus, aber diesmal hatte Vogelsang Köster um Anwesenheit gebeten, da der Fall um Altmann und den Schmuggel von Wildfleisch gleich mehrere Abteilungen betraf und sie sich eng abstimmen wollte.

Immer, wenn sie mit Köster zusammentraf, fiel ihr das kleine Tattoo hinter ihrem Ohr auf, und sie fragte sich, was es darstellte, irgendein Tier, einen Wolf vielleicht oder einen Hund, richtig sehen konnte sie es nicht und sie traute sich auch nicht nachzufragen.

Sie setzten sich, Köster aß eine halbe Brezel, Brandt erzählte, wie der anstehende Umzug nach Niederrad drüben im Hauptgebäude alles durcheinanderbringe, es waberten Gerüchte, nichts sei konkret. Man habe extra eine Stabsstelle mit vier Mitarbeitern eingerichtet, die nur für die Planung zuständig seien. Vogelsang sah auf die Uhr. Uwe verspätete sich mal wieder, das war nicht ungewöhnlich, aber nervig. Endlich ging die Tür auf, und mit einem schrägen Grinsen trat Uwe ein, sagte, er habe sich im Stockwerk geirrt, er sei plötzlich bei den Wirtschaftsleuten gestanden, setzte sich, griff nach einer Brezel.

»Schön, dass ihr alle so kurzfristig kommen konntet«, begann Vogelsang die Besprechung. »Warum ich euch hergebeten habe: der Fall Altmann Schrägstich Bushmeat Schrägstrich Menschenhandel. Ihr merkt, das ist alles noch immer recht vage, bis auf die Tatsache, dass Robert Altmann tot ist. Ansonsten haben eine Firma im Gallus, La Boca, die vermutlich in den Handel mit illegalem Wildfleisch verwickelt ist. Was weiß der Zoll zu dem Thema?«

Vogelsang sah Köster an, hatte ihr letztes Gespräch noch in Erinnerung, in dem jene etwas patzig geworden war, als Vogelsang sie vorsichtig auf die Prioritäten innerhalb der Zollfahndung angesprochen hatte. Köster setzte gerade an, als sich Uwe leise zischend eine der kleinen Wasserflaschen öffnete.

»Also ja«, Köster wirkte einen Moment irritiert, fing sich aber sofort wieder. »Wir haben am Flughafen aktuell keine signifikanten Hinweise auf gestiegene Funde von Wildfleisch. Die Kollegen ziehen bei ihren Stichproben zwar immer mal wieder einzelne Pakete raus, aber das sind alles Sachen von Privatpersonen. Das Fleisch vernichten wir, manchmal gibt es Geldstrafen. Trotzdem habe ich mich mal etwas ins Thema eingearbeitet. Die Dunkelziffer muss laut aktuellen Studien ziemlich hoch sein, zumindest was für die Flughäfen in Paris und Brüssel geschätzt wird. Vieles kriegen wir einfach nicht mit, wie so oft. Wenn das Fleisch luftdicht verpackt und in kleine Portionen unterteilt ist, finden das selbst die Hunde kaum. Also, ich würde sagen, wir tappen hier noch ziemlich im Dunkeln.«

Köster bestätigte all das, was Rafik bereits recherchiert hatte: Der Handel mit Wildfleisch lief zum größten Teil unter dem Radar der Zollbehörden, über die Mengen gab es nur Schätzungen, niemand kannte genaue Zahlen, was aber auch daran lag, dass diese bisher nicht in gleichem Maße wie beim Drogen- und Waffenschmuggel erhoben wurden.

»Das Gesundheitsamt konnte mir bestätigen, dass es aktuell einen Fall mit Milzbrand in Frankfurt gibt«, sagte Rafik, »weitere Auskünfte konnten sie mir nicht geben.«

Vogelsang dankte Rafik und Köster.

»Ich konnte einen Zeugen ausfindig machen«, sagte sie, »ein Bekannter von Altmann. Er sagte mir, dass die beiden sich bei der Firma La Boca als Mitarbeiter eingeschleust hätten, Altmann recherchierte wohl schon länger zum Thema. Er erzählte mir auch von einer Party in Kronberg, bei der sie im Einsatz waren und auf der illegales Wildfleisch serviert worden sein soll. Die Videos, die ich dir gegeben habe, stammen wohl von dort.« Vogelsang sah Uwe an, der jetzt nachdenklich nickte.

»Wo ist denn dieser Zeuge?«, fragte Brandt. »Haben wir eine Adresse? Wir sollten ihn zum Tod von Altmann noch mal vernehmen.«

»Er wird nicht freiwillig kommen, er hat anscheinend ziemlich Angst. Er glaubt, ihm könnte das Gleiche wie Altmann passieren, und solange wir nicht wissen, wer hinter der Sache steckt, kann ich seine Vorsicht verstehen.«

»Gerade deshalb sollte er mit uns reden«, sagte Brandt.

Vogelsang hielt kurz inne. Sie dachte an den Vorfall mit dem SUV am Samstag nach dem Besuch des Camps und überlegte, ob sie hier darüber sprechen sollte. Aber da sie überhaupt keine Anhaltspunkte hatte, kein Kennzeichen, nichts, entschied sie sich dagegen.

»Er hat jetzt nicht gerade das größte Vertrauen zu uns«, sagte sie.

»Der wird nicht kommen«, sagte Uwe. »Die Linken sagen nur so viel, wie sie gerade müssen, darauf können wir nicht zählen.«

Brandt runzelte die Stirn, sagte nichts. Vogelsang wusste, dass sie angepisst war, obwohl es dazu eigentlich gar keinen Grund gab.

»Ich habe Altmanns Laptop durch die KTU auswerten lassen«, sagte Uwe, »viel war da aber nicht zu finden. Ein paar Dokumente, einige von den Bildern, die wir bereits kennen. Es gibt auch zwei Mails von einem verschlüsselten Server in der Schweiz, Absender natürlich nicht bekannt. Darin wird die Firma La Boca im Gallus erwähnt, außerdem wird bestätigt, dass bei der Feier in Kronberg Bushmeat serviert werden soll. Ist nicht gerade viel.« Er sah in die Runde. »Menschenhandel halte ich aber nach wie vor für eine Option.«

»Hat denn eure TKÜ etwas ergeben?«, fragte Vogelsang, »habt ihr konkrete Hinweise, dass Altmanns Tod etwas mit Menschenhandel zu tun hat? Ich sehe da ehrlich gesagt keinerlei Verbindungen, für mich deutet alles Richtung Bushmeat, und ich frage mich, wieso ihr so hartnäckig an eurer Theorie festhaltet.«

Sie fasste Brandt und Uwe ins Auge. Sie hatte die Nase voll vom Kompetenzgerangel, vom Aufstellen irgendwelcher Theorien, nur weil einem die Tatsachen nicht passten. Hier ging es um den gewaltsamen Tod eines Menschen und nicht darum, welche Abteilung am Ende die Lorbeeren für sich einstreichen würde. Wenn Brandt und Uwe etwas vorzuweisen hatten, sollten sie es jetzt auf den Tisch legen und nicht weiter bloß heiße Luft in den Raum blasen.

Uwe warf einen kurzen Blick zu Brandt, die blätterte durch ihre Unterlagen.

»Bis jetzt hat sich nichts ergeben«, sagte er und lächelte etwas gequält. »Aber wir sind dran. Aktuell überwachen wir das Festnetztelefon des Hotels sowie die Kommunikation von zwei Handys. Die hatten wir früher schon einmal im Visier, aber bis jetzt haben wir keine Hinweise auf Altmann oder etwas, das in diese Richtung deutet.«

»Irgendwas von der Spurensicherung?«, fragte Vogelsang.

»Spuren haben wir eine ganze Menge«, sagte Uwe, »die stammen aber alle von den Hausbewohnern.«

»Wenn ihr etwas Handfestes habt, dann reden wir wieder«, sagte Vogelsang. »Aber jetzt sollten wir uns auf das Bushmeat und die Firma im Gallus konzentrieren. Ich schlage vor, wir veranlassen durch das OEZ eine Überwachung des Gebäudes und sehen, was wir darüber bekommen.«

»Dafür scheint mir die Sachlage etwas dünn«, sagte Köster.

»Um den Beschluss kümmere ich mich«, sagte Vogelsang, etwas schärfer, als sie eigentlich wollte. »Aber irgendwo müssen wir ansetzen.«

Brandt nickte zustimmend, ebenso Uwe.

»Also gut, dann machen wir es so.« Köster stand auf und blickte in die Runde. »Und übrigens: Weil hier zwischendurch mal aufkam, wir vom Zoll würden unsere Arbeit unterschiedlich gewichten, also zum Beispiel die Suche nach Drogen oder Waffen priorisieren, da will ich klar sagen, das ist Quatsch. Ich weiß, dass es diese Gerüchte gibt, aber da ist nichts dran. Wir vom Zoll sind ein Team, wir gewinnen und verlieren zusammen. Ich wollte das nur noch mal klargestellt haben.«

Sie sah Vogelsang an, die sich ein Lächeln nicht verkneifen konnte.

»Ich stelle für die Überwachung ein kleines Team zusammen und melde mich, sobald ich etwas Nennenswertes habe«, sagte Köster.

Man verabschiedete sich voneinander; Vogelsang gab Uwe mit einem kurzen Zeichen zu verstehen, noch zu bleiben, und als Brandt und Köster den Raum verlassen hatten, schloss sie die Tür, machte ein Fenster auf.

»Passt dir was nicht?«, sagte Uwe.

Vogelsang drehte sich um.

»Hier geht es um einen Menschen, Uwe, und nicht um unsere scheiß Eitelkeit.« Sie verschränkte die Arme vor der Brust. »Kann ja sein, dass an deiner Theorie vom Menschenhandel was dran ist, aber dann bring mir Beweise. Die Daten von Altmann sprechen eine andere Sprache, und nur weil du auf einem Bild ein Hotel erkannt haben willst, hat ihn noch lange nicht die Mafia auf dem Gewissen.«

»Vielleicht bist du doch zu nah dran«, sagte Uwe und lehnte sich an den Türrahmen. »Objektivität ist entscheidend für unsere Arbeit, das weißt du, außerdem eine gewisse Offenheit für alternative Theorien. Könnte von dir kommen.«

»Ja, ja, ich weiß schon.« Vogelsang zog einen Stuhl heran und setzte sich. Sie hatte kurz das Gefühl, alles würde sich um sie drehen. Sie blickte zu Boden.

»Du siehst müde aus«, sagte Uwe.

»Bin ich auch.«

»Kann ich gut verstehen. Es ist nur ... so wie jetzt habe ich dich noch nie erlebt.«

»Was meinst du?«

»Ich weiß nicht, so ratlos vielleicht. So verwirrt.«

»Das bin ich auch. Ehrlich. Trotzdem versuche ich meine Arbeit so gut zu machen wie sonst auch. Wenn ich mich jetzt zurückziehen würde, ginge es mir damit nicht besser.«

»Ich weiß. Und ich dachte auch bloß, vielleicht weißt du noch irgendwas, das uns weiterhilft. Immerhin standet ihr euch mal nah, Altmann und du.«

»Dann hätte ich es längst gesagt.«
Uwe nickte.
»Ja, schon klar. Ich dachte nur ... vielleicht willst du nicht, dass es in den Akten steht, ich meine, vielleicht willst du mir es einfach so sagen, hier zwischen Tür und Angel, du weißt schon.«
»Da gibt es nichts zu sagen, Uwe. Ich habe mit Robert jahrelang keinen Kontakt mehr gehabt.«
Sie stand auf und schloss das Fenster.
»Man wird echt nicht schlau aus dir«, sagte Uwe mit einem Lächeln.
»Ist vielleicht auch besser so.« Sie blieb vor Uwe stehen, sah ihn an. Und als er nicht reagierte, fuhr sie fort. »Noch mal zurück zu unserem Fall: Der Typ, von dem ich vorher erzählt habe, der mögliche Zeuge, ist ein Freund von Altmann, er nennt sich Rakete. Er hat mir gesagt, dass der Besitzer der Villa in Kronberg Marc heißt, den Nachnamen kennt er aber anscheinend nicht. Ich glaube, er hält diese Informationen zurück, aber wenn ich ihn zu sehr unter Druck gesetzt hätte, wäre er sofort wieder abgehauen. Also, wir haben einen Marc Irgendwas aus Kronberg, reich, Banker vielleicht, Arzt oder so. Kannst du damit irgendwas anfangen?«
»Marc Irgendwas aus Kronberg? Ist ja jetzt nicht gerade präzise.«
»Vielleicht ist er in irgendeiner Weise mal auffällig geworden. Zumindest soll er laut Rakete in den Handel mit Bushmeat verwickelt sein.«
»Ich kann mich mal umhören.« Uwe stieß sich vom Tisch ab. »Aber wir müssen ja ganz schön verzweifelt sein, wenn wir jetzt schon nach irgendeinem Typen mit Namen Marc suchen, der vielleicht mal ein Straußensteak gegessen hat.«
Vogelsang zuckte nur mit den Schultern.

»Wenn dir was Besseres einfällt.«

»Tut es nicht. Ich muss dann auch mal wieder. Wir hören voneinander.«

»Ist gut.« Sie gingen zur Tür, hinaus in den Flur. »Und sorry für meine bescheidene Laune, Uwe.«

»Nicht dafür. Ist ja schon eine Leistung, dass du nach alldem so ruhig weitermachst.«

Ausgestreckt lag sie auf dem roten Sofa in ihrem Büro, wackelte mit den Zehen. Uwes Worte hallten in ihr nach: dass du so ruhig weitermachst. Ja, verdammt, warum machte sie eigentlich so ruhig weiter, warum schrie sie nicht alles zusammen? Es war ihr Job, zu tun, was sie tat, aber war sie sich denn noch sicher darin? Zuträge abarbeiten, Bußgelder ausstellen, hier mal ein Verfahren anstrengen, da mal U-Haft anordnen. War sie dafür einmal angetreten? Natürlich veränderte man sich mit den Jahren, die Motivation ließ nach, der Enthusiasmus der Anfangsjahre wich einem nüchternen Pragmatismus. Vielleicht war ihr Wechsel in die Abteilung für Umweltstrafsachen ja doch nur das gewesen, was viele Kollegen darin sahen: ein leiser Rückzug, ein stilles Einknicken vor dem Stress, den Herausforderungen, den Enttäuschungen. Vielleicht hatte sie sich nur eingeredet, eine gute Staatsanwältin zu sein, hatte zu sehr auf die Worte ihrer Mentorin Ulrike Fromm gehört, die sie immer wieder dazu aufgefordert hatte, in den Staatsdienst zu gehen, um das System von innen heraus zu verändern. Aber statt etwas zu verändern, wurde sie mit jedem Jahr nur müder und schlechter gelaunt. Es war ja nicht so, dass sie die Kollegen vorbehaltlos in ihren Ermittlungen unterstützten. Selbst Uwe stand manchmal nicht komplett hinter ihr, wenn er wie im Fall von Altmann plötzlich mit eigenen Theorien querschoss.

Sie richtete sich auf, schlüpfte in ihre Sneakers und blickte zum Schreibtisch, zu den Akten, die auf Bearbeitung warteten. Vielleicht sollte ich mit Zöllner reden, überlegte sie, wegen einer Auszeit.

Vielleicht war es das, was sie brauchte: ein paar Monate raus, zusammen mit Mika reisen, mit dem Rad den Main hinauf, an die Nordsee, sich um den Garten kümmern. Sie war dreiundvierzig. Das hier konnte noch nicht alles sein. Sie war ja nicht gezwungen, bis zur Rente im Helbergerhaus zu bleiben, sie hatte es selbst in der Hand. Noch mal raus, noch mal was ganz Neues. Schon jetzt spürte sie beim Gedanken daran ein sanftes Kribbeln in den Händen, da kam wieder Leben in sie. Sie könnten ins Ausland gehen, nach Finnland zu Mikas Eltern, oder noch weiter weg. Engels und Marx würden sie mitnehmen, alles andere würde sich ergeben.

Es klopfte.

Vogelsang stand auf, ging zur Tür. Draußen stand Rafik, den Laptop im Arm.

»Ich glaube, ich hab da was«, sagte er.

Sie setzten sich an den Schreibtisch, Rafik stellte den Laptop vor sie hin, rief eine Website auf. »High Hopes. Eventagentur«, stand dort.

»Ich glaube, ich weiß jetzt, wer dieser Marc ist«, sagte er. »Marc Bretone, Chef der Eventagentur High Hopes. Hier, über dieses Interview habe ich ihn gefunden.« Er wechselte in einen zweiten Browsertab mit dem Foto eines jovial lächelnden, gut aussehenden Mannes. »Exklusivität und Verschwiegenheit sind unser Markenzeichen«, damit war das Interview überschrieben. »Dieses Gesicht kam mir bekannt vor«, fuhr Rafik fort, »und da habe ich mir noch mal die Videos von der Speicherkarte angeschaut.«

Er zeigte ihr ein Standbild, zeigte ihr wieder die Seite mit dem

Interview. Ohne Frage, das war der Mann aus dem Video, der Villenbesitzer aus Kronberg, Marc Bretone. Dann wechselte Rafik wieder zur Webseite der Agentur.

»Den kenne ich auch aus dem Video«, Vogelsang deutete auf ein weiteres Foto.

»Ja, Ivo Klasić. Managing Partner.«

Vogelsang sah Rafik an.

»Gute Arbeit.«

Rafik lächelte.

»Zeig mir bitte noch mal das Standbild aus dem Video«, sagte Vogelsang und beugte sich vor, kniff die Augen etwas zusammen. Der Hintergrund des Bildes war etwas verschwommen, aber jetzt, da sich nichts mehr bewegte, waren noch andere Gesichter zu erkennen, und plötzlich gab es keinen Zweifel mehr: Da auf dem Standbild, rechts im Hintergrund, das war Richard Wassermann-Schlotz. Was zur Hölle hatte der auf dieser Party verloren? Kannte er Bretone etwa? Sie erinnerte sich an ihr Essen in der Altstadt letzte Woche, bei dem sie auch kurz über Altmann gesprochen hatten. Als Leiter der Abteilung Kapitalverbrechen wusste er natürlich von dem Fall, trotzdem hatte er sie bei der kurzen Unterhaltung so komisch angesehen, so als wüsste er darüber hinaus noch etwas, würde es aber verschweigen. Sie wusste, dass Wassermann-Schlotz Altmann von früher kannte, dass sie sich bei den Studentenpartys mal über den Weg gelaufen waren. Warum hatte er nichts davon erzählt? Hatte er vielleicht sogar Altmann auf der Party erkannt? Aber sie konnte ihn unmöglich dazu befragen, er würde sowieso alles abstreiten und sie wie eine Idiotin dastehen lassen.

Sie richtete sich auf.

»Dann haben wir jetzt mit der Agentur zumindest einen neuen Ansatz.«

»Eine direkte Verbindung von der Agentur zu dieser Catering-

Firma La Boca gibt es aber nicht, zumindest keine offensichtliche«, sagte Rafik.

»High Hopes«, murmelte Vogelsang und dachte dabei an den Song von Pink Floyd's *The Division Bell*.

»Wahrscheinlich hat Bretone die Catering-Firma einfach nur für seine Geburtstagsfeier gebucht und nichts hat mit nichts zu tun«, sagte sie.

Rafik sah sie von der Seite an und legte die Stirn in Falten.

»Guter Blick«, sagte Vogelsang mit einem Lachen und stand auf. »Glaub ich nämlich auch nicht. Da schauen wir noch mal genauer hin.«

Sie klopfte an die Tür zu Abels Büro, hörte seine Stimme und ging hinein. Abel sah auf und lächelte so zaghaft, wie er es oft tat, wenn sie zu ihm kam. So richtig konnte sie ihn immer noch nicht einschätzen, obwohl sie ihn für einen kompetenten und guten Staatsanwalt hielt; aber da gab es etwas in seinem Blick, in seiner Haltung ihr gegenüber, das sie irritierte, eine Art Verunsicherung. Sie fragte sich, ob es daran lag, dass sie seine Vorgesetzte war und nicht andersrum, ob er Vorbehalte gegen sie hegte, irgendeinen Groll, von dem sie nichts wusste. Aber vielleicht war das auch einfach seine Art.

Vogelsang setzte sich auf den zweiten Stuhl und schilderte ihm kurz den aktuellen Stand der Ermittlungen in Sachen Bushmeat und Robert Altmann.

»Ich habe mich gefragt, ob uns hier Europol weiterhelfen könnte«, sagte sie. »Du hast ja gute Kontakte zu denen.«

Abel nickte. »Mehr oder weniger«, sagte er.

»Schau mal bitte, ob die etwas zu einer Eventagentur High Hopes oder einer Catering-Firma La Boca wissen.«

»Die heißen ernsthaft High Hopes?«, fragte Abel, während er etwas auf einen Notizzettel schrieb.

»Ich hab mich deswegen auch schon geärgert.«

»Warum können die sich nicht Brain Damage nennen. Würde wahrscheinlich besser passen.«

Beide lächelten. Vogelsang hätte ahnen können, dass Abel auf Pink Floyd stand, irgendwie war er der Typ dafür, einer, der mit Kopfhörern und geschlossenen Augen in den Songs versank.

»Ich werde sehen, was ich über die beiden Firmen rausfinden kann«, sagte Abel. »Könnte aber etwas dauern.«

»Sonst alles in Ordnung bei dir?«, fragte Vogelsang.

Abel sah sie an, ehrliches Erstaunen lag in seinem Blick.

»Ja klar, alles gut.«

Vogelsang verabschiedete sich und verließ Abels Büro. Langsam begannen sich die Dinge zu bewegen, langsam ergab sich ein größeres Bild, aber noch waren das alles bloß Indizien. Sie schrieb Uwe eine kurze Nachricht: Sie habe jetzt zwei Namen, der Villenbesitzer aus Kronberg heiße Marc Bretone und sei Inhaber der Eventagentur High Hopes, Ivo Klasić sein Geschäftspartner. Ob er die Namen einmal durch seine Kanäle laufen lassen könne.

Und Uwe antwortete umgehend mit einem »Daumen hoch«.

Der Blick aus dem Zimmer der Königin ging hinunter in den Garten, zu den Birken und dem kleinen Teich mit dem Schilf. Es gab zwei Bänke, in den Boden eingelassene Leuchtelemente. Die Königin saß auf dem Bett und war in das Buch vertieft, während Greta am Fenster stand und sich fragte, ob es die richtige Entscheidung gewesen war. Ihr kam es so vor, als würde sie ihre Mutter nun endgültig aufgeben. Dann aber dachte sie wieder an ihren Vater, an sein müdes Gesicht, an seine Nervosität, er war in den letzten Monaten kaum zur Ruhe gekommen, er hatte gekocht, die Wäsche gemacht, er hatte seine Frau unter die Dusche begleitet und sich beschimpfen lassen, er war mit ihr oft im Garten gewesen, wo sie ihn manchmal für einen Eindringling gehalten und nach der Polizei geschrien hatte; die letzten Wochen hatten sie kaum noch die Wohnung verlassen, die Königin hatte immer mehr den Bezug zu ihrer Umgebung verloren, war aggressiv geworden, hatte versucht hinauszugehen, weil sie doch ihre Freundinnen treffen wolle unten am Main, man könne sie doch nicht einsperren wie eine Verbrecherin, sie müsse los, zur Arbeit, die Kolleginnen in der Damenabteilung würden schon über sie tuscheln, weil sie immer zu spät käme und ihre Haare nicht gemacht seien.

Jetzt saß die Königin ruhig und zufrieden da und blätterte durch den Bildband, den Greta ihr geschenkt hatte. Porträts großer Schauspielerinnen und Schauspieler aus den 50er- und 60er-Jahren. Clark Gable, Audrey Hepburn, Vivien Leigh, James Stewart, Grace Kelly. Immer wieder lachte sie hell auf, begann ein kurzes Zwiegespräch mit dem Foto, wie gut sie sich gehalten habe, dass man sich bald wiedersehen werde, Himmel, wie die Zeit vergehe. Greta lächelte. Sie war sich nicht sicher gewesen, ob der Bildband eine so gute Idee gewesen war, ob die Fotos die Königin nicht noch darin bestärkten, weiter in ihre eigene Welt zu gleiten. Andererseits hatte Greta ihrer Mutter eine Freude machen wollen, sie war schließlich keine verdammte Ärztin oder Therapeutin und der Mensch, der dort saß, nicht irgendeine Patientin, sondern ihre Mutter, die sie liebte, trotz allem.

»Greta! Greta, komm schnell!«

Sie trat zu ihr ans Bett.

»Schau mal.«

Clark lächelte sie an.

»Ist er nicht bildschön?«

»Ja, das ist er.«

»Ihr müsst euch unbedingt kennenlernen, Clark und du. Ich habe ihm schon so viel von dir erzählt, dass du auch ins Showgeschäft willst, ja, mit deinem Namen, da kann nichts schiefgehen, hat Clark gesagt. Du solltest ihn einmal anrufen, Greta, er kennt wichtige Leute, die dir sicher weiterhelfen können, meinst du nicht? Stell dir mal vor, Clark und du, gemeinsam auf dem roten Teppich, da bleibt mir ja fast die Luft weg.«

»Ich schaue mal nach Papa«, sagte Greta.

Im Gang roch es nach verkochtem Essen, aus einem Zimmer drang laute Musik, irgendwas Klassisches. Alfred Vogelsang war noch im Gespräch mit einem der Pfleger, einem jungen Mann mit hellrosa gefärbten Haaren. Gerade hörte sie ihn sagen, dass Frau Vogelsang hier sicher gut ankommen werde, sie spiele ja gern und habe sich mit ihm schon zu einer Runde *Mensch ärgere dich nicht* verabredet. Ihr Vater lächelte.

Als sie später im Auto saßen, wartete Alfred eine Weile, bis er den Wagen startete. Er sah hinauf zu den Fenstern des Pflegeheims.

»Ob sie mich überhaupt vermisst?«

»Auf ihre Art tut sie das sicher«, sagte Greta.

»Ich hoffe, es geht ihr gut hier.«

»Das wird es. Auch du musst mal wieder zu Kräften kommen.«

Er startete den Wagen, lenkte ihn vom Parkplatz auf die Straße und beschleunigte.

»Bleibst du noch zum Abendbrot?«, fragte er.

Eigentlich war sie müde, hatte vorgehabt, früh ins Bett zu gehen. Aber ihr war auch klar, dass sie ihren Vater nicht einfach so sitzen lassen konnte, also nickte sie. Er würde ihnen ein paar Brote schmieren, einen Teller mit Gurken und einem geschnittenen Apfel anrichten, vielleicht hatte er auch noch hart gekochte Eier. Dann würde er eine Flasche Bier öffnen und diese auf zwei Gläser aufteilen; sie würden auf der Terrasse sitzen, sie würden sich Geschichten über Helga Vogelsang erzählen, wie sie einmal auf ihrer einzigen gemeinsamen Urlaubsreise nach Italien einem Fährmeister die Hölle heißgemacht hatte, weil er sie nicht mehr auf das Schiff lassen wollte; oder wie sie zu Fasching als Flapper gegangen war, als junge modische Frau aus den Goldenen Zwanzigerjahren, eine Zigarettenspitze im Mund, die Haare fein zurechtgemacht, und mit Alfred einen wilden Tanz hinlegte.

Es begann leicht zu regnen. Alfred betätigte die Scheibenwischer und machte das Radio an.

Shine On You Crazy Diamond.

13

Richard

Er war etwas nervös, rutschte in seinem Sessel nach vorn und griff wieder nach seiner Tasse, obwohl sie längst leer war. Um ihn säuselten die angenehm leisen Stimmen der anderen Gäste, und beim Blick in ihre entspannten, glatten, schönen Gesichter fragte er sich, weshalb er so einen Zirkus veranstaltete, weshalb er hier saß wie ein Anfänger mit knallroten Ohren, weshalb er sich nicht wie die anderen einfach entspannte. Immerhin war er jetzt hier, in dieser wohligen Atmosphäre von unaufdringlichem Reichtum und einer von Licht und künstlichen Pflanzen gestalteten exklusiven Ästhetik. Er sah hinauf zur Decke, zu den Arrangements aus modernen Leuchtelementen.

Dann entdeckte er sie aus den Augenwinkeln.

Ines stand vorn am Eingang und sah sich um.

Er ließ einige Augenblicke verstreichen. Sie wirkte für einen Moment irritiert, so, als könne er es wirklich wagen, sie zu versetzen. Dann hob er eine Hand, und sie lächelte. Sie kam auf ihn zu, er stand auf, und sie begrüßten sich, wie sie sich zu Beginn ihrer Beziehung immer begrüßt hatten: mit dem *bise*, dem französischen Kuss. Dann setzten sie sich und bestellten Drinks und ein paar Tapas. Ines sah gut aus, trug ihre Haare etwas kürzer, das Kostüm musste neu sein. Er versuchte sich weiter zu entspannen, versuchte sich an die flirrende Erregung zu erinnern, die ihre ersten Treffen begleitet hatte, aber es gelang ihm nicht.

»Du siehst gut aus«, sagte er und versuchte ein bisschen Small Talk in Gang zu bringen. Dann kamen ihre Drinks: Er hatte einen

Humboldt Rye Gin bestellt, Ines trank wie immer zum Auftakt einen Blood & Sand.

»Ich hab ein paarmal versucht, dich anzurufen.«

»Ich brauchte eine Auszeit«, sagte sie und nippte an ihrem Glas.

Er bemerkte, dass sie ihn auch jetzt, während sie trank, nicht aus den Augen ließ, als wartete sie auf eine bestimmte Reaktion. Sie war wütend gewesen, das wusste er. Aber war sie wirklich in der Lage, alles auffliegen zu lassen? Auch sie hatte ja von den Geschäften profitiert, hatte dadurch eine Welt betreten, die ihr vorher verschlossen geblieben war, eine Welt der gediegenen Pastellfarben, eine Welt der Wohlgerüche und kleinen Aufmerksamkeiten.

»Hast du gekündigt?«

»Noch nicht.«

Die Tapas kamen, gegrilltes Gemüse, kleine Hackfleischbällchen in Tomatensoße, Lammkoteletts an Kräutern, Pfefferwürste in Apfelweinsoße.

»Und was machen wir jetzt hier?«, fragte er weiter, den Gin in der Hand, während Ines zu essen begann.

»Wir verabschieden uns voneinander«, sagte sie mit einem Lächeln. »Ich bin nicht wütend, Beziehungen gehen auseinander, so ist das eben. Aber wir können es ja auf eine gute Weise enden lassen, meinst du nicht?«

Er nickte, dann aßen sie.

Nach dem Essen fuhren sie mit dem Aufzug hinauf in die dritte Etage, wo er eines der Deluxe-Zimmer gemietet hatte, wie früher. Sie begannen sich sofort auszuziehen. Während er die Vorhänge zuzog, packte Ines die Utensilien aus ihrer Tasche, Kondome, Vibrator, Gleitgel. Sie küssten sich im Stehen, dann drückte Ines ihn aufs Bett, er blickte hoch zur Decke, während sie mit seinem Schwanz beschäftigt war. Früher hatte er nie Probleme mit einer Erektion gehabt, aber jetzt war es anders. Sie sah zu ihm auf.

»Ist alles okay bei dir?«, fragte sie.

»Vielleicht der Stress.«

»Du kannst mir ja zuschauen.«

Er saß neben Ines auf dem Kingsize-Bett und betrachtete ihren Körper, während sie sich mit dem Vibrator selbst befriedigte. Sie nahm seine Hand, legte sie auf ihre Brust, und er merkte, dass er langsam hart wurde.

»Geht doch«, sagte sie und reichte ihm ein Kondom.

Nach dem Sex duschte Ines ausgiebig, während er auf dem Bett lag, schlaff und müde, durch die Fernsehkanäle zappte und sich fragte, vor was er die ganze Zeit so eine scheiß Angst gehabt hatte. Er war es ja gewesen, der die Beziehung vor ein paar Wochen beendet hatte, und Ines hatte sich anscheinend damit abgefunden. Sie wollten im Guten auseinandergehen, nach einer letzten Nacht.

Sie kam nackt aus dem Bad, doch anstatt sich zu ihm zu legen, begann sie sich anzuziehen. Er richtete sich auf.

»Du willst schon gehen?«, fragte er. »Wir haben das Zimmer bis morgen früh. Ich dachte, wir frühstücken, gehen schwimmen oder zur Massage.«

»Ich muss los«, sagte sie, schlüpfte in ihre Bluse, zog sich die Hose hoch. »Mein Flug geht morgen um halb sechs.«

»Du verreist?«

»So in etwa, ja.« Sie setzte sich auf einen Stuhl, strich sich die noch feuchten Haare aus dem Gesicht. »Ich war jetzt lang genug hier, ich brauch mal was anderes.«

»Wohin gehst du?«

Ines schlüpfte in ihre Schuhe.

»Wir sind ja nicht verheiratet, oder? Hättest du alles haben können, aber jetzt ist es anders gekommen. Ich bin dir keine Rechenschaft schuldig.«

Ihr Mund wurde schmal, ihre Augen verengten sich, sie griff nach ihrer Jacke.

»Nein, bist du nicht. Aber ich dachte, wir gehen als Freunde auseinander.«

»Das tun wir.« Sie beugte sich zu ihm, küsste ihn auf die Wange. »Mach's gut, Richard. Ich schreib dir vielleicht eine Postkarte, wenn ich mich eingelebt habe. Aber warte nicht drauf.«

Dann war sie weg, nur eine schwache Note ihres Parfüms schwebte noch einige Zeit über dem Bett. Er fühlte sich, als hätte nicht er, sondern Ines die Beziehung abrupt beendet. Er rutschte vom Bett und ging duschen. Scheiß doch auf Ines, dachte er, während das warme Wasser auf ihn niederprasselte, da draußen gibt's noch so viele andere. Und doch fühlte er einen leisen Schmerz, als er sich abtrocknete, sich wieder anzog und dann hinunter an die Bar ging – einen Schmerz, den er möglichst schnell vergessen wollte.

Er saß an der Bar, vor sich ein Glas Glenlivet, Whisky aus Schottland, es ging auf Mitternacht zu. Eine Gruppe junger Manager feierte anscheinend irgendeinen erfolgreichen Deal, sie orderten immer wieder neue Getränke beim Barkeeper, Plymouth Gin, Tequila, standen da in ihren teuren Anzügen, die Haare perfekt gelegt, die Gesichter glatt rasiert und glänzend, Männer, für die andere Regeln galten, wenn es denn überhaupt welche gab. Männer, für die die Tage nie endeten, die keinen Unterschied machten zwischen privat und geschäftlich.

Er wusste, was sie in einem Monat verdienten, und die Summen waren selbst für ihn so schwindelerregend und unbegreiflich, dass er es als blödes Gequatsche abgetan hätte, wüsste er es nicht besser. Ein Freund von Frank, Investmentbanker in einer Privatbank, hatte mal vor ihm auf irgendeiner Party zu prahlen begonnen, schon ziemlich betrunken hatte er ihm seine Abrechnung gezeigt und gemeint, das sei aber nur das Grundgehalt, ohne Boni, er werde sich jetzt seinen zweiten Alfa Romeo 2600 Spider kaufen, mit was er denn so plane in der nächsten Zeit, ob er auch auf Autos stehe oder eher auf Uhren.

Er nahm einen Schluck von seinem Whisky, ließ den ölig samtenen Geschmack sich in seinem Mundraum ausbreiten, warf einen Blick auf seine Uhr, aber nicht, weil er die Uhrzeit wissen wollte, sondern um den Männern dort drüben zu zeigen, dass er kein Tourist war, dass er wie sie ein Business betrieb.

Immer mal wieder dachte er auch an Ines, und er fragte sich, woher sie plötzlich dieses Selbstbewusstsein nahm, woher plötzlich dieser Wille kam, woanders noch mal ganz neu zu beginnen. Hatte sie von Frank Geld bekommen, um die Klappe zu halten? Vielleicht war das der Wink mit dem Zaunpfahl gewesen, und er sollte auch einfach abhauen. Genug Geld hatte er ja, zumindest so viel, dass er davon eine Zeit lang gut leben konnte, in Spanien vielleicht, auf den Kanarischen Inseln, dort, wo es beständig warm war. Aber jetzt noch mal neu anfangen? Er war Leiter der Abteilung für Kapitalverbrechen, wenn es weiter so lief, würde er irgendwann ganz oben ankommen. Das Leben mit Ines hatte ihn einiges gekostet, Kurzurlaube, teure Restaurants, er hatte ihr zeigen wollen, dass er es genauso draufhatte wie die Typen da an der Bar, und noch immer spürte er ein leichtes Kribbeln in den Händen, wenn er zu einem der Bankautomaten rund um die Alte Oper ging, um das Geld abzuheben. Denn Geld konnte man eigentlich nie zu viel haben.

Er glitt von seinem Sitz, merkte, dass er leicht angetrunken war, und ging zur Toilette. Da wusch sich gerade einer der Typen von der Bar die Hände, er konnte seine Rolex sehen und nickte ihm zu, aber der Typ reagierte nicht auf ihn, starrte in den Spiegel, schien ihn überhaupt nicht wahrzunehmen. Während er pinkelte, hatte er einen bitteren Geschmack im Mund. Er ging zum Waschbecken, betrachtete sich im großen Spiegel, und was er sah, war alles andere als ein erfolgreicher Typ mit teurer Uhr und Maßanzug; was er sah, war ein korrupter Staatsanwalt mit geröteten Wangen und leicht zerknittertem Hemd, der in einem schmucklosen Kasten Tag für Tag seine Arbeit verrichtete, die am Ende doch nur dazu führte, dass sich irgendwo eine Akte mehr stapelte und die Gefängnisse noch voller wurden. Er trocknete sich die Hände mit einem nach Zitrone duftenden Handtuch. Andererseits war er jetzt hier. Er konnte sich das leisten. Er nutzte das System einfach nur konsequent aus, dachte es zu Ende und ließ sich nicht wie seine Kollegen einfach nur treiben oder von blindem Aktionismus leiten.

Er lächelte. Wenn schon korrupt, dann richtig.

Er verließ die Toilette und ging nach draußen, stand unter dem erleuchteten Vordach des Hotels und sah auf die feuchte Straße. Er zog sein Smartphone aus der Tasche, wählte Franks Nummer. Er wusste, dass er jetzt noch wach war. Nach dem zweiten Klingeln nahm Frank ab.

»Richard, alles in Ordnung bei dir?«

»Ja, alles in Ordnung.«

»Bist du ... bist du betrunken?«

»Möglich, ja.«

»Wo bist du?«

»Weißt du, Ines und ich, wir haben uns wieder versöhnt.«

»Freut mich. Dann sag ihr, dass sie sich melden soll.«

»Sie ist weg.«

»Was soll das heißen?«

»Sie ist weg, sie kommt nicht wieder. Sie will neu anfangen.«

»Und das lässt du zu?«

»Wir sind nicht verheiratet, sie kann tun und lassen, was sie will.«

»Sie weiß eine ganze Menge.«

»Dann bezahl sie und sie wird den Mund halten.«

Er hörte Frank husten.

»Ist dein Problem«, sagte er dann.

»Ich mache es auch zu deinem. Schon vergessen, ich bin der Staatsanwalt. Wem wird man deiner Meinung nach glauben, einem geldgierigen Gutachter oder einem hoch angesehenen Staatsanwalt in Führungsposition? Ab jetzt spielen wir nach meinen Regeln, Frank, oder hast du geglaubt, ich bin dumm, ich mache die Drecksarbeit für dich und du kassierst? Pass auf, ab jetzt zahlst du mir das Doppelte, ab jetzt zwei Euro für jede abgerechnete Stunde und nicht mehr nur einen. Hast du das kapiert?«

»Was ist los mit dir?«

»Mir sind nur ein paar Dinge klar geworden, nenn es Risikozuschlag.«

»Jetzt komm mal wieder runter. Ich habe nur ein paar Aufträge angenommen, korrupt bist allein du. Ich lasse mich nicht bezahlen, ich mache nur meine Arbeit. Aber du, Richard, du bekommst den Hals nicht voll. Das Doppelte? Und wenn ich Nein sage? Bist du die Gewerkschaft, willst du streiken? Geh ins Bett, Mann!«

Er starrte das Display an. Dieser verdammte Wichser!

»Leck mich, Frank. Das Doppelte, sonst knips ich dir das Licht aus. Du weißt, dass ich dazu in der Lage bin.«

»Soll das eine Drohung ...«

Er drückte Frank weg, starrte auf die Straße und die vereinzelten Autos, die noch vorbeifuhren, und fühlte plötzlich, wie sich etwas in ihm löste, etwas von ihm abfiel. Er war es, der die Regeln bestimmte, nicht Frank, nicht Ines. Er ging hinein, setzte sich wieder an die Bar und bestellte einen weiteren Whisky.

Er ging durch den leichten Nieselregen runter an den Main, er war der einzige Fußgänger um diese Uhrzeit, es war kurz vor eins. Ein, zwei Radfahrer zischten an ihm vorbei, sonst waren meist nur noch Taxis unterwegs. Auf der Alten Brücke blieb er stehen, sah auf das dunkle Wasser des Flusses, hörte die dumpfen Beats vom Jachtclub, wo anscheinend noch gefeiert wurde. Seine Wut verebbte langsam, das Drücken im Magen ließ nach. Frank würde schon noch merken, mit wem er es zu tun hatte. Der würde ihn noch anbetteln, ihn doch wieder ein paar Gutachten schreiben zu lassen; ein Fingerschnips genügte, und Frank würde hier in Frankfurt keinen Fuß mehr auf den Boden kriegen. Er musste lächeln. Er liebte es, am längeren Hebel zu sitzen.

In Alt-Sachsenhausen war trotz des Wetters noch ordentlich Betrieb, und er überlegte, ob er sich in eine der Apfelweinkneipen hocken sollte, um sich für diesen Abend den Rest zu geben. Aber die Musik und das Gegröle schreckten ihn ab, also holte er sich noch einen Dürüm, vegetarisch, weil der Laden gerade zumachte und es kein Fleisch mehr gab. Er aß im Gehen, Salat und Tomaten fielen zu Boden, er leckte sich die Soße aus den Mundwinkeln. Vor dem hoch aufschießenden Lindner-Hotel blieb er stehen, kaute, sah an der gestaffelten Fassade hinauf. Dort oben hatte er auch mal ein Zimmer gehabt, mit Ines. Er lächelte wieder, warf den Rest des durchgeweichten Dürüms in einen Mülleimer und setzte sich auf eine Bank, den Blick zum Fluss. Die Nässe störte ihn nicht, er war geradezu euphorisiert.

Er wusste, dass er dazugehörte. Zu jenen, die das Spiel bestimmten und die Regeln machten.

Er wusste, dass man ohne ihn nicht auskommen würde.

Er wusste, dass er unantastbar war.

14

Ruth

Sie stand in der Küche und konnte keinen klaren Gedanken fassen. Die Worte des Anwalts hallten dumpf in ihr nach, wieder und immer wieder, doch was sie genau bedeuteten, verstand sie nicht. *Es gibt keinen Grund, sich zu fürchten, du bist in Sicherheit.* Das Einzige, was sie verstanden hatte, war die Tatsache, dass Marc sie auch nach seinem Tod noch demütigen würde.

Die Stille des riesigen Hauses lag wie eine weiche Decke um sie – sie hatte sich lange vor der Riesenhaftigkeit des Anwesens gefürchtet, vor den vielen unbenutzten Räumen, aber jetzt fühlte sie sich hier geborgen, es war ihr Heim, ihr Schloss. Marc hatte das Anwesen vor rund fünf Jahren gekauft, wahrscheinlich etwas zu teuer, aber das spielte schon damals keine Rolle. Die Villa war um neunzehnhundert errichtet worden, mit Erkern und einem Spitzdach, Schieferziegeln, die Fassade zum Garten hin mit Efeu überwuchert. Ein Innenarchitekt hatte das gesamte Innere des Hauses bis auf die Grundmauern entkernt, man hatte nichttragende Wände eingerissen, eine riesige Wohnlandschaft im Erdgeschoss geschaffen mit großer Küche, Wohnzimmer, einem Bad mit Whirlpool, hatte moderne Farben und Möbel verwendet, allein die Küche hatte ein halbes Vermögen gekostet. Aber Marc wollte es so, er liebte diese alten Häuser, seine Großeltern hätten in einem ähnlichen Haus gelebt, viel kleiner natürlich, und er hatte ihr Bilder von damals gezeigt: ein kleiner Junge in einer altmodischen Küche, im Garten mit einem Fußball unter dem Arm und einem Trikot des VfB Stuttgart, die Augen gegen die Sonne beschattend.

Beim Garten hatte Marc ihr freie Hand gelassen, und sie hatte ihn in jahrelanger Arbeit aus Elementen der chinesischen und englischen Gartenbaukunst gestaltet. Sie selbst hatte eine Abneigung gegen Gartenarbeit, zumindest jene, die sie von ihren Großeltern kannte: Auf einem schäbigen Grundstück hatten sie Beete für Kohl, Zwiebeln und Kartoffeln angelegt, ein Gewächshaus gebaut, das nach einem Sturm nur noch ein zerfleddertes Gerüst gewesen war, hatten mit krummen Rücken über der Scholle gestanden, geharkt, schrumpelige Kartoffeln aus der Erde gepult, der Dreck in den zerfurchten Händen war immer geblieben. Sie hatte schon damals die Kälte gehasst, den matschig schmatzenden Boden, das Chaos des Großvaters, der immer wieder neue Bretter, Stangen und Bleche anschleppte, um damit die Hütte auszubessern.

Sie stieß sich von der Kochinsel ab und ging hinüber ins Wohnzimmer, wo auf dem großen Eichentisch die Unterlagen des Anwalts lagen. Sie konnte noch sein Aftershave riechen. Zwei Stunden hatten sie zusammengesessen, der Anwalt hatte die meiste Zeit geredet, und sie hatte zugehört.

Mit gleichförmig routinierter Stimme hatte er ihr die aktuelle Sachlage erklärt, aber sie hatte ihm kaum zugehört, hatte auf seine fleischigen Lippen gestarrt, auf sein Kinn, das beim Rasieren vergessene Barthaar, hatte auf seine Hände gesehen, die sauber maniküriert waren; er hatte irgendetwas von einem Testament gesagt, einem Schriftstück, das Marc im Krankenhaus noch einmal aktualisiert und unterschrieben habe und das ihr, Ruth Bretone, einen Pflichtteil von fünfhunderttausend Euro zusagte, auch den Cayenne könne sie behalten. Sie wusste, dass da mehr Geld war, viel mehr Geld, dass es Konten gab, in der Schweiz, in Luxemburg bei der Holding, aber es war allein Marc, der darüber verfügte. Dann hatte der Anwalt über das Haus gesprochen. Es werde im Fall von Marcs Tod Thomas Bretone überschrieben.

Da war eine heiße Wut in ihr aufgestiegen. Sie hatte Marcs kleinen Bruder erst einmal gesehen, die beiden standen sich nicht besonders nah, Thomas lebte irgendwo in Brasilien und betrieb dort eine Rinderfarm, pflanzte Soja an, sie wusste es nicht genau.

Der Anwalt hatte sie angesehen. Sollte sie ihm sagen, dass sie von Marcs dreckigen Geschäften wusste, davon, was er zusammen mit Ivo trieb, welches Netzwerk er aufgezogen hatte im Kongo, dass die Urlaube dort in Wahrheit nie Urlaube gewesen waren, sondern Geschäftstreffen, bei denen sie so eine Art Lockvogel gespielt und die Männer umgarnt hatte? Und die Sache mit diesem Journalisten? Für wie blöd hielten sie alle?

»Marc wird wieder gesund werden«, sagte sie mit einem tapferen Lächeln, »dann brauchen wir den ganzen Papierkram gar nicht.«

Lächle. Halte es aus. Gib dich nicht zu erkennen.

Der Anwalt hatte die Finger ineinander verschränkt.

»Im Moment müssen wir mit dem Schlimmsten rechnen«, sagte er ernst und ohne sie anzusehen. Dann war er aufgestanden, hatte seine Papiere zusammengepackt und war mit einem knappen Gruß gegangen.

Sie wollte gerade ins Bad, um zu duschen, als es klingelte.

Auf dem kleinen Bildschirm erkannte sie ein fremdes Gesicht. Vielleicht der Paketdienst, die trugen ja heute nicht mehr unbedingt Dienstkleidung.

»Was wollen Sie?«, fragte sie.

»Ich will mit Ihnen reden«, sagte der Mann. Er trug einen Sweater, die dunkle Kapuze hatte er sich über den Kopf gezogen.

»Sind Sie von der Post?«

»Nein.«

»Dann verschwinden Sie!«

»Es geht um Altmann.«

Ruth hielt inne. Sie dachte an das Prepaid-Handy und die letzten Nachrichten. Der Typ hatte Nerven, direkt hier aufzutauchen.

»Wir können hier nicht reden!«

Sie drückte auf einen kleinen Knopf und der Bildschirm wurde schwarz. Dann ging sie in die Küche, sah aus dem Fenster. Sie hoffte, dass der Typ verschwinden würde. Trotzdem ging sie nach oben in ihr Zimmer, zog eine Schublade auf und holte die kleine Dose Pfefferspray heraus. Ruth wusste, dass es irgendwo in Marcs Arbeitszimmer auch eine Pistole gab, aber da kam sie nicht ran. Sie ging wieder nach unten ins Wohnzimmer. Sie hatte das Spiel begonnen, sie würde es auch beenden.

Sie stand im Flur und lauschte. War der Typ verschwunden? Sie wartete einige Augenblicke, alles blieb still, und sie wollte wieder nach oben, als es an den Terrassenfenstern klopfte. Sie fuhr herum. Da stand er. Scheiße, dachte sie, hielt das Pfefferspray verborgen in ihrer Hand und ging auf die Fensterfront zu.

»Was willst du?«, rief sie.

Er konnte sie nicht verstehen, schüttelte nur den Kopf.

Sie könnte einfach die Polizei rufen, die den Typen wegen Einbruchs festnehmen würde. *Hab keine Angst, du bist stark, sie müssen dich fürchten.* Er hielt jetzt sein Smartphone gegen die Scheibe. Ein Video lief. Es zeigte sie verwackelt und etwas unscharf in der Küche, beim Zubereiten des Fleisches.

Sie öffnete die Terrassentür und schlüpfte hinaus. Sie hielt das Pfefferspray vor sich.

»Wenn du mir zu nahe kommst, kriegst du eine Ladung ab.«

»Ich will nur reden.«

Langsam ging sie hinüber zur Sitzgruppe in der Nähe des Pools; er setzte sich zuerst, sie setzte sich auch, weit genug weg von ihm, sodass er sie nicht erreichen konnte, ohne aufstehen zu müssen.

»Wissen Sie, wer ich bin?«, fragte er.
»Du hast bei der Party im Service gearbeitet.«
»Ich bin ein Freund von Robert Altmann.«
Sie nickte nur.

»Sie wissen, dass er tot ist«, sagte er mit leiser Stimme. Sie sah ihm an, dass er sich unwohl fühlte, dass er es war, der sich fürchtete. »Warum haben Sie uns geholfen? Von Ihnen hatte doch Robert seine Informationen. Wie konnten Sie zulassen, dass er umgebracht wird?«

Der junge Mann spielte ihr nichts vor, er hatte wirklich Angst, und sie bewunderte ihn für seinen Mut, hier aufzutauchen.

»Wir alle haben unsere Motive«, sagte sie ausweichend. »Und dass Altmann jetzt tot ist, hatte ich nie beabsichtigt. Aber wir alle gehen Risiken ein.«

Sie sah hinüber zum Pool, das Wasser kräuselte sich leicht unter einem kühlen Windstoß. Sie spürte die Blicke des Mannes auf sich, er schien am ganzen Körper zu zittern.

»Warum bist du gekommen?«, fragte Ruth. »Wolltest du mir Angst machen? Dann bist du an die Falsche geraten, ich habe keine Angst mehr, nicht vor dir oder irgendjemand anderem.«

Der Mann schwieg, und sie wusste, dass er ihr nichts mehr entgegenzusetzen hatte. Sie fühlte den Wind im Gesicht, in den Haaren, wie eine zarte Berührung. Sie war so unendlich müde, sie wollte an einen Ort, an dem ihr keine Fragen mehr gestellt würden, an dem sie keine falschen Blicke mehr ertragen, nicht gezwungen lächeln musste.

Sie wusste nicht, wieso, aber sie hatte mit einem Mal das Gefühl, den Menschen, der ihr da gegenübersaß, verstehen zu können; vielleicht deshalb, weil er sich noch mehr fürchtete als sie, weil seine Hände leicht zitterten und er sich beständig umsah.

»Du musst keine Angst haben«, sagte sie leise.
Er sah sie verständnislos an.

»Ich glaube, dass wir uns alle viel näherstehen, als du denkst.«

Und in diesem Moment zog ein fast vergessen geglaubtes Leben vor ihr auf, ihr Leben, klar und leuchtend, und sie wusste nicht, was sie sagte und was sie bloß dachte. Da war die kleine Zweizimmerwohnung in einem trostlosen Häuserblock, da war die Mutter, blass und sprachlos nach einer weiteren Nachtschicht, und da war der Vater mit seinen schweren, nutzlosen Händen nach einem weiteren Tag im Lager. Da waren Blicke und Worte, nein, das geht nicht, nein, das ist nicht drin, das können wir uns nicht leisten. Da war ein Abendessen, Weizentoast und Scheiblettenkäse, eine Literflasche Noname-Cola, was glaubst du, woher das Geld kommt, glaubst du, es wächst auf Bäumen? Da war die Mutter, die dem Vater die Hand auf den Arm legte, er solle nicht so reden. Ist doch so. Der Scheiblettenkäse klebte in den Zähnen. Und sie, *kleine Bródka,* starrte auf den Teller, starrte auf die schmutzigen Hände, starrte vom Balkon zu den anderen Häuserblocks, dorthin, wo es plötzlich golden aufblitzte.

»Ich wollte immer Geld haben, weißt du, viel Geld. So viel, dass ich nicht darüber nachdenken muss, ob ich mir etwas kaufen kann oder nicht, Geld sollte mir egal sein. Ich habe neben dem Abitur Nachhilfe gegeben, um mir CDs oder Klamotten kaufen zu können. Die Sachen habe ich vor meinen Eltern versteckt, die wussten lange gar nicht, was ich alles in meinem Zimmer hortete. Ich war wie der Zwerg aus diesem Märchen, weißt du, Schneewittchen und Rosenrot, aber böse war ich nie, kein einziges Mal.«

Sie hatte es mit Jura versucht, mit BWL, dann hatte sie von einer Freundin von der Agentur High Hopes gehört, sich beworben und eine Ausbildung zur Mediengestalterin begonnen.

»Das ist die ganze Geschichte, mehr gibt es nicht. Ich habe Marc geheiratet, und alles, was ich mir wünschte, ging in Erfüllung. Schau dich um.«

Sie fragte ihn, ob er auch eine Zigarette wolle, aber der Mann regte sich nicht, saß wie erstarrt da.

»Auf dem Video, das bin ich«, sagte sie und stand auf. »Ich habe das Steak wohl ein bisschen zu lange liegen lassen, und jetzt ist Marc im Krankenhaus. Wenn du ihn kennen würdest, dann würdest du mich verstehen. Ja, er hat es verdient. Aber ich wollte nicht ...«, sie stockte, sah über den Garten, Dunkelheit senkte sich, kroch zwischen die Sträucher, unter die Steine.

Sie ging hinein, um die Zigaretten zu holen, und als sie wieder auf die Terrasse trat, war der Mann verschwunden.

Sie setzte sich, sog den Rauch tief ein. Nein, sie konnte jetzt nicht mehr zurück, es gab kein Bedauern, keine Resignation. Bald würde hinter ihr alles zusammenstürzen, würde die Welt, die sie kannte, nicht mehr existieren. Aber das war ihr egal. Dann würde sie endlich frei sein. Sollten andere sich um die Trümmer kümmern.

Der Morgen graute. Sie hatte für ein paar Stunden fest und traumlos geschlafen. Jetzt saß sie in ihrem Zimmer auf dem Bett und betrachtete die darauf ausgebreiteten Dinge. Schon seit Jahren schliefen Marc und sie nicht mehr im gleichen Raum, jeder hatte sein Zimmer, sodass sie sich im Alltag gar nicht mehr begegnen mussten, bequem nebeneinanderher lebten.

Jetzt blickte sie auf das Shirt und das Prepaid-Handy.

Überraschenderweise und in nervöser Hektik hatte Marc ein paar Tage nach der Geburtstagsfeier plötzlich die Schlüssel für den Cayenne von ihr verlangt und war dann mit aufheulendem Motor aus der Einfahrt gerast. Als er Stunden später wieder zurückkam, beobachtete sie von der Küche aus, wie er einen Plastiksack aus dem Kofferraum holte und in die Mülltonne stopfte. Sie hatte sofort gewusst, dass das etwas zu bedeuten hatte. Still verharrte sie in der Küche, hörte Marc nach oben gehen; dann nahm sie sich zwei Einweghandschuhe und schlüpfte durch den zweiten Ausgang, der von der Küche abging, nach draußen, öffnete die Mülltonne und fischte ein dunkles Shirt aus dem Sack. *Spread Hummus not Hate* war darauf zu lesen.

Sie hatte damals sofort kapiert, wem dieses Shirt gehörte. Als sie Informationen über Altmann zusammengetragen hatte, war er auf einigen Bildern aus dem Internet genau in diesem Shirt zu sehen gewesen. Natürlich hatte sie ihm geschrieben, dass er vorsichtig sein müsse, aber gleichzeitig auch auf seine Wut gesetzt, auf seinen unbedingten Willen, die Dinge ans Licht zu zerren, und so hatte sie ihn immer wieder mit Infos über das Geschäft mit Bushmeat und das Treiben der Agentur versorgt.

Marc aber hatte Altmann seinen Undercover-Einsatz auf der Geburtstagsparty nicht durchgehen lassen, hatte die Gefahr erkannt, die er für ihr Geschäft darstellte. Ein herumschnüffelnder Journalist war das Letzte, was die Agentur gebrauchen konnte. Immer wieder hatte Marc seinen Mitarbeitern eingetrichtert, wie wichtig Vertrauen und Diskretion für die Agentur waren, gewissermaßen ihre DNA. Was auf den Partys geschah, das blieb auch dort, dafür bezahlten die Kunden schließlich. Und natürlich hatte Marc nicht die Drecksarbeit erledigt, dafür hatte er Ivo.

Auch jetzt trug sie wieder Einweghandschuhe. Sie stand auf, faltete das Shirt sorgfältig zusammen und schob es in eine Plastiktüte mit Zip-Verschluss. Dann nahm sie das Prepaid-Handy, fummelte die SIM-Karte heraus und zerbrach sie. Sie klappte das Handy auf, brach es mit einer schnellen, kraftvollen Bewegung auseinander und steckte es in eine weitere Plastiktüte. Die Teile der SIM-Karte würde sie während der Fahrt aus dem Fenster werfen, die Tüte mit dem Handy in einem öffentlichen Mülleimer verschwinden lassen.

Vor der Tür zu Marcs Büro blieb sie stehen. Eine Zeit lang hatte sie ihn wirklich geliebt, und sie war sicher, dass auch er sie geliebt hatte.

Sie glaubte, seine leise, aufgeregte Stimme hinter der angelehnten Tür zu hören, in jener Nacht, als sie das Shirt aus dem Müll gezogen hatte. Es war auf zwei Uhr zugegangen, und sie hatte Marc auf Ivo einreden hören. Er solle jetzt bloß die Nerven behalten, es sei ein Unfall gewesen.

Ruth lächelte. Sie würde wie jeden Tag in die Agentur fahren, um zu arbeiten. Sie würde gegen Mittag in Ivos Büro vorbeischauen.

Und dann würde sie zur Polizei gehen.

15

Die drei Frauen standen vor einer der Kisten, die ein Zollbeamter aus dem Regal gehievt hatte, und schauten auf das Fleisch. Zumindest glaubten sie, dass es Fleisch war. Die dunklen Lappen waren vakuumiert, es roch streng, die Kühlaggregate brummten sanft. Vogelsang hatte sich die Hände in die Hosentaschen geschoben, sie begann zu frieren. Köster hatte rote Wangen, die Zoologin, die sich mit Doktor Wenzel vorgestellt hatte, schien ebenfalls zu frieren, ihre Lippen hatten leicht zu zittern begonnen. Das Kühlhaus war nicht besonders groß, sie konnten gerade so nebeneinanderstehen; es befand sich direkt neben der Küche.

»Wie gesagt, ich müsste mir das im Labor genauer ansehen«, sagte Wenzel und schniefte. »Ich muss die DNA untersuchen, falls das überhaupt Fleisch ist.«

Vogelsang nickte nur, dann gingen sie hintereinander wieder hinaus in die Küche, wo auf einem Tisch eine weitere Kiste stand, darin lagen in Alufolie verpackte schwarze Klumpen. Wenzel beugte sich darüber, roch daran, verzog leicht den Mund.

»Das Zeug wurde geräuchert, auch das muss ich untersuchen.«

»Wird das lange dauern?«, fragte Vogelsang.

Wenzel sah sie an, ihre Augen verengten sich.

»Es dauert so lange, wie es dauert.« Wenzel trug eine Pagenfrisur und knallrote Stiefeletten. »Ich muss zuerst ein Marker-Gen aus den Proben extrahieren und bekomme dann eine Sequenz, ähnlich wie ein Barcode. Den muss ich dann mit den digitalisierten Sequenzen aus einer DNA-Bibliothek abgleichen und hoffen, dass dabei etwas herauskommt. Und nebenbei habe ich noch Sprechstunden, Vorlesungen, Seminare, Sitzungen, Telefonate ...«

Vogelsang sah zu Köster, die nur leicht mit den Schultern zuckte. Köster hatte Frau Doktor Wenzel als erfahrene Zoologin angekündigt, mit der sie schon ein paarmal zusammengearbeitet hatte.

»Okay, dann melden Sie sich bitte bei mir, sobald Sie etwas haben«, sagte Vogelsang und ging hinaus in den Hof.

Ihr war etwas flau von dem strengen Fleischgeruch, trotzdem war sie froh, dass es im Fall endlich weiterging. Gestern Nachmittag hatte Köster ihr per Mail einen ersten Bericht über Ergebnisse der OEZ der Firma La Boca geschickt; darin schilderte sie, dass in den Gesprächsprotokollen über die Ankunftszeiten eines Fluges aus Addis Abeba gesprochen wurde, es fielen Worte wie Kongo, mehrmals war von Fleisch die Rede, das wohl dringend erwartet wurde. Vogelsang hatte daraufhin umgehend die Durchsuchung der Firma La Boca angeordnet, und so waren sie jetzt seit etwa neun Uhr am Werk. Die Beamten hatten zwei Mitarbeiter vorläufig festgenommen und Ordner, zwei Laptops und mehrere Smartphones beschlagnahmt. Außerdem fanden sich im Kühlhaus Kisten mit verpacktem Fleisch. Köster hatte sich schon im Vorfeld mit Doktor Wenzel vom Fachbereich Biowissenschaften der Universität Frankfurt in Verbindung gesetzt und sie gebeten, bei der Durchsuchung anwesend zu sein.

Wenzel trat jetzt neben Vogelsang und zündete sich eine Zigarette an.

»Sorry, wenn ich gerade etwas patzig war. Aber ich bin offen gesagt keine Freundin des frühen Aufstehens. Und dann auch gleich noch so.« Sie lächelte und pustete den Rauch über ihre Köpfe. Im Hof parkten die beiden Wagen der Zollfahndung, die Verhafteten waren schon abtransportiert worden.

»Sie sind Expertin für Bushmeat?«, fragte Vogelsang.

»Ich beschäftige mich seit einigen Jahren damit, ja. Mein eigentliches Fachgebiet sind Zoonosen, also vom Tier auf den Menschen übertragene Infektionskrankheiten. Da schließt sich dann wieder der Kreis zum Wildfleisch. Das Problem ist: Wir wissen noch viel zu wenig darüber, wie viel Bushmeat jährlich in die Europäische Union eingeführt wird, die Datenlage ist einfach zu dünn, niemand fühlt sich wirklich verantwortlich.« Wenzel zog an ihrer Zigarette. »Die EU schiebt die Sache auf die einzelnen Staaten, die wiederum argumentieren, dass der Handel mit Bushmeat sowieso illegal sei und also gar nicht stattfinde, wir drehen uns die ganze Zeit im Kreis, ohne nennenswerte Fortschritte zu machen.« Sie ließ die Zigarette fallen und trat sie aus. »Was wir aber mit Sicherheit sagen können: Dieses Fleisch ist ein Problem. Die gejagten Tiere leben in tropischen Regenwäldern oder Savannen und sind dort viel stärker Krankheitserregern ausgesetzt als unsere Nutztiere. Diese Pathogene können, wenn es dumm läuft, bis nach Europa gelangen. Schon jetzt sind drei Viertel aller neuen Infektionskrankheiten Zoonosen, Tendenz steigend. Verstehen Sie mich nicht falsch, ich verurteile die Jagd nach Bushmeat nicht, sie ist in manchen Regionen Afrikas die einzige Möglichkeit für die Bevölkerung, ihren Proteinbedarf zu decken. Problematisch wird es, wenn das Fleisch auf Reisen geht, und das tut es immer öfter, weil es inzwischen in Europa einen Markt dafür gibt. Dann bekommen wir hier diese ganzen kleinen, hübschen Bakterien: Listeriose, Brucellose, Milzbrand. Und die Wissenschaft ist größtenteils im Blindflug unterwegs, keine Ahnung, was da draußen schon herumschwirrt und sich potenziell zu einer Epidemie oder Pandemie entwickeln könnte.«

»Das klingt ja alles nicht besonders ermutigend.«

Wenzel lachte jetzt kehlig, ihre Haare wippten dabei vor und zurück.

»Nein, wirklich nicht. Deshalb liest man auch kaum was darüber. Vieles ist Spekulation, wenig gesichert. Die Politik reagiert meist erst, wenn es schon zu spät ist, das heißt, wenn es irgendwo zu einem Ausbruch kommt, dann wird es meist hektisch und unübersichtlich. Und den Medien fällt es in diesen Fällen oft auch schwer, ausgewogen zu berichten, man liest dann immer von Killerviren oder so was.«

»Kannten Sie einen Robert Altmann?«

»Ja, mit ihm hatte ich Kontakt. Er hat zu Bushmeat recherchiert, ich habe aber schon lange nichts mehr von ihm gehört.«

»Er ist tot.«

»Scheiße, echt jetzt?« Wenzels Gesichtszüge entglitten ihr kurzzeitig. »Unfall?«

»Nein, sieht nach Mord aus.«

»Also wegen der Recherche, wegen illegalem Wildfleisch ...?«

»Deshalb sind wir hier.«

Wenzel sah auf ihre Schuhe. Köster trat in den Hof, sagte, dass sie nun alles erledigt hätten und wieder abrücken würden. Vogelsang reichte Wenzel die Hand und ihre Karte.

»Danke für die Informationen.«

»Ich werde zusehen, dass ich schnell Ergebnisse zu dem Fleisch bekomme«, sagte Wenzel, »ich melde mich bei Ihnen.«

»Es hat also zu nichts geführt?«

Rafik stand gegen die Spüle gelehnt da, hielt das Glas Pfefferminztee in der Hand, der Duft füllte den gesamten Raum aus. Aus seinem letzten Urlaub in Marokko hatte er intensiv duftende Minze mitgebracht, nicht das künstlich gestreckte Zeugs, das man hier zu Tees verarbeitete, sondern echte marokkanische Minze. Er hatte Vogelsang auch ein Glas eingeschenkt. Es war Nachmittag, sie saß an dem kleinen Tisch in der Küche, nippte am Tee und schüttelte den Kopf.

»Nein, sieht nicht danach aus. Wir haben zwar Fleisch gefunden, aber zum einen muss das jetzt erst mal analysiert werden, zum anderen war die Menge auch nicht so groß, dass man von gewerbsmäßigem Schmuggel ausgehen könnte. Einen Geschäftsführer gibt es anscheinend auch nicht, zumindest ist der, der eingetragen ist, nicht auffindbar.«

»Es gab doch zwei Verhaftungen.«

»Ja, zwei Mitarbeiter aus der Küche, aber die haben keine Ahnung. Sie sind wieder auf freiem Fuß. Das alles wird nicht für eine Anklage reichen, dafür haben wir einfach zu wenig in der Hand.«

Sie schwiegen einige Augenblicke.

»Man müsste La Boca in Verbindung mit der Agentur High Hopes bringen«, sagte Rafik nachdenklich. »Die hängen ganz sicher zusammen. Mir ist schon klar, dass es da keine Lieferscheine für das Bushmeat gibt, aber es muss in der Agentur doch Leute geben, die davon wussten.«

»Für eine Durchsuchung von High Hopes haben wir nichts in der Hand«, sagte Vogelsang. »Und selbst wenn die beiden Firmen miteinander in Verbindung stehen, muss daran nichts Illegales sein. Du müsstest ihnen schon konkret den Handel mit Bushmeat nachweisen. Wenn sich das Fleisch aus dem La Boca wirklich als Bushmeat herausstellt, dann wissen wir zumindest, dass die Firma als Verteiler fungiert hat. Das Fleisch wurde ja weiterverarbeitet und verkauft, also entweder direkt oder über weitere Zwischenhändler.«

Rafik nickte. Sie sah ihm an, dass er unzufrieden war.

»So läuft das leider oft«, sagte Vogelsang und stand auf. »Du bist dir ganz sicher, du weißt, dass da was Größeres dahintersteckt, aber dir fehlen die entscheidenden Beweise. Und dann brauchst du Glück, du bluffst ein bisschen, hoffst darauf, dass irgendwo ein Steinchen in Bewegung gerät und andere mitreißt.

Ich habe Abel gebeten, über Europol etwas über die beiden Firmen herauszufinden, vielleicht bringt uns das weiter.«

Sie stellte das Glas in die Spüle.

»Danke für den Tee. Und lass dich von mir nicht runterziehen, Rafik. Du machst hervorragende Arbeit. Der Frust gehört dazu.«

Er nickte, und die beiden trennten sich.

Auf dem Weg zurück ins Büro vibrierte ihr Smartphone. Es war Uwe, schlecht gelaunt, das hörte sie sofort.

»Was ist los?« Sie trat ans Fenster neben die Calla, sah hinunter auf die Straße.

»Nichts ist los.«

»Und deshalb rufst du mich an?«

»Diese ganze Sache mit dem Menschenhandel, das war nichts. Die TKÜ hat keine Hinweise ergeben und da wird auch nichts mehr kommen.« Vogelsang merkte, wie schwer Uwe diese Worte fielen, er stockte ein paarmal, sprach leiser als sonst.

»Bist du sicher?«

»Klar bin ich sicher. Würde ich sonst vor dir die Hosen runterlassen. Ich hab mich verrannt.«

»Passiert uns doch allen ständig.«

Uwe brummelte etwas, das sie nicht verstehen konnte. Er war ein erfahrener Polizist, einer, der die Straßen kannte wie kein Zweiter, der damals schon bei den Bandenkämpfen im Bahnhofsviertel im Einsatz gewesen war, Mitte der Neunziger, und der im Laufe der Jahre ein Netz aus Informanten gesponnen hatte, Freunde von Freunden von Freunden, die ihm die Codes aus den Hinterhöfen, aus den Bars und Spielhallen zutrugen und entschlüsselten. Immer wieder hatten ihm diese Kontakte die entscheidenden Hinweise verschafft, im Fall Altmann aber schienen seine Quellen versiegt oder nicht zuverlässig genug.

»Und konntest du etwas zu Marc Bretone herausfinden?«, fragte Vogelsang.

»Nur das, was du sowieso schon weißt, Geschäftsführer der Agentur High Hopes, viel Geld, luxuriöses Leben, paarmal wegen zu schnellen Fahrens erwischt, aber sonst nichts Auffälliges. Ein reicher Schnösel wie aus dem Bilderbuch. Der andere, Ivo Klasić, ist da schon ein anderes Kaliber, Anzeigen wegen Körperverletzung und Nötigung, aber alles nur Geldstrafen. Die haben da wohl ein paar gute Anwälte.«

Vogelsang setzte sich aufs Sofa, streckte die Beine aus.

»Ich habe heute Morgen die Firma La Boca durchsuchen lassen und dort Fleisch beschlagnahmt. Das wird jetzt im Labor untersucht. Wenn es sich als Bushmeat herausstellt, haben wir zumindest mal was Handfestes und ein paar Verbindungen: La Boca, die Agentur, die Party von diesem Marc Bretone, Altmanns Recherchen.«

Sie hörte Uwe am anderen Ende unterdrückt husten.

»Ich bleibe an der Agentur dran«, sagte er, »mein Gefühl sagt mir, dass da was nicht stimmt.«

»Dann bist du jetzt auf meiner Seite?«

»Bin ich doch immer.«

Er legte auf. Vogelsang ging zurück an den Schreibtisch und setzte sich. Die ganze Sache gewann langsam an Kontur. Aber noch fehlten konkrete Beweise, um alles miteinander zu verknüpfen.

Alexander Pankratz hatte schon seine Jacke an und schien gehen zu wollen, aber als Vogelsang sein Büro betrat und ihn fragte, ob er noch ein paar Minuten für sie habe, nickte er, hängte die Jacke über den Stuhl und bat sie, Platz zu nehmen.

Sie hatten in den letzten Tagen immer mal wieder miteinander telefoniert und sich abgestimmt. Sie hatte ihm auch kurz die Sache mit dem Bushmeat und Altmann geschildert, hatte sich mehrfach bei ihm entschuldigt, dass sie mit ihrem Kopf gerade zu sehr in dieser Sache stecke, und Pankratz hatte Verständnis geäußert. Es blieb ihm auch nicht viel anderes übrig. Die Ermittlungen gegen Wassermann-Schlotz verliefen zäh, aber das schreckte Pankratz nicht; nach und nach ergaben die gesammelten Daten ein Muster, zweimal in der letzten Woche hatte Wassermann-Schlotz an einem Automaten in der Nähe der Alten Oper etwas von dem Schwarzgeldkonto abgehoben. Pankratz vermutete, dass er sich seiner Sache nach wie vor sehr sicher war.

»Ich habe hier vielleicht was.«

Vogelsang öffnete auf ihrem Smartphone das Standbild aus dem Video, auf dem Wassermann-Schlotz zu sehen war, und hielt es Pankratz hin. Der schob sich die Brille in die Stirn, beugte sich vor und kniff die Augen leicht zusammen.

»Ist das Richard?«, fragte er.

»Auf einer Party in Kronberg. Und rate mal, wer an diesem Abend auch da war. Robert Altmann, undercover. Er hat das Video und ein paar Bilder gemacht. Jetzt frage ich mich natürlich, ob das alles bloß Zufall ist oder nicht.«

»Du meinst, Richard hat etwas mit dem Altmann-Fall zu tun?«

»Eigentlich kann ich mir das nicht vorstellen. Aber die beiden kannten sich«, Vogelsang hielt inne, überlegte, ob sie weitererzählen sollte. »Altmann und ich waren früher ein Paar, und Richard – er hatte damals auch Interesse an mir, du weißt, was ich meine, er hat es zwar nie eingestanden, aber ich habe das deutlich gemerkt.«

»Richard soll eifersüchtig gewesen sein, nach so langer Zeit?«

»Nein, das nicht. Aber er kannte Altmann, wusste, dass er als Journalist arbeitet. Vielleicht glaubte Richard, Altmann sei hinter ihm her. Und wenn er jetzt Altmann auf der Party erkannt hat ...«

Pankratz lehnte sich zurück.

»Ich weiß nicht, Greta, das scheint mir doch etwas wild. Wie soll denn Altmann an die Informationen von Ines B. gekommen sein?«

Vogelsang schob das Smartphone zurück in die Tasche. Vielleicht war es ein Fehler gewesen, jetzt auch noch Pankratz in den Fall hineinzuziehen, vielleicht war die Begegnung von Richard und Altmann wirklich nur ein blöder Zufall gewesen, aber gerade Zufälle waren es doch, die manchmal für Bewegung sorgten. Und beruhten ihre Ermittlungserfolge nicht immer wieder auch darauf, diesen Zufällen nachzugehen, Möglichkeiten Raum zu geben, die anderen absurd erschienen, aber ja nur deshalb, weil das eigene Blickfeld oft so verstellt war, von Akten und Dienstanweisungen, von Stress, Zeitknappheit und übervollen Schreibtischen?

»Du hast recht«, sagte sie und stand auf. »Ist wahrscheinlich alles nur ein blöder Zufall. Danke für deine Zeit.«

Pankratz hatte plötzlich, sie wusste nicht, woher, einen halben Apfel in der Hand und biss kraftvoll hinein.

»Kein Problem«, sagte er kauend.

16

»Wir sind also nicht wirklich weitergekommen«, stellte Vogelsang fest und blickte in die Runde. »Dabei hatte ich gerade das Gefühl, dass sich etwas bewegt.«

Abel hatte über Europol erfahren, dass sowohl die Firma La Boca als auch die Agentur High Hopes im Besitz einer Holding waren, die Standorte in Luxemburg und auf den Cayman Islands besaß, ein Klassiker, hatte er noch hinzugefügt und weiter angemerkt, dass diese Holding vor allem im Bereich Genussmittel und Event-Marketing aktiv sei, weltweit.

»Und sonst?«, fragte Vogelsang und schaute dabei abwechselnd Abel und Rafik an.

»Von Wildfleisch in Zusammenhang mit der Agentur wusste Europol nichts«, sagte Abel. »Eher Steuerbetrug, wenn überhaupt, aber dann ist es sowieso eine Sache für die Kollegen. Für uns leider eine Sackgasse.«

Rafik starrte auf den Bildschirm seines Laptops.

»Heißt, wir haben eigentlich nichts weiter, außer dass wir jetzt wissen, dass diese beiden Firmen tatsächlich irgendwie zusammenhängen, über diese Holding.«

»Genau«, sagte Abel. »Die Holding sitzt sicher nicht zufällig auf den Cayman Islands. Wie gesagt, für die Steuerfahndung interessant, aber für uns eher zweitrangig.«

»Scheiße«, entfuhr es Vogelsang eine Spur zu laut. »Selbst wenn wir in der Agentur auftauchen, werden uns ihre Anwälte kurzerhand auseinandernehmen. Ich bin mir sicher, dass die knietief im Wildfleisch-Schmuggel stecken, aber wenn schon

Europol keine weiteren Erkenntnisse dazu hat, ich meine, wir stehen ziemlich blank da, keine Chance, denen was nachzuweisen.« Sie hielt inne, blickte in die Runde. »Immerhin aber wissen wir jetzt sicher, dass wir es mit Bushmeat zu tun haben. Wenigstens eine Gewissheit.«

Am Morgen hatte Vogelsang einen Anruf von Doktor Wenzel erhalten, in dem sie ihr knapp bestätigte, dass es sich bei dem beschlagnahmten Fleisch eindeutig um illegales Wildfleisch handele, sie habe in den Proben Spuren einer Ducker-Antilope und eines Flussschweins nachweisen können, den Bericht würde sie ihr per Mail schicken.

»Wir müssen uns noch mal die Firma La Boca vornehmen«, sagte Vogelsang und sah zu Rafik. Es lag schon eine Spur Verzweiflung in ihrer Stimme. »Irgendetwas müssen wir doch finden.«

»Da gibt es aber niemanden«, sagte er. »Der Geschäftsführer ist nach wie vor nicht auffindbar, wahrscheinlich hat er sich längst abgesetzt.«

»Wo kein Kläger, da kein Richter«, sagte Abel. »Das wurde alles gut vorbereitet, wenige Mitwisser, Diskretion, und wenn es auffliegt, keine konkreten Spuren, alles verläuft im Sand.«

Vogelsang nickte, stand auf. Besser hätte sie es auch nicht zusammenfassen können.

Sie wusch sich die Hände, Cayman Islands, dachte sie beim Rauschen des Wassers – und wusste, dass dieser Ort oft näher war, als sie alle es wahrhaben wollten, dass er in unzähligen Akten auftauchte. Und jetzt auch in diesem Fall. Sie stand im Vorraum der Toilette und starrte in den Spiegel, wandte den Blick ab. Cayman Islands. Kristallklares Wasser, weißer Strand, der Himmel wolkenlos, das Rascheln der Palmenzweige im Wind. Nichts tun, keine Anrufe, keine Mails, nur das leise Rauschen des Meeres. Sie hatte keine Lust mehr auf diesen Zirkus, auf die ganzen aufgeblasenen Typen, hatte keine Lust mehr, sich ihnen täglich entgegenzustellen und dabei ja nur das zu tun, was sie auch taten, was alle taten: Ellenbogen raus, Gefühle luftdicht verpacken. Vielleicht war es wirklich an der Zeit, noch mal ganz neu zu denken.

Sie lief zum Aufzug, fuhr nach unten, grüßte den Pförtner und verließ das Gebäude, ging raus auf die Große Friedberger Straße, wo sie nach ein paar Schritten stehen blieb. Sie merkte, dass sie zitterte und sich alles um sie herum zu drehen begann – sie musste raus, sie musste weg, Decke über den Kopf, schlafen, nicht mehr nachdenken, keine Fragen mehr. Sie fühlte sich zurückversetzt in ihre Anfangszeit, fühlte die Unsicherheit und die aufsteigende Panik. Hatte sie sich dermaßen verrannt, blind vor Schmerz und Trauer wegen Robert? Die Geräusche der Straße waren nah und sehr laut, Stimmen überlagerten sich, irgendwo spielte Musik. Sie blickte sich um, wusste nicht, wohin mit sich. Sie hatte Angst, ihre Beine würden sie nicht mehr tragen, ihre Brust fühlte sich eng an. Langsam ging sie weiter, atmete gegen den Druck an, und es wurde etwas besser.

Ihr Smartphone vibrierte, und sie zog es aus ihrer Tasche, dankbar für die Ablenkung.

»Uwe?«

Er schien außer Atem.

»Was ist los?«

»Es ist ...«, wieder stockte er, es knackte in der Leitung. »Es ist was Komisches passiert. Also ja, komisch irgendwie ... also im Sinne von unerwartet.«

Vogelsang blieb im Schatten einer kleinen Nebenstraße stehen.

»Ruth Bretone, also die Frau von diesem Marc Bretone, Besitzer der Agentur High Hopes ...«

»Ich weiß, wer sie ist, Uwe.«

»Klar. Also, Ruth Bretone war bei der Polizei und hat eine Aussage gemacht. Sie beschuldigt Ivo Klasić, für den Tod von

Robert Altmann verantwortlich zu sein. Außerdem hat sie angegeben, dass die Agentur in den Handel mit Bushmeat verwickelt sein soll.«

»Hat sie Beweise vorgelegt?«

»Nein.«

»Und du glaubst ihr?«

»Was ich glaube, spielt keine Rolle. Brandt hat umgehend einen Durchsuchungsbefehl für die Agentur beantragt, sie sieht Gefahr im Verzug und will Klasić verhaften.«

»Wie spät ist es?«

»Kurz nach vier.«

»Wo ist die Agentur?«

»Im Westend.«

Wieder blieb Vogelsang stehen. Wieder drehte sich alles.

»Ich dachte, es wäre gut, du wärst bei der Durchsuchung ebenfalls dabei«, hörte sie Uwe sagen.

»Ja, du hast recht.«

Und plötzlich war sie ganz ruhig, plötzlich zitterte nichts mehr, drehte sich nichts mehr. Sie würde sofort ins Westend fahren, sie würden Ivo Klasić verhaften und verhören, vielleicht konnte sie auch noch einmal mit Ruth Bretone sprechen.

»Schick mir die Adresse, wir sehen uns gleich.«

Sie legte auf, wählte Rafiks Nummer.

»Bist du mit dem Auto da?«

»Ja, wieso?«

»Wir fahren ins Westend, zur Agentur High Hopes. Wir werden die wegen des Handels von Bushmeat festnageln.«

»Ich versteh nicht ganz.«

»Erzähl ich dir auf dem Weg. Ich bin in fünf Minuten da. Warte unten auf mich.«

Sie machte sich auf den Rückweg, atmete ein paarmal tief ein und wieder aus. Sie würde erst noch ein paar Leuten gehörig in den Arsch treten, dann konnte sie sich immer noch ins Bett legen!

Die Agentur High Hopes hatte ihren Sitz in einer der großbürgerlichen Gründerzeitvillen im Frankfurter Westend, eine exklusive Adresse für exklusive Kunden. Hinter ein paar großen Bäumen war die cremefarbene Fassade mit den Erkern und dem schwarzen Dach nur zu erahnen, auf dem Parkplatz vor der Agentur standen dunkle Luxuskarossen. Auf der Fahrt hatte Vogelsang Rafik in aller Kürze ins Bild gesetzt – mehr, als ihr Uwe am Telefon gesagt hatte, wusste sie auch nicht. Aber sie wollte, dass Rafik bei der Durchsuchung dabei war, schließlich hatte er durch seine Recherchen den Fall maßgeblich vorangetrieben.

Die Beamten hatten sich um Uwe und Brandt versammelt, man begrüßte Vogelsang und Rafik knapp, Uwe gab letzte Instruktionen. Die Sache sollte ruhig und geordnet ablaufen, man wollte kein großes Aufsehen.

Hintereinander betraten sie durch den Haupteingang das Foyer der Agentur, Uwe vorneweg. Die anderen warteten, während Brandt und er vor zum Empfang gingen. Vogelsang konnte sehen, wie die Frau dort, bereits sichtlich irritiert vom Auflauf, trotzdem eine professionelle Kühle auszustrahlen versuchte und nur mit dem Kopf schüttelte. Aber das zog bei Uwe nicht. Er schaltete sofort auf stur, legte ihr wortlos den Durchsuchungsbefehl hin und gab den Beamten ein Zeichen.

Sie betraten die Agenturräume. Köpfe wandten sich von Bildschirmen.

»Dies ist eine durch die Staatsanwaltschaft Frankfurt am Main angeordnete Durchsuchung«, hörte Vogelsang Uwe laut sagen. »Verlassen Sie Ihren Arbeitsplatz und lassen Sie alles, wie es ist.«

Die Beamten schwärmten routiniert aus. Die Mitarbeiter sahen sich irritiert an, einige wollten protestieren, mehr als ein leises Gemurmel kam dabei aber nicht heraus. Aus einem Büro stürmte plötzlich ein Mann auf sie zu und baute sich vor Uwe auf.

»Was ist hier los, was wollen Sie?«

Wortlos zeigte Uwe ihm den Durchsuchungsbefehl. Der Mann starrte das Papier an, starrte Uwe an, dann Brandt.

»Raus hier!«, brüllte er. »Sofort raus!«

Zwei Beamte traten hinzu.

»Jetzt beruhigen Sie sich«, sagte Uwe. »Sind Sie Herr Klasić?«

»Geht dich einen Scheiß an.«

»Wir müssen uns unterhalten.«

»Gar nichts müssen wir!«

Klasić stürmte weiter, schob einen seiner Mitarbeiter zurück auf seinen Bürostuhl.

»Sie rühren hier gar nichts an, bevor meine Anwälte nicht da sind!«, brüllte er und blieb neben Vogelsang und Rafik stehen.

»Benachrichtigen Sie Ihre Anwälte«, sagte Vogelsang. »In der Zwischenzeit machen wir unsere Arbeit.«

»Wer sind Sie denn?«

»Vogelsang, Staatsanwaltschaft Frankfurt. Es geht um das Tötungsdelikt Robert Altmann und den Verdacht auf illegalen Handel mit Wildfleisch.«

Klasić starrte sie an. Sie konnte seine Verachtung fühlen, aber da war noch etwas anderes in seinem Blick: Panik, ein ungläubiges Staunen.

Und dann ging alles blitzschnell.

Klasić packte Rafik am Arm, gleichzeitig zog er aus seiner Hosentasche eine kleine, handliche Pistole, dunkel glänzend, hielt den Lauf der Waffe Rafik gegen den Kopf.

»Raus! Alle raus hier! Verpisst euch!«

Einige Augenblicke herrschte entsetztes Schweigen. Uwe war der Erste, der reagierte.

»Okay, wir verlassen jetzt alle ruhig den Raum. Alles klar, Herr Klasić, bleiben Sie ruhig, wir gehen jetzt alle raus.«

Uwe fasste Vogelsang am Arm, die sich nicht von der Stelle gerührt hatte. Klasić zog Rafik in Richtung seines Büros, blieb in der Tür stehen. Vogelsang verspürte den großen Drang, sich auf Klasić zu stürzen und ihm in die Fresse zu hauen, all ihre Wut, all ihre Angst wollte sie in sein Gesicht prügeln, aber dann sah sie Rafiks Blicke, die hilfesuchend durch den Raum wanderten.

»Komm schon«, raunte ihr Uwe zu.

Draußen im Foyer zog er sein Handy aus der Tasche, murmelte leise »Fuck, fuck, fuck«, während er eine Nummer wählte und wartete. Vogelsang sah sich nach Brandt um, die bleich an einer Säule lehnte.

»Wir brauchen das SEK«, hörte sie Uwe sagen. »Geiselnahme mit Schusswaffe. Täter und Geisel sind noch im Gebäude. Macht Tempo, Leute!«

Man sammelte sich draußen vor der Villa. Die Mitarbeiter standen zusammen, einige rauchten, man unterhielt sich leise, die Blicke ängstlich, fragend. Die Beamten sperrten die Straße. Uwe hing am Telefon, Brandt stand schweigend neben Vogelsang. Kurz darauf hielten zwei dunkle Vans, die SEK-Beamten stiegen aus, Uwe sprach mit dem Einsatzleiter, dann ging er zu Vogelsang und Brandt.

»Wir versuchen Kontakt mit Klasić aufzunehmen«, sagte er.

»So eine Scheiße. Ich hätte vorsichtiger sein müssen.«

»Konnte doch keiner ahnen, dass Klasić so krass reagiert.«

»Er ist Bretones Mann fürs Grobe«, sagte Uwe. »Ich hätte zumindest vorgewarnt sein müssen.«

Uwe legte sich eine Schutzweste an, kontrollierte seine Waffe. Vogelsang ließ sich von ihm eine Zigarette und Feuer geben. Viel tun konnte sie im Moment nicht, außer abzuwarten; und sie hasste es zu warten, nichts tun zu können. Sie ging ein Stück die Straße runter. Menschen hatten sich hinter der Polizeiabsperrung versammelt, Funksprüche waren zu hören. Von der Zigarette wurde ihr übel, aber sie rauchte weiter. Nichts lief in diesem Fall zusammen, und jetzt auch noch eine verdammte Geiselnahme! Kraftlos lehnte sie sich an eine Ziegelmauer und starrte in die abgedunkelte Seitenscheibe des Wagens vor ihr. Sie sah sich verzerrt, eine seltsame Verschiebung war da in ihrem Gesicht, angefangen bei den Augen, weiter über die Nase zum Mund. Sie ließ die Zigarette fallen, trat sie aus. Etwas stimmte nicht mit ihr, mit ihrem Spiegelbild. Sie ging einen Schritt näher auf das Auto zu und bemerkte jetzt, dass sich ein feiner Riss durch die Scheibe zog. Sie sah sich an, und für einen kurzen Moment wollte sie nichts anderes tun, als mit der Faust mitten hinein in diese Scheibe zu schlagen, aber dann riss sie ein plötzlicher Knall aus ihrer Erstarrung. Sie sah sich um. Das Geräusch war aus dem Agenturgebäude gekommen. Sie sah Uwe, sah die Beamten des SEK, plötzlich brach Hektik aus, wieder war ein Knall zu hören. Fuck, da wurde geschossen! Jemand in der Agentur schoss!

Die Beamten brüllten kurze Befehle, die ersten gingen in Deckung und zogen ihre Pistolen, das SEK postierte sich am Eingang der Agentur. Alle Bewegungen waren zäh, wie unter Wasser. Vogelsang rührte sich nicht von der Stelle. Sie spürte, wie ihr die Luft wegblieb, wie sich alles in ihr zusammenzog. Sie tastete nach dem Wagen neben ihr und ging langsam in die Hocke. Ihr war, als verlöre alles um sie herum seine Kontur, die Linien der Gehwegsteine, die Menschen dort am Ende der Straße. *Pezzo di merda,* hörte sie die Rufe, die schweren Stiefel auf den Treppen und in den Gängen, sie kauerte regungslos da und konnte nichts tun, sie war wehrlos, hilflos. Und überall Blut, an den Wänden, an den Stühlen und Tischen, ein bleiches Lächeln, Roberts Lächeln, Rafiks Lächeln, sie wusste es nicht, der Körper leblos und verdreht.

Wieder hörte sie die Rufe der Beamten, da hob sie den Kopf und sah ihn, sah Rafik. Er stand im Eingang der Agentur, stand da, als sei er gerade aufgewacht und noch nicht ganz bei sich. Er machte einige Schritte, sah sich um, zwei der SEK-Beamten näherten sich und sprachen mit ihm, einer fasste ihn am Arm und zog ihn zur Seite.

Die anderen Beamten stürmten mit gezogenen Waffen ins Gebäude, laute Rufe waren zu hören. Vogelsang richtete sich langsam auf. Sie musste zu Rafik, ging mit weichen Knien hinter dem Auto hervor auf ihren jungen Kollegen zu, den man mittlerweile zu einem der dunklen Vans gebracht hatte. Rafik hatte die Augen weit aufgerissen, aber er lebte, er atmete, er lächelte sogar. Vogelsang schloss ihn fest in ihre Arme, und Rafik ließ es erstaunt zu.

»Er ist noch dadrin«, sagte Rafik, »auf der Toilette. Er hat gesagt, ich soll verschwinden. Dann hat er geschossen, aus dem Fenster hat er geschossen und gesagt, ich solle verschwinden.«

Um sie herum herrschte Hektik, Stimmengewirr, aber Vogelsang achtete nicht darauf. Sie begleitete Rafik hinüber zum Rettungswagen, wo man seinen Puls maß und er etwas zu trinken bekam.

»Geht's dir gut?«, fragte sie.

Rafik nickte.

»Hat er dir was getan?«

»Nein. Ich musste mich hinsetzen, er hat, glaube ich, geweint. Ich weiß nicht mehr genau. Irgendwann sind wir zur Toilette.«

Vogelsang strich Rafik über die Schulter und stand auf. Rafik ging es gut, er würde sich schnell erholen. Zwei SEK-Beamte sicherten den Eingang, dann kam der erste Beamte aus dem

Inneren wieder heraus, gefolgt von Uwe; neben ihm ging Klasić, die Hände in Handschellen. Uwe hatte ihn am Arm gepackt und brachte ihn zu einem der Polizeiwagen, bugsierte ihn hinein, ein Beamter setzte sich dazu.

Das Gebäude sei sicher, die Durchsuchung würde jetzt weitergehen.

Uwe trat neben Vogelsang, erkundigte sich nach Rafiks Zustand, nickte dann erleichtert.

»Ivo Klasić ist ziemlich fertig«, sagte er. »Marc Bretone ist heute Morgen wohl verstorben. Außerdem hat Klasić gesagt, dass Bretone alles geplant haben soll, keine Ahnung, was er damit meint, wahrscheinlich den Handel mit diesem Fleisch. Mal sehen, was wir im Verhör noch von ihm erfahren.«

Brandt stand plötzlich neben ihnen, Vogelsang hatte keine Ahnung, wo sie die ganze Zeit über gewesen war.

»Ich beantrage sofort Untersuchungshaft«, sagte sie. »Wir kriegen Klasić mindestens wegen erpresserischem Menschenraub.«

Sie folgte einem Beamten ins Gebäude.

Das SEK packte zusammen, der Wagen mit Klasić fuhr ab. Vogelsang ging kurz in die Hocke und fuhr sich mit beiden Händen übers Gesicht.

»Du siehst aber auch nicht gut aus«, sagte Uwe. »Alles okay bei dir?«

»Ich dachte, dass Rafik ... ich meine, dass Klasić ihn ...«

»Dachten wir alle. Ich glaube aber, dass er gar nicht schießen wollte, zumindest nicht auf Menschen. Als wir reinkamen, lag die Waffe neben ihm.«

Uwe reichte Vogelsang eine kleine Flasche Wasser und sie trank. Sie fühlte sich wieder etwas besser, trotzdem wurde ihr in den letzten Wochen zu viel geschossen, schon die Sache damals im Sommer am Osthafen hatte sie ziemlich aus der Bahn geworfen, und die Erinnerungen an Genua waren seitdem noch stärker geworden. Jetzt aber, neben Uwe, kam sie langsam wieder zur Ruhe.

Die ersten Kisten mit Beweismaterial wurden aus der Agentur getragen, einer der Beamten ging direkt auf Uwe zu, gab ihm etwas in einer Plastiktüte.

»Das haben wir im Büro von Klasić gefunden«, sagte er.

Ein dunkles, zusammengeknülltes Shirt, Vogelsang konnte aber das Wort *Spread* entziffern. Sie wusste sofort, wem das Shirt gehörte: *Spread Hummus not Hate.*

»Das ist Altmanns Shirt«, sagte sie.

Uwe sah sie an.

»Sicher?«

»Ja, ich kenne es. Es ist ganz sicher von ihm.«

»Wieso hat Klasić Altmanns Shirt in seinem Büro? Das ergibt doch überhaupt keinen Sinn.«

Vogelsang zuckte mit den Schultern.

»Du bist der Ermittler.«

»Das geht mir gerade echt eine Nummer zu schnell. Erst meldet sich Ruth Bretone bei uns, dann rastet Klasić aus, Marc Bretone soll tot sein und wir finden Altmanns Shirt in der Agentur. Da scheint gerade mächtig was ins Rutschen zu geraten.«

»Ja, denke ich auch.«

Vogelsang ahnte die Zusammenhänge, Ruth Bretone, Marc Bretone, Ivo Klasić, Robert und Rakete, sie hatte die letzten Puzzleteile vor sich liegen, war aber zu müde und verwirrt, um sie sinnvoll zusammenzufügen.

»Das Shirt lasse ich umgehend von der KTU untersuchen«, sagte Uwe, »und dann knüpfe ich mir Klasić vor, bevor seine Anwälte auflaufen.«

Brandt trat zu ihnen, sah Vogelsang und Uwe erwartungsvoll an.

»Wir müssen uns morgen sofort zusammensetzen«, sagte sie.

Die beiden nickten nur, dann verabschiedete man sich voneinander. Vogelsang sah sich nach Rafik um, der immer noch im offenen Heck des Krankenwagens saß. Als sie zu ihm kam, stand er auf und zog seinen Autoschlüssel aus der Tasche.

»Lass mich fahren«, sagte sie.

Wortlos reichte er ihr den Schlüssel, dann gingen sie zu seinem Wagen.

»Willst du heim?«

»Nein, ich glaub nicht.«

»Okay.« Sie startete den Motor. »Dann machen wir noch einen kleinen Ausflug.«

Der Garten war in keinem besonders guten Zustand. Es war schon länger nicht mehr gemäht worden, die Beete mussten für den Winter vorbereitet, die Büsche geschnitten werden, und Vogelsang nahm sich vor, am Wochenende herzukommen und ein bisschen für Ordnung zu sorgen. Sie zog die Plane von den Stühlen und dem Tisch, legte Kissen drauf, fragte, ob Rafik auch ein Bier wolle.

»Ich hab auch Wasser oder Cola, falls du ...« Vogelsang hielt inne.

»Bier ist super.«

Sie stellte zwei Flaschen auf den Tisch, öffnete sie. Sie stießen an und tranken.

»Schon komisch, dass alle immer denken, ich wär religiös«, sagte Rafik mit einem schmalen Lächeln.

»Ja, sorry, ich ...« Vogelsang stockte, ärgerte sich über sich selbst, ihre dummen Vorurteile.

»Würde mir wahrscheinlich genauso gehen«, sagte er. »Ein paar meiner Freunde trinken auch wirklich keinen Alkohol, aber nicht, weil sie religiös sind, sondern weil es ihnen nicht schmeckt. Vielleicht ist auch einer von ihnen gläubig, keine Ahnung. Jedenfalls reden wir eigentlich nie über Religion.« Rafik streckte die Beine aus, hielt die Flasche in beiden Händen. »Schön ist es hier.«

»Der Garten gehört meinen Eltern«, sagte Vogelsang. »Als Kind war ich oft hier, vor allem in den Sommerferien.«

Sie schwiegen. Der Verkehr der nahen Bundesstraße rauschte sanft, in den Ästen des Apfelbaums zankten sich Vögel.

»Also, wenn du mit jemandem reden willst«, begann Vogelsang, »es gibt eine psychologische Beratung, ich kann dir die Nummer geben.«

»Ich glaube, es geht schon«, sagte Rafik, richtete sich auf. »Ich wusste irgendwie, dass er mir nichts tun würde. Ich glaube, er war selbst erstaunt darüber, was er da getan hat, also dass er plötzlich die Pistole in der Hand gehalten und sie auf mich gerichtet hat. Wir saßen uns in seinem Büro gegenüber, und er hat leise mit sich selbst geredet. Ab und zu hat er mich dabei angeschaut und schien jedes Mal zu erschrecken. Das Telefon hat geklingelt, aber er hat nicht abgenommen. Er saß nur da und redete leise vor sich hin, ich glaube, es war Kroatisch oder so, und dann stand er auf und sagte mir, er müsse aufs Klo, dann sind wir zu den Toiletten gegangen. Er hat gesagt, dass er es nicht war, dass Marc die Idee mit dem besetzten Haus hatte und dass Marc jetzt tot sei, wegen Ruth, wegen dem Fleisch, und dass er jetzt alles abkriegen würde, und dann hat er mich weggeschickt.«

»Also war der Milzbrand-Fall, den uns das Gesundheitsamt gemeldet hat, Marc Bretone?«

»Ja, scheint so.«

»Dann muss er infiziertes Fleisch gegessen haben, möglicherweise war es das Steak aus Roberts Video. Aber warum hatte

Klasić Altmanns Shirt bei sich und welche Idee soll das gewesen sein, mit dem besetzten Haus?«

Vogelsang seufzte.

»Vielleicht sollte es ja so aussehen, als hätten die Besetzer etwas mit Altmanns Tod zu tun«, sagte Rafik.

»Möglich, dass das jemand versucht hat«, sagte Vogelsang. »Aber ich glaube eher, dass da jemand in Panik geraten ist, nach Altmanns Tod.«

»Glaubst du, dass Klasić der Täter ist? Ist er deshalb so ausgerastet?«

»Vielleicht war er es. Oder er muss es jetzt ausbaden.«

»Und wer ist diese Ruth. Bretones Frau?«

»Ja, die hat laut Uwe eine Aussage gemacht zum Tod von Altmann. Keine Ahnung, wo wir da reingeraten sind.«

Der Alkohol legte sich warm und weich um Vogelsangs Gedanken, dimmte die Anstrengungen des Tages herunter. Vielleicht würde sie die Nacht einfach hier im Stuhl unter der Laube verbringen, die Vögel würden verstummen, hier und da noch eine Grille, das Rascheln eines Igels und dann Stille. Sie würde frieren, aber es wäre ihr egal. In der Hütte gab es Decken, hinten im Schuppen musste auch noch etwas Feuerholz sein. Eine Grille begann irgendwo in den Beeten zu zirpen, in der Ferne war ein Flugzeug zu hören. Sie schwiegen. Vogelsang fragte sich, wie sie an Rafiks Stelle reagiert hätte. Hätte sie geweint, geschrien, gebettelt? Oder wäre sie einfach starr vor Angst gewesen? Sie nahm einen großen Schluck und spülte den metallenen Geschmack in ihrem Mund damit herunter.

»Ich werde mal gehen«, sagte Rafik und stand auf, »danke für das Bier.«

»Du kannst dir die nächsten Tage freinehmen.«

»Ich muss morgen meine Aussage machen, da kann ich auch ins Büro kommen. Wir sind ja noch nicht fertig mit denen.«

»Nein, das stimmt.«

Vogelsang stand auf, und einen Moment lang sah es so aus, als würde Rafik einfach gehen. Aber dann drehte er sich ihr zu, und sie umarmten sich.

»Schlaf gut«, sagte Vogelsang.

»Du auch.«

»Und wenn du was brauchst, ruf mich an.«

Rafik nickte. Dann ging er den schmalen Weg vor ans Gartentor und war bald hinter der Hecke verschwunden.

Mika war noch wach, als Greta nach Hause kam. Sie hatte nach Rafiks Aufbruch noch etwas unter der Laube gesessen und nachgedacht; sie hatte gefroren, war aber nicht gegangen. Der Igel war zu hören gewesen, und einmal hatte sie ihn über den Rasen laufen sehen. Der Tag lag wie hinter einem Schleier, die ganzen letzten Tage verwischten in ihrer Erinnerung, und sie hatte sich gezwungen, nicht weiter über den seltsamen Fall und all die Verwicklungen nachzugrübeln.

Mika saß auf dem Sofa, der Fernseher lief, er schaute irgendwas auf seinem Smartphone nach, Marx und Engels lagen neben ihm. Als Greta ins Wohnzimmer trat, hoben alle drei den Kopf.

»Hey«, sagte Mika. »Alles in Ordnung bei dir? Du siehst fertig aus.«

»Ich bin fertig«, sagte sie, blieb im Raum stehen.

»War irgendwas?«

»Ach, nur das Übliche: Hausdurchsuchung, Geiselnahme eines Kollegen, SEK-Einsatz.«

»Was?« Mika stand auf, auch Engels sprang vom Sofa und streifte um Gretas Beine. »Seit wann bist du denn bei Durchsuchungen dabei?«

»Das gehört eben dazu.«

»Ich dachte, ihr macht alles vom Büro aus.«
»Manchmal muss ich halt auch mal raus, Handarbeit.«
»Und ... geht es dem Kollegen gut, was ist denn passiert?«
»Ja, es geht ihm gut. Einer ist durchgedreht. Aber zum Glück ist alles glimpflich ausgegangen.«

Und wie Mika vor ihr stand, ließ sich Greta gegen ihn fallen, und Mika legte seine Arme um sie. Er wiegte sie sanft hin und her und summte dabei nah an ihrem Ohr irgendeine Melodie, so, als würde er ein Kind in den Schlaf singen wollen, als würde er ihr sagen: Es ist alles in Ordnung, du bist jetzt in Sicherheit, es kann dir nichts mehr geschehen. Sie sah ihn an, legte ihm eine Hand auf die bärtige Wange.

»Schön, dass du bei mir bist«, sagte sie leise.

Tränen stiegen ihr in die Augen, sie wusste nicht, warum, eigentlich weinte sie nicht so oft. Aber jetzt gab sie es auf, die starke Greta zu sein, die Greta, die immer alles hinkriegte und sich durchboxte – jetzt ließ sie es einfach geschehen, legte ihren Kopf auf Mikas Schulter und weinte still, ab und zu fuhr ein Schauder durch ihren Körper.

»Sorry«, sagte sie schniefend und fuhr sich übers Gesicht, »jetzt bist du ganz nass.«

»Wollen wir duschen gehen?«

Das warme Wasser tat gut, löste die Verspannungen in ihrem Körper. Mika stand hinter ihr und wusch ihr die Haare. Sie hatte die Augen geschlossen und genoss die Berührung seiner Hände.

Später erzählte Mika Greta von seinem Tag im Fitnessstudio, es gab da immer wieder die seltsamsten Typen, und Mika schaffte es, sie so zu beschreiben, dass Greta jedes Mal zu lachen begann. Einem war heute die Hose gerissen, einem anderen hatten so sehr die Beine gezittert, dass er für Minuten nicht mehr in der Lage gewesen war zu gehen.

»Alle verrückt«, sagte Greta und küsste Mika.

»Ja, alle verrückt.«

Sie spürte Mikas warmen Atem in ihrem Nacken. Kleine, warme Schauer durchfuhren sie, dann schlief sie ein.

17

Ruth

Sie glaubte, ihn riechen zu können. Aber war er es wirklich? Oder bildete sie sich seinen Geruch nur ein? Sie stand im Schlafzimmer vor dem geöffneten Wandschrank und blickte auf die sorgfältig gebügelten und aufgehängten Hemden, auf die Sakkos; sie hatte sogar eine der Schubladen aufgezogen, in der seine Unterhosen nach Farbe geordnet lagen, ebenfalls sorgfältig gebügelt und gefaltet. Manchmal, wenn Marc schon etwas betrunken gewesen war, hatte er ihr mitten in der Nacht von der Sorgfalt und der Akkuratesse Elenas vorgeschwärmt, mit der sie seine Hemden, seine Shirts und Pullover, seine Unterhosen und Socken zusammenlegte und ordnete. Er traue sich dann kaum noch, die Sachen wieder aus dem Schrank zu holen und anzuziehen, weil er dann immer das Gefühl habe, ein Kunstwerk zu zerstören, eine Ordnung aufzulösen, die für ihn überlebenswichtig war, und weil sie nichts gesagt hatte, sondern nur leise aus ihren Sachen schlüpfte und dabei in ihrem Kopf das Wort *Akkuratesse* hin- und herdrehte wie einen exotischen Gegenstand, fragte er sie, ob sie denn überhaupt etwas von dem begreife, was er erzähle.

Sie trat einen Schritt zurück, ans Bett, auf dem der aufgeklappte Koffer mit ihren Sachen lag. Sie betrachtete einige Augenblicke lang die Hemden und BHs, die Hosen und ihren Kulturbeutel. Das würde für den Anfang reichen. Sie setzte sich neben den Koffer, leicht federnd gab die Matratze unter ihr nach, das Bett war erst gestern frisch bezogen worden und duftete schwach nach Limette. Sie sah durch die hohen Fenster hinaus in den Garten. Gestern Morgen, kurz nach dem Anruf, kurz nachdem sie aufgelegt hatte und ins Bad getaumelt war, hatte sie den Worten noch keinen Glauben geschenkt. Aber jetzt, nachdem sie einen Tag und eine Nacht nichts gegessen und kaum geschlafen hatte, nachdem sie mit dem Anwalt gesprochen und dann damit begonnen hatte, die Wohnung aufzuräumen, und das vage Gefühl zu einem festen Entschluss geworden war – jetzt gab es keinen Zweifel mehr: Sie würde gehen, für immer. Marc war tot. Er war an der Darmmilzbrand-Infektion verstorben, trotz aller Bemühungen der Ärzte. Der Chefarzt hatte sie angerufen, ihr sein Beileid ausgesprochen und ihr gesagt, sie könne ihren Mann am Vormittag noch einmal sehen, bevor er in die Pathologie gebracht werden würde. Aber sie würde nicht hingehen. Auch die weiteren Anrufe auf dem Festnetztelefon ignorierte sie.

Sie betrachtete wieder den Koffer, fragte sich, was sie für ein neues Leben alles brauchte, ob es nicht schierer Wahnsinn war, nur mit einem einzigen Koffer aufzubrechen. Nein, war es nicht. Sie war früher, vor ihrer Zeit mit Marc, mit weniger ausgekommen, hatte gar keine Wahl gehabt. Jetzt hatte sie eine Wahl und entschied sich für einen radikalen Neuanfang. Ihr Bankkonto, das Marc ihr vor Jahren eingerichtete hatte, war gut gefüllt, mit ihrem *Spielgeld*, wie er es immer genannt hatte, fast eine halbe Million Euro, sie hatte erst gestern Abend noch einmal den Kontostand gecheckt.

Sie stand auf und schloss den Koffer.

Kleine Bródka. Du warst immer stark, du warst ihnen immer einen Schritt voraus. Mit einem bitteren Lächeln musste sie an Ivo denken. Dieser Idiot. Sie hatte nicht damit gerechnet, dass er so schnell die Nerven verlieren würde, seine versuchte Geiselnahme in der Agentur machte die Sache für ihn nur noch schlimmer, aber umso besser für sie. Schon seit dem Vorfall auf der

Party mit dem Journalisten war Ivo dünnhäutiger, reizbarer gewesen. Sie wusste, dass auch er aus kleinen Verhältnissen kam, dass er sich hochgearbeitet, sich angebiedert und gebuckelt hatte, um dahin zu kommen, wohin er wollte; aber Ivo fehlte der Instinkt, die Weitsicht, die kühle Gelassenheit, wenn um ihn der Sturm losschlug. Das Blut von Altmann klebte an seinen Fingern, und er würde sich nicht damit rausreden können, dass es Marc gewesen war, der die Überwachung des Journalisten angeordnet hatte – Ivo und seine Leute waren an dem Abend bei Altmann gewesen, Ivo musste zugesehen haben, wie er starb. Genau wusste sie nicht, was in dieser besagten Nacht passiert war, als sie Marc im Büro so hektisch telefonieren hörte, aber ihr war schnell klar geworden, dass bei der Beschattung des Journalisten etwas schiefgelaufen war, dass Ivos Leute die Nerven verloren hatten und schlussendlich auch er selbst.

Bevor sie das Zimmer verließ, ging sie hinüber zum Wandschrank, zog eine der Türen auf, holte den kleinen Kinderkoffer heraus. Sie legte ihn aufs Bett und öffnete ihn. Es war alles noch da, der Strampler, die Mütze, der Teddybär, der sie immer so milde anlächelte, als wollte er sagen: Ich verstehe dich, ich werde bei dir sein, egal wohin du gehst. Sie nahm das Stofftier in die Hand und drückte es leicht, strich über die Kleidung. Marc hatte den Namen seiner Tochter nie wieder erwähnt, hatte so getan, als hätte es sie nie gegeben, und sich stattdessen wie ein Wahnsinniger in seine Arbeit gestürzt, um die Agentur noch größer und profitabler zu machen. Das bereits eingerichtete Kinderzimmer hatte er ohne Absprache mit ihr ausräumen und weiß streichen lassen, nichts sollte ihn mehr an seine tote Tochter erinnern, nichts sollte zurückbleiben von ihr. Ruth war nur der kleine Koffer geblieben, den sie vor Marc die ganze Zeit über geheim gehalten hatte.

Ihre Tochter würde mit ihr kommen, ganz egal wohin sie ginge. Sie war die ganze Zeit über bei ihr gewesen.

Sie trug die beiden Koffer hinunter und ging in die Küche, schenkte sich ein Glas Wasser ein und trank es mit zwei großen Schlucken aus. Sie fühlte sich nicht betäubt, sie zitterte nicht, sie spürte keine Freude, nur eine Art Erleichterung, so, als habe sie nach ewig langer Zeit endlich zur Toilette gekonnt. Sie musste schmunzeln bei diesem etwas bescheuerten Gedanken. Als habe sie während ihrer ganzen Zeit mit Marc nicht einmal in Ruhe pinkeln können!

Im Wohnzimmer betrachtete sie die zwei gerahmten Fotos, die Marc und Ivo in Afrika zeigten, beide in Jagdausrüstung mit zwei erschossenen Krokodilen, auf einem anderen rauchten sie Zigarren, im Hintergrund waren mehrere bunte Vögel zu sehen. Marc hatte geglaubt, sie bekomme nicht mit, was auf diesen Reisen wirklich passierte. *Sie hätten dir vertrauen müssen. Dann hätten alle gewonnen. Jetzt bist nur noch du übrig.*

Das Haus lag still da, still, verlassen und sauber. Sie hatte keine genauen Pläne, wohin sie fahren würde, erst einmal in den Süden, so weit, bis sie die Berge sehen konnte. Den Garten würde sie vermissen, es war das Einzige, bei dem ihr Marc nie reingeredet, bei dem sie freie Hand gehabt hatte, und sie war der Meinung, dass sie es sehr gut hinbekommen hatte. Sie öffnete den Kühlschrank und packte ein paar Sachen in einen Beutel, zwei Coladosen, eine Tafel Schokolade, um den Rest sollte sich Elena kümmern.

Marc war tot. Er würde nicht mehr zurückkommen. Sie würde ihn nie wiedersehen, ihn nie wieder riechen, nie wieder schmecken, seine Stimme nie wieder hören.

Sie ging noch einmal ins Bad, richtete sich die Haare, zupfte ein paar Flusen von ihrem Hemd. Der Morgen war regnerisch. Kurz überlegte sie, nach München zu fahren, aber das lag ihr zu weit östlich, dann besser Genf oder Zürich, von dort aus konnte sie dann am nächsten Tag weiter nach Italien oder nach Frankreich. *Keine Rücksicht mehr, kein Lächeln mehr, es ist dein Leben, Ruth Bródka.*

Sie sah sich ein letztes Mal um, dann verließ sie das Haus und verstaute die beiden Koffer im Cayenne. Sie wusste, dass später die beiden Gärtner vorbeikommen würden, auch Elena wäre im Haus, sodass alles ganz normal wirken würde, die beiden Besitzer mal wieder verreist, nicht ungewöhnlich.

Sie nahm hinter dem Lenkrad Platz, die Elektronik leuchtete vor ihr auf. Sie tippte »Genf« in die Eingabemaske des Navis und ließ sich die Strecke berechnen; sie war in den letzten Jahren ein paarmal dort gewesen, allein, im Hotel Le Richemond, direkt am See. Sie kannte die Strecke gut, liebte die Fahrt auf die Alpen zu, entlang des Genfer Sees. Sie drückte auf »Route starten« und ließ den Motor an. Langsam rollte sie die Einfahrt hinunter, das Tor öffnete sich, sie sah zu den erst vor einigen Monaten frisch gepflanzten Stauden, die jetzt in sattem Grün zu leuchten schienen. Sie ließ das Fenster einen Spalt herunter, bog aus der Einfahrt auf die Straße und gab Gas. Sie fühlte sich gut und ausgeschlafen und war voller Vorfreude auf das Hotel und den See. Sie würde am Abend mit ihrer Mutter telefonieren und ihr wie immer ein paar Fotos schicken.

Sie bog auf die Frankfurter Straße, und als sie das Ortsschild passiert hatte, beschleunigte sie auf fast einhundert Stundenkilometer. Die Straße war frei, die Sonne brach durch die Wolken.

18

Gerade als Uwe den Dienstwagen von der A 66 auf die Bundesstraße lenkte, begann es wieder leicht zu regnen. Vogelsang sah aus dem Fenster auf die kahlen Felder. Noch vor ein paar Tagen mussten hier die Maisstauden gestanden haben, hoch und dicht, nun waren nur noch die braunen Stummel übrig. Der Regen wurde stärker und Uwe schaltete die Scheibenwischer ein. Er erzählte knapp von der ersten Vernehmung von Ivo Klasić am gestrigen Abend, die aber nichts ergeben hatte; Klasić hatte den Mund nicht aufgemacht und würde es wahrscheinlich auch nur in Anwesenheit seiner Anwälte tun. Vogelsang nickte, sie hatte nichts anderes erwartet. Seitdem schwiegen sie, Uwe schien müde oder in Gedanken versunken oder beides, und auch Vogelsang war nicht gerade nach Reden zumute.

Sie waren auf dem Weg nach Kronberg. Nach einer kurzen, internen Abstimmung hielten es sowohl Vogelsang als auch Brandt für notwendig, Ruth Bretone weiter in die Ermittlungen einzubeziehen und sie zu den Geschehnissen rund um die Agentur, der Geiselnahme und dem Tod ihres Mannes zu befragen. Da sie aber auf Anrufe unter der Festnetznummer nicht reagiert hatte, hatte Vogelsang vorgeschlagen, direkt nach Kronberg zu fahren, und Uwe hatte angeboten, sie zu begleiten. Vogelsang war sich sicher, dass Ruth Bretone etwas über die Machenschaften von High Hopes wissen musste, schließlich war sie laut Firmen-Website für das Marketing zuständig gewesen. Auch war sie auf den Videos, die Altmann von der Party gemacht hatte, und sie würde eventuell sogar als Zeugin im Prozess gegen Ivo Klasić vorgeladen werden, um ihre Aussage zu bestätigen.

Vogelsang war schon ein paarmal mit Mika in der Gegend gewesen, auf ihren Touren durch den Taunus kamen sie regelmäßig durch Kronberg, aber an diesem regnerischen Morgen wirkten die Häuser abweisend, die Gärten waren verwaist. Uwe ließ den Wagen langsam durch die Straßen rollen, dann hatten sie die Adresse erreicht, Uwe parkte und sie sahen beide zu dem Haus, das fast vollständig von grünen kugeligen Bäumen verdeckt wurde.

»Hier würde es mir auch gefallen«, sagte Uwe.

»Wem nicht?«

»Von wie viel Millionen sprechen wir hier, was glaubst du?«

»Du meinst das Haus?« Vogelsang drehte sich Uwe zu. »Keine Ahnung, vier, fünf Millionen würde ich sagen. Mindestens.«

»Also genau das Richtige für uns!« Uwe grinste.

Er wollte gerade aussteigen, aber Vogelsang legte ihm eine Hand auf den Arm.

»Ich würde gern erst mal allein mit ihr sprechen«, sagte sie, »bevor die Kavallerie anrückt.«

Uwe ließ sich wieder in den Sitz sinken.

»Von mir aus.«

»Ist nichts Persönliches, Uwe, das weißt du. Aber ich glaube, so haben wir bessere Chancen.«

»Ist gut, ich warte hier.« Er schaltete das Radio ein und Vogelsang stieg aus. Der Regen hatte wieder nachgelassen.

Sie überquerte die Straße und stand vor einem schwarzen gusseisernen Tor, dahinter lag eine gekieste Auffahrt, ein Wagen war aber nicht zu sehen. Auf dem Klingelschild stand nur »M.B« und darunter »R.B«. Sie drückte auf den Knopf, blickte in die schwarze Linse einer Kamera, die über der Klingelanlage angebracht worden war. Nichts regte sich. Sie versuchte es noch einmal. Dann war plötzlich ein Rauschen zu hören, eine Stimme.

»Hallo?«

»Hallo. Hier ist Greta Vogelsang von der Staatsanwaltschaft Frankfurt. Spreche ich mit Ruth Bretone?«

»Frau Bretone ist nicht da.«

»Und wer sind Sie?«

»Ich mache sauber.«

»Kann ich kurz hereinkommen?«

Sekunden später summte es und das Tor fuhr langsam auf. Sie ging die Einfahrt hinauf und warf einen Blick auf das beeindruckende Anwesen. Es gab Giebel und Fachwerk, das Dach war mit dunklen Schindeln gedeckt, die feucht glänzten, die Wände waren weiß und blendeten fast. Gerade wurde die Haustür geöffnet und eine schmale Frau ganz in Schwarz schlüpfte heraus. Sie lächelte schmal, zog sich einen Putzhandschuh aus und strich sich eine Strähne hinters Ohr.

»Hallo, Vogelsang.« Sie reichte der Frau die Hand, die sie nur zögerlich ergriff. »Wissen Sie, wann Frau Bretone wiederkommt?«

»Nein.«

»Wann ist sie weggefahren?«

»Ich weiß nicht. Als ich kam, war sie schon weg.«

»Sie arbeiten hier schon lange?«

»Ja, ein paar Jahre. Ich habe einen Schlüssel. Oft sind sie im Urlaub.«

»Sie wissen, was mit Marc Bretone passiert ist, dass er tot ist?«

Die Frau sah sie einige Augenblicke irritiert an, dann schüttelte sie den Kopf.

»Ich dachte, sie wären wieder verreist.«

»Es ist sehr wichtig, dass wir mit Frau Bretone sprechen können. Haben Sie Ihre Handynummer? Können Sie sie mir aufschreiben?«

Die Frau nickte und verschwand, erschien kurz darauf mit einem Zettel wieder, auf den sie hastig eine Nummer geschrieben hatte. Vogelsang reichte ihr ihre Visitenkarte.

»Danke. Und melden Sie sich bitte, falls Sie etwas von Frau Bretone hören.«

Auf dem Weg zurück zum Wagen, noch bevor sie das Grundstück verließ, folgte sie für ein paar Meter einem schmalen Weg, weg von der Einfahrt, und blickte am Haus vorbei in den Garten. Er musste riesig sein. Weiße Steinplatten führten weiter ins Grün, die üppigen Büsche und kleinen Bäume waren akkurat beschnitten. Dieses Haus, der Garten, ein einziger Traum? Vogelsang warf einen Blick auf die Mobilfunknummer. Damit würden sie Ruth Bretone aufspüren können.

Sie drehte sich um, verließ das Grundstück und setzte sich wieder zu Uwe auf den Beifahrersitz. Der sah sie erwartungsvoll an.

»Es war nur die Haushaltshilfe da«, sagte sie und lehnte den Kopf gegen die Nackenstütze. »Ruth Bretone ist weg, vielleicht verreist.«

»Ihr Mann ist gerade gestorben und sie verreist?«

Vogelsang zuckte nur mit den Schultern.

»Vielleicht ist nicht alles so, wie es scheint«, sagte sie dann. »Der ganze Reichtum, dieses Haus, der Garten, wer weiß, was sich da abgespielt hat.«

»Na ja, einfach so verschwinden kann sie ja nicht. Wenn sie in ein Flugzeug steigt oder telefoniert, kriegen wir es raus.«

»Vorausgesetzt wir haben ihre Daten.«

Vogelsang sah hinüber zum Haus. Uwe startete den Wagen. Und als er aus der Parklücke ausscherte, zerknüllte Vogelsang in ihrer Tasche den kleinen Zettel mit der Telefonnummer.

Das Hafis war um die Mittagszeit wie immer gut besucht. Amon besorgte Vogelsang einen kleinen Zweiertisch hinten im Restaurant, brachte Tee und eine Cola. Er setzte sich zu ihr, fragte, wie es ihr gehe, Vogelsang umfasste das Teeglas.

»Auf und ab, hin und her, weißt ja, wie es ist«, sagte sie. »Und bei dir? Das Geschäft läuft gut, oder?«

Amon lächelte.

»Kann mich nicht beklagen. Wir haben demnächst Eröffnung im Bahnhofsviertel.«

»Klingt gut.«

»Kommst du?«

»Ich werde es versuchen.«

Ein Mitarbeiter brachte Vogelsang das Essen, Auberginen in Tomatensoße, dazu Brot und Hummus.

»Lass es dir schmecken«, sagte Amon und stand auf. »Weißt du, ich war nie besonders gläubig, nicht wie mein Vater oder mein Bruder. Aber trotzdem glaube ich an eine Kraft, an eine Kraft um uns. An diese Energie. Meine Familie war arm, mein Vater hat auf der Baustelle gearbeitet und meine Mutter hat genäht. Sie hatten nie viel. Letztes Jahr waren wir alle zum ersten Mal im Urlaub, in Ägypten. Und weißt du, meine Mutter hat an den ersten beiden Tagen noch kochen wollen, aber dann hat sie es genossen. Ich bin dankbar für das, was sie für uns Kinder getan haben, und ich bin dankbar für das Glück, das ich haben durfte.«

Schweigend stand er am Tisch, sah zum Flachbildschirm, dann wieder zu Vogelsang.

»Ich werde kommen, zur Eröffnung«, sagte Vogelsang.

»Und bring deine Freunde mit.«

Amon verschwand mit einem Lächeln, und während Vogelsang aß, fragte sie sich, warum sie die ganze Zeit so einen Zirkus um sich und ihre Arbeit gemacht hatte, warum sie diese Zweifel packten, immer wieder, der Wunsch, alles hinzuschmeißen. Sie sollte es viel mehr wie Amon sehen, sich mehr auf die guten Dinge konzentrieren, die sie umgaben, nicht versuchen davonzulaufen. Nein, es gab eigentlich keinen Grund, sich in ein Schneckenhaus zurückzuziehen in der Hoffnung, alles da draußen würde sie dann nichts mehr angehen.

Sie wischte sich mit der Serviette über den Mund, trank die Cola leer. Pankratz rief an. Sie richtete sich auf, nahm ab.

»Ich glaube, wir haben ihn«, sagte er.

»Richard?«

»Ja. Die Daten ergeben ein eindeutiges Muster. Kannst du vorbeikommen?«

»Ich habe gleich noch ein Treffen mit Zöllner. Danach komme ich.«

»Alles klar.«

Richard Wassermann-Schlotz. Sie hatte ihn schon fast vergessen. Aber er gehörte nun mal auch zu ihrer Wirklichkeit, zu ihrem Leben, seine Gier, seine irrlichternde Suche nach Anerkennung, genauso wie der ganze schwerfällige Apparat mit seinen Schlupflöchern und schattigen Ecken. Sie stand auf und bezahlte vorn an der Theke. Amon drückte ihr einen der Flyer in die Hand und wünschte ihr noch einen schönen Tag.

»Dir auch, mein Lieber«, sagte Vogelsang, als sie schon fast auf der Straße stand.

Thomas Zöllner stand an einem der Fenster des kleinen Besprechungsraums, sah hinunter in den Innenhof und aß Chips. Als Vogelsang neben ihn trat, hielt er ihr die Packung hin, sie schüttelte nur den Kopf. Ein paar Krümel hingen an Zöllners Hemd, und sie musste den Impuls unterdrücken, sie ihm wegzuwischen. Zöllner sah sie an und lächelte.

»Das wird ein ganz schönes Chaos«, sagte er.

»Was meinst du?«

»Der Umzug nach Niederrad. Ihr seid ja fein raus drüben, aber hier wird es echt zur Sache gehen. Ich meine, niemand will weg und alle fragen sich, warum gerade Niederrad.«

»Weil da Platz ist. Mit der S-Bahn bist du in zehn Minuten an der Konsti.«

»Wenn die Bahnen dann mal fahren.«

»Willst du lieber warten, bis hier alles zusammenfällt? In ein paar Jahren habt ihr schicke Büros mit Klimaanlage.«

Brandt und Uwe betraten den Raum, und alle setzten sich. Zöllner dankte ihnen für das kurzfristige Zusammenkommen. Nach dem Vorfall in der Agentur wolle er die Informationen im Fall Altmann bündeln, den aktuellen Stand evaluieren und schauen, wie es weitergehen könne.

»Die Anwälte der Gegenseite, von dieser Agentur, machen ziemlich Druck«, sagte er. »Wegen der Verhaftung und der Durchsuchung.«

»Ivo Klasić ist nicht besonders mitteilsam«, sagte Uwe. »Nach der Festnahme hat er gesagt, dass Marc Bretone für alles verantwortlich sein soll, dass Bretone die Überwachung von Altmann wollte. Seitdem hat Klasić nichts mehr gesagt. Ich werde ihn später erneut vernehmen, wenn seine Anwälte da sind, aber ich glaube, da werden wir nur Floskeln zu hören bekommen.«

»Es ist im Moment ein ziemliches Durcheinander«, schaltete sich jetzt Brandt ein. »Ruth Bretone beschuldigt Ivo Klasić, der wiederum schiebt alles auf Marc Bretone. Aber für keine der Anschuldigungen gibt es konkrete Beweise. Im Moment warte ich auf erste Ergebnisse aus der KTU, was das Shirt angeht, das wir bei Klasić im Büro gefunden haben. Aber unabhängig davon bereite ich eine Anklage wegen erpresserischem Menschenraub gegen Klasić vor, Rafik Atashi hat heute Morgen schon seine

Aussage dazu gemacht. Und wir behalten Klasić weiter in U-Haft, es besteht erhebliche Fluchtgefahr.«

Zöllner nickte, sah Vogelsang an.

»Was ist mit diesem Marc Bretone, er soll tot sein?«, fragte er.

»Ja, er ist im Krankenhaus an einer Milzbrandinfektion verstorben, Genaueres wissen wir nicht«, sagte Vogelsang. »Ich gehe aber davon aus, dass er sich durch infiziertes Wildfleisch damit angesteckt hat.«

»Milzbrand? Das ist doch eher selten, oder? War da nicht mal was in den USA?«

»Ja, nach dem elften September gab es Anschläge mit Milzbranderregern«, sagte Uwe. »Aber wie Greta schon sagte: Bretone hat es sich wahrscheinlich beim Verzehr von Fleisch geholt.«

»Von Altmanns Recherchen wissen wir, dass auf Bretones Geburtstagsparty in Kronberg Bushmeat gegessen wurde«, sagte Vogelsang. »Und bei der Durchsuchung der Firma La Boca haben wir Bushmeat sichergestellt, das wurde durch ein Labor bestätigt.«

»Und was ist mit dieser Ruth Bretone?«, fragte Zöllner. »Hat sie was mit der Sache zu tun?«

»Schwer zu sagen im Moment.« Vogelsang blickte zu Uwe, zu Brandt. »Wir kennen ihre Motive nicht, aber da muss es etwas geben, weshalb sie sich plötzlich dazu entschlossen hat, Klasić zu beschuldigen. Das betrifft ja nicht nur ihn, sondern fällt auch auf die Agentur zurück. Uwe und ich waren heute Morgen in Kronberg bei der Villa, aber Ruth Bretone war nicht da.«

»Dann laden wir sie noch mal offiziell vor«, sagte Brandt.

»Gut, für eine Verurteilung von Klasić sollte das auf jeden Fall reichen«, sagte Zöllner. »Und was wissen wir jetzt genau über die Arbeit von Altmann, über dieses Bushmeat?«

»Wir müssen noch die Auswertung der Agentur-Durchsuchung abwarten«, sagte Vogelsang. »Es gibt Verbindungen der Catering-Firma aus dem Gallus, bei der wir Wildfleisch sichergestellt haben, zur Agentur High Hopes, beide gehören einer Holding in Luxemburg.«

»Ich habe mich mal etwas umgehört, was diese Agentur angeht«, sagte Uwe. »Außerdem deuten die ersten Ergebnisse der Durchsuchung in eine ähnliche Richtung: Also, High Hopes fährt, ich würde mal sagen, mindestens zweigleisig: Auf der einen Seite treten sie als seriöser Veranstalter von Nullachtfünfzehn-Events auf, Firmenfeiern, Galas, alles nicht weiter aufregend. Auf der anderen Seite gibt es dann aber anscheinend noch einen Geschäftsbereich, um den sich vornehmlich Klasić gekümmert hat. Exklusive Partys. Und ich meine da nicht die Stripperin, die aus der Torte springt, sondern wirklich krasses Zeug. Orgien, Raubkatzen in Käfigen, tanzende Bären, Drogen aller Art, vergoldete Steaks. Wenn Geld keine Rolle spielt, besorgen die dir fast alles, selbst irgendwelche Präsidenten oder abgehalfterte Prinzen.«

Zöllner atmete tief ein und wieder aus. Vogelsang sah ihn an, und plötzlich wurde ihr etwas klar.

»Du wusstest davon?«

Schweigen. Zöllner starrte vor sich auf die Tischplatte.

»Ich habe gewisse Gerüchte gehört, ja«, sagte er.

»Warst du denn bei einer dieser Partys mal dabei?«

»Nein, war ich nicht.«

»Und warum informierst du uns nicht darüber?«

»Diese Orgien, das sind doch nur Gerüchte, da haben die Marketing-Leute der Agentur einen guten Job gemacht. Das kann ich doch nicht ernsthaft in die Ermittlung einbringen, das wäre unseriös.«

»Du hättest es ja nicht offiziell machen müssen, und ich hätte es erst mal nicht in die Akte aufgenommen«, sagte Vogelsang.

Zöllner zuckte nur mit den Schultern.

»Konzentrieren wir uns jetzt auf Klasić«, sagte er und stand auf. »Die Anklage muss wasserdicht sein. Will jemand Chips?«

Vogelsang warf Uwe einen Blick zu. Was passierte hier gerade?

»Ich gebe Greta recht«, sagte Uwe. »Du hättest uns viel früher informieren müssen.«

»Stehe ich hier jetzt unter Anklage?« Zöllner warf die Chipstüte zurück auf den Tisch und sah in die Runde. »Ich bin doch gar nicht direkt in eure Ermittlungen eingebunden, woher soll ich denn wissen, dass diese Gerüchte plötzlich eine Rolle spielen?«

»Wusstest du denn, dass Wassermann-Schlotz in diesen exklusiven Kreisen verkehrt?« Vogelsang nahm Zöllner fest in den Blick.

»Was meinst du?« Zöllner setzte sich wieder, verschränkte die Arme vor der Brust.

»Ich habe ihn auf einem Video aus Kronberg erkannt. Er war bei Bretones Party.«

»Das ist doch Richards Sache.«

»Findest du das nicht ein bisschen seltsam? Dass er auf einer Party von diesem Bretone auftaucht und kurz darauf ist Robert Altmann tot, der nachweislich auch dort war? Richard kannte Altmann von früher.«

»Was Richard in seiner Freizeit macht, ist doch sein Ding. Und außerdem spielt das für unseren Fall doch überhaupt keine Rolle.«

Zöllner warf Vogelsang einen vielsagenden Blick zu, den sie sofort verstand. Vogelsang sah auf den Tisch, sammelte sich kurz, dann sah sie in die Runde.

»Okay, du hast recht, lass uns beim Fall bleiben.«

Zöllner nickte, fast erleichtert. Und Vogelsang kapierte, dass sie es diesmal beinahe übertrieben hatte, dass ihre Wut, ihr unbedingter Wille, den Fall aufzuklären, zu einem folgenschwerer Fehler hätte führen können, hätte sie hier in großer Runde plötzlich die internen Ermittlungen gegen Wassermann-Schlotz ausgeplaudert. Schlimm genug, dass sie ihn überhaupt erwähnt hatte.

»Wir kümmern uns weiter um Klasić und seine Aussage«, sagte Brandt. »Und du, Greta, gehst der Sache mit dem Wildfleisch weiter nach.«

Vogelsang versuchte in den Gesichtern von Uwe und Brandt zu lesen. Ahnten sie etwas? Aber da weder Uwe noch Brandt weiter auf die Sache mit Wassermann-Schlotz eingingen, taten sie es höchstwahrscheinlich nicht.

»Dann sind wir hier fertig, oder?« Zöllner stand auf, ohne eine Antwort abzuwarten. »Ich muss leider in einen nächsten Termin. Danke für euer Kommen und haltet mich bitte auf dem Laufenden.«

Er sah noch einmal zu Vogelsang, lächelte schmal, dann verließ er den Raum.

»Damit ist wohl alles gesagt.« Vogelsang stand ebenfalls auf und schob ihren Stuhl mit etwas zu viel Wucht zurück an den Tisch, sodass es einen ordentlichen Schlag tat und Brandt zusammenzuckte.

»Sorry«, sagte sie.

Alexander Pankratz saß bereits am Tisch, hatte einen zweiten Stuhl herangerückt, Wasser eingeschenkt und vor sich einen Stapel Papiere ausgebreitet. Neben ihm stand ein alter Laptop. Vogelsang setzte sich, Pankratz kam ohne Einleitung sofort zum Thema.

»Wir haben hier die gesammelten Geodaten von seinem Telefon, also die Funkzellen, in die sein Handy eingeloggt war, und daneben die entsprechende Uhrzeit. Da müssen wir jetzt schauen, wo er war, also die Geodaten in einen Ort umwandeln. Und hier, in diesem Tabellenblatt, sind die Kontobewegungen mit dem Ort des Bankautomaten, Datum und Uhrzeit. Das müssen wir jetzt miteinander abgleichen, also Standorte und Konto.«

Pankratz rief auf dem Laptop eine Tabelle auf, kopierte eine Zeile mit Geodaten heraus und fügte sie ins Suchfenster der Onlinekarte ein. Der kleine rote Pfeil sprang zu einer Adresse im Westend.

»Da war er zum Beispiel zu Hause«, sagte Pankratz. »Und hier hat er Geld geholt, da stimmen die Handydaten mit dem Standort des Bankautomaten überein. Das meiste bin ich schon durchgegangen, jetzt machen wir den Rest. Am besten, wir arbeiten uns von zwei Seiten vor, du vom Anfang, ich vom Ende der Tabelle.« Er reichte ihr einige Papiere. »Und wenn wir Überschneidungen von den Handydaten mit dem Standort der Bank finden, markieren wir das direkt in der Tabelle, also da auf dem Papier. Ich übertrage das später dann wieder.«

Pankratz verschwand hinter seinem Computermonitor, Vogelsang rückte sich den Laptop zurecht. Tabelle aufrufen, Zeile kopieren, Zeile einfügen, Standort checken, Zeile als bearbeitet markieren. So ging sie die Zahlen nach und nach durch, sah bald nur noch Nummern, Wassermann-Schlotz löste sich in den Geodaten auf, Einsen und Nullen, ein namenloser Datensatz. Die meisten Daten verorteten ihn entweder im Gebäude der Staatsanwaltschaft an der Konstablerwache oder bei sich zu Hause im Westend. Manchmal gab es Punkte auf der Zeil oder in einem Supermarkt im Westend, ein paar waren unten am Main, wo er wahrscheinlich spazieren ging. Es war seltsam und reizvoll zugleich, Wassermann-Schlotz so zu verfolgen, sie musste darauf achten, dass ihre Fantasie nicht mit ihr durchging, wenn sie sich fragte, was er dort am Main oder auf der Zeil gemacht haben könnte.

Dann sprang der Pin auf ein Hotel in der Nähe der Taunusanlage.

»Was macht er in einem Hotel?«, sagte sie, ohne vom Bildschirm aufzusehen.

Pankratz kam zu ihr, beugte sich herunter.

»Vielleicht ein Treffpunkt mit seinem Kumpel Demand.«

»Er war da anscheinend die ganze Nacht.«

»Damenbesuch.«

»Ines Bauer? Ich dachte, da wäre Schluss.«

»Von der TKÜ wissen wir, dass Richard mit Frank Demand telefoniert hat«, sagte Pankratz. »Es ging um Geld, und es kam zum Streit zwischen den beiden. Auch mit Ines B. hatte er noch mal Kontakt.«

»Ahnt er etwas?«

»Ich weiß nicht. Aber er scheint nervös, wird unvorsichtig. Wir sollten uns in jedem Fall beeilen.«

Pankratz ging wieder hinter seinen Schreibtisch und setzte sich.

Zwei Datensätze später hatte Vogelsang das erste Mal einen Bankautomaten an der Alten Oper. Sie informierte Pankratz, markierte die Spalte. Kurz darauf folgte derselbe Ort noch einmal. Vogelsang rieb sich die Augen. Draußen wurde es bereits dunkel, Pankratz machte die Deckenleuchten an und ein kühles weißes Licht erhellte den Raum. Zwischendurch gingen sie einmal nach unten. Pankratz rauchte eine Zigarette, er tue dies nur manchmal, sagte er, er habe das Gefühl, er könne sich dann besser konzentrieren. Vogelsang fröstelte. Sie schrieb Mika eine Nachricht, dass es spät werden würde, gähnte einmal ausgiebig und streckte beide Arme in die Luft, als wolle sie sich an einer unsichtbaren Stange hinaufziehen.

Um kurz vor zehn waren sie fast fertig.

Pankratz stand auf, kam zu ihr und setzte sich.

»Ich glaube, wir haben ihn«, sagte er und rieb sich die Augen. »Das reicht für einen Haftbefehl. Willst du bei der Verhaftung dabei sein?«

»Nein, ich glaube nicht.«

Pankratz nickte.

»Danke für die gute Zusammenarbeit«, sagte er und schlüpfte in seine Jacke. Er schob den Laptop in seine Tasche, schaltete das Licht aus, und für Augenblicke befanden sie sich in einem Raum jenseits dieses Büros, dieses Gebäudes, dieser Stadt, schwerelos und einsam.

19

Das Licht sprenkelte das Laub der Buchen und Eichen, fiel auf den feuchten Waldboden. Die ersten Blätter begannen sich einzufärben, es war kühl an diesem Morgen, aber sonnig. Auf dem kleinen Platz unter den Bäumen hatten sich zahlreiche Menschen eingefunden, einige saßen auf den Bänken, andere standen, alle sahen zu dem mit frischen Farnen geschmückten Holzpflock, auf dem die schwarze Urne stand. Vogelsang war von Erika mit einer Umarmung begrüßt worden, sie erkannte auch andere Gesichter, einige Leute aus dem geräumten Haus in Rödelheim, einige, die sie von früher zu kennen glaubte, die sie aber nicht ansprach. Rakete entdeckte sie nicht.

Der Trauerwald lag in Oberrad, direkt angrenzend an den Stadtwald. Hier sollte die Urne mit Roberts Asche unter einem der Bäume beigesetzt werden. Erika hatte eine kleine Rede vorbereitet, sie hielt sie frei und ihre Worte waren voller Zuneigung für Robert, der immer nur das Gute gewollt habe, der so voller Tatendrang und Enthusiasmus gewesen sei, dass es manchmal selbst ihr, Erika, zu viel wurde; der nie habe stillhalten können, weil ihn das Leid der Welt so sehr verletzt und geschmerzt habe, denn irgendeiner müsse ja etwas machen, irgendeiner müsse sich mit dem ganzen Mist auseinandersetzen. Die Leute nickten, einige lächelten wissend.

Vogelsang stand am Rand der Gruppe, hörte Erikas Worte, und eine wohltuende Ruhe breitete sich in ihr aus; der Wind bewegte die Baumkronen, ließ hier und da ein Blatt zu Boden fallen. Nach Erikas Rede nahm einer der beiden Friedhofsmitarbeiter die Urne und ging den schmalen Weg voran, tiefer in den Wald hinein, die anderen folgten ihm schweigend. Auf einer kleinen Lichtung, zwischen zwei Buchen, war ein Loch ausgehoben; darin versank jetzt die Urne. Es gab kein Gebet, nichts dergleichen, dafür war Robert zu sehr Atheist gewesen. Man schwieg, während das Loch wieder mit Erde gefüllt wurde.

Vogelsang erkannte jetzt hinter Erika Rakete. Er hatte sich die schwarze Kapuze seines Hoodies über den Kopf gezogen, blickte starr zum kleinen Grab. Einmal hob er den Blick und sah zu ihr, zuckte zusammen und ging ein paar Schritte zur Seite. Sie war ganz ruhig. Sie hatte das Gefühl, dass es für Robert genau der richtige Ort war, hier zwischen den hoch aufschießenden Buchen und Eichen.

Die Gruppe zerstreute sich langsam. Vogelsang suchte nach Rakete, wollte kurz mit ihm sprechen, aber er war schon wieder verschwunden. Stattdessen fing Erika sie ab.

»Schöne Rede«, sagte Vogelsang. »Und ein schöner Ort für Robert.«

»Ja, hierher wollte er«, sagte sie.

»Ihr habt darüber gesprochen?«

»Ja, oft. Wir waren hier ein paarmal spazieren, und für Robert war klar, dass er einmal unter einem dieser Bäume zur Ruhe kommen wollte.«

Sie gingen ein paar Schritte Richtung Parkplatz. Dann blieb Erika wieder stehen, sah sie an.

»Willst du nicht mitkommen? Wir treffen uns bei mir auf einen Kaffee.«

»Ich muss arbeiten, habe gleich noch einen Termin«, sagte Vogelsang

»Gibt es denn was Neues, also, einen Verdächtigen?«

»Es gab eine Verhaftung, ja, und möglicherweise besteht da

ein Zusammenhang mit Robert. Wir werden die Vernehmungen abwarten müssen.«

»Das ist so furchtbar«, sagte Erika, »ich meine, da bringen sie Robert einfach um, nur weil er ein paar Artikel geschrieben hat. Ich verstehe die Menschen immer weniger, das ist doch alles so sinnlos, so zerstörerisch. Wie wollen wir denn unseren Planeten schützen, wenn da so ein Hass und so eine Zerstörungswut ist?« Erika hielt kurz inne, machte dann einen Schritt auf Vogelsang zu. »Aber schön, dass du dabei warst. Ich hoffe, wir sehen uns bald wieder.«

»Ja, lass uns in Kontakt bleiben.«

Jetzt umarmte Erika Vogelsang, und diesmal war es herzlich, ohne jegliche Zurückhaltung.

»Ich halte dich auf dem Laufenden, wenn du willst.«

Erika nickte, strich Vogelsang noch einmal über den Arm, dann drehte sie sich um und war bald zwischen den Bäumen verschwunden.

Vogelsang blieb noch. Sie ging den kurzen Weg zurück zu Roberts Grab, stand eine Weile vor der aufgeworfenen Erde, dem kleinen Schild, und versuchte sich den Robert vor zwanzig Jahren in Erinnerung zu rufen. Groß gewachsen, bärtig, mit stechend blauen Augen. Für Robert war die Welt klar aufgeteilt, dort die korrupten Eliten, hier der mutige Aktivist. Dort Dummheit und Ignoranz, hier Moral und Aufrichtigkeit. Einer musste es ja machen. Einer musste ja Staub aufwirbeln, den Dreck zur Seite räumen, dort hingehen, wo sonst niemand hinging. Nein, so weit weg von ihr war Robert nie gewesen, zumindest hatte sie von ihm gelernt, nicht wegzuschauen, nicht vorschnell den Kopf einzuziehen. Denn aufgeben war eigentlich keine Option. Für zu viele wäre es eine Genugtuung, der Beweis, dass sie schlussendlich doch nicht das Zeug dazu hatte, eine gute Staatsanwältin zu sein, und alle Klischees würden sich erfüllen: weiblich, emotional, durchsetzungsschwach, der Sache nicht gewachsen. Nein, sie würde weiter ihren Weg gehen, würde sich fernhalten von irgendwelchen Machtspielen, von Dicke-Eier-Posen und Kumpeleien. Und das hatte sie auch irgendwie Robert zu verdanken, diese sture Haltung und das Vertrauen, das Richtige zu tun, auch wenn es sich nicht immer danach anfühlte.

Schon von der Straße aus sah sie die fremde Frau auf der Terrasse stehen. Greta schob das Rad in den Unterstand und schloss es ab, dann ging sie hinein. Wohnzimmer und Küche waren verlassen, aber von draußen hörte sie Mikas Stimme und die Stimme einer Frau, die sie jetzt auch erkannte. Eine geöffnete Weinflasche stand in der Küche, ein aufgeschnittenes Baguette, Käse, Oliven. Gerade hörte sie die Frau laut lachen, und dieses Lachen, befreiend, raumgreifend, kannte sie nur so von der Familie Niemi aus Tampere. Die Frau auf der Terrasse bei Mika war Juna, seine Schwester. Vogelsang trat hinaus zu ihnen, die beiden standen auf, Juna kam auf sie zu, breitete die Arme aus und die beiden umarmten sich.

»Das ist ja eine Überraschung«, sagte Greta.

»Das hat Mika auch gesagt. Ich hoffe, ich störe euch nicht. Morgen bin ich auch schon wieder weg.«

»Nein, sicher nicht.«

Mika kam zu ihnen, küsste Greta auf die Wange und reichte ihr ein Glas Weißwein. Sie stießen an. Juna erzählte, was sie wahrscheinlich auch schon Mika erzählt hatte, dass sie vor gut drei Stunden in Frankfurt gelandet war, sie habe erst gestern spät am Abend von ihrer Reise erfahren und sich gedacht, ihrem Bruderherz und der schönen Staatsanwältin gleich auch einen Besuch abzustatten. Wieder lachte sie herzhaft und umarmte Greta erneut.

Juna und Mika waren Zwillinge, wenn auch keine eineiigen, sie war mit dreieinhalb Minuten Vorsprung die Ältere. Die beiden verband eine innige Beziehung, und sie versuchten so oft wie es ging miteinander zu telefonieren, auch wenn Juna sich aufgrund ihres Jobs manchmal wochenlang nicht meldete, so wie den Sommer über, wo sie nichts von ihr gehört hatten. Juna hatte im Gegensatz zu Mika strohblondes Haar, einige Sommersprossen sprenkelten Wangen und Nasenflügel, sie war sportlich und schlank wie ihr Bruder, einen halben Kopf kleiner. Aber bei genauerer Betrachtung ähnelten sich ihre Augen, auch Kinn und Wangen glichen einander, fein geschwungen, nichts Kantiges.

Juna arbeitete für Liquid Lights, einen norwegischen Energiekonzern, der in Frankfurt-Hoechst ein Werk für grünen Wasserstoff betrieb, eine der modernsten Anlagen in ganz Europa, wie Mika ihr nicht ohne Stolz einmal erzählt hatte. Was Juna bei Liquid Lights genau machte, wusste Greta nicht, selbst Mika konnte es nicht sagen. Juna hatte wie sie Jura studiert, aber einige Jahre auch in einer PR-Agentur gearbeitet. Jetzt war sie für Liquid Lights ebenfalls im PR-Bereich tätig, aber sie entwarf keine Werbekampagnen oder Ähnliches, sondern war viel unterwegs, in den weltweit verstreuten Niederlassungen des Unternehmens. Im Laufe der Zeit hatte Greta durch Mikas und Junas Erzählungen verstanden, dass Juna immer dort zum Einsatz kam, wo es gerade brannte, also bei Konflikten innerhalb des Unternehmens oder Streitigkeiten, die das Image von Liquid Lights betrafen, Auseinandersetzungen mit der Politik oder der lokalen Bevölkerung. Wenn sie jetzt hier so kurzfristig in Frankfurt war, konnte das nur bedeuten, dass es gerade Ärger gab. Aber Greta wollte die gute Stimmung nicht verderben und fragte nicht weiter nach.

»Ich dachte, wir bestellen gleich was«, sagte Mika.

»Wohin musst du denn morgen?«, fragte Greta.

»Nach Marokko. Wir arbeiten da gerade zusammen mit Partnern an einem Wasserstoffprojekt.«

»Ganz Europa wird irgendwann seine Energie aus der Sahara beziehen«, fiel Mika ein, »da ist viel Platz und Sonne satt.«

»Erst mal müssen wir dort die entsprechenden Anlagen bauen, und dann muss der Strom nach Europa, also über Pipelines und ohne große Verluste. Das wird wohl noch ein paar Jahre dauern.«

Sie bestellten Asiatisch, und während sie aßen, erzählte Juna von Marokko, von den Nächten in der Wüste, von der Schönheit der Landschaft, und später, als sie schon etwas angetrunken war, lud sie Mika und Greta zu einem gemeinsamen Urlaub in Marrakesch ein, sie würde für alles bezahlen, sie kenne dort ein tolles Hotel, sie würden ins Atlasgebirge fahren und unter dem freien Sternenhimmel schlafen.

Dann musste Greta von ihrem Job berichten, sie erzählte von ihren Ermittlungen über den Wildfleisch-Schmuggel und von den möglichen Gefahren, die davon ausgingen, deutete kurz an, wie das Fleisch über Zwischenhändler in die reichen Kreise Frankfurts gelangte und dort als exotische Delikatesse gefeiert wurde.

Als sich Juna später auf den Weg in ihr Hotel machen wollte, bot ihr Greta das Gästezimmer an. Juna umarmte sie und küsste sie auf die Wange.

»Das ist gar nicht nötig, meine Liebe«, sagte sie, und Mika rief sie zu, er solle ihr bitte ein Taxi bestellen. »Das nächste Mal bleibe ich ein paar Tage länger, dann machen wir was Schönes zusammen, okay? Ich will noch mal Grüne Soße und diese Wurst, wie heißt die noch mal?«

»Ahle Wurst.«

»Ja, genau die. Die will ich dann noch mal.«

»Machen wir.«

Sie brachten Juna an die Straße, umarmten sie noch mal, wünschten ihr einen guten Flug, Juna wollte sich bald melden. Das sagte sie immer.

»Spätestens wenn was schiefläuft, sehen wir uns wieder«, sagte sie mit einem Lächeln, dann zog sie die Tür zu und das Taxi brauste davon. Mika seufzte. Vogelsang legte einen Arm um ihn und zog ihn zu sich. Dann gingen sie wieder rein, räumten auf. Juna schickte eine letzte Nachricht: *Rakastan sinua!*, dahinter ein Herz.

20

Richard

Er hatte seit dem Aufstehen leichte Kopfschmerzen, ein dumpfer Schmerz, der aus dem Nacken in seinen Kopf zog und sich dort ausbreitete. Er hatte geduscht und einen starken Kaffee getrunken, aber es hatte nichts genutzt. Jetzt saß er in der Küche auf einem der Barhocker und scrollte durch die Morgenmeldungen bei *spiegel.de*, danach *welt.de* und *hessenschau.de*. Er überlegte, Frank anzurufen, aber noch schien es ihm zu früh, es war nicht mal halb acht. Er wollte sich mit ihm treffen, irgendwo in der Innenstadt, in einem Restaurant, wollte ein schönes Steak essen, zwei Gläser Wein dazu trinken und Frank zusichern, dass alles wieder in Ordnung sei, dass sie weitermachen würden wie bisher, er habe alles im Griff. Das Wort *Gefahr* bäumte sich für einen Augenblick vor ihm auf, und er fröstelte. Er trank hastig den Rest Kaffee aus und ging ins Schlafzimmer, wo er sich vor dem Spiegel die Krawatte band.

Es war ein gewöhnlicher Morgen, gleich würde er in seinen Wagen steigen und eine halbe Stunde lang im morgendlichen Stau stecken; er wusste, dass er mit der Tram oder dem Rad schneller sein würde, aber noch war er nicht verzweifelt genug, sich in eine der stinkenden Bahnen zu quetschen oder sich, einen albernen Helm auf dem Kopf und eine dieser gelben Warnwesten umgeschlungen, auf ein Fahrrad zu setzen und verschwitzt und zerzaust im Büro anzukommen. Im Auto konnte er bei angenehm temperierter Luft Musik hören, konnte die Gedanken schweifen lassen.

Er wollte sich gerade aufs Bett setzen, um seine Schuhe anzuziehen, als es klingelte. Irritiert sah er auf. Melinda hatte einen Schlüssel, und sie kam eigentlich erst um neun, wenn er längst aus dem Haus war und sie die Wohnung für sich allein hatte, um in Ruhe sauber zu machen. Er stellte die Schuhe wieder neben das Bett, stand auf und ging auf Socken zur Tür. Ein seltsam beklemmendes Gefühl überkam ihn plötzlich. Konnte das Frank sein? Oder Ines? Wollte sie doch noch etwas von ihm, Geld vielleicht, eine Beteiligung? Er stand im Flur, zögerte, es klingelte erneut.

Er war es, der die Spielregeln bestimmte.

Er zog die Schultern hoch, ging an die Tür und öffnete.

»Alexander!«, sagte er, und seine Stimme war höher, als er gewollt hatte.

»Guten Morgen, Richard.« Pankratz trug seinen alten Mantel, in dem er immer etwas lächerlich wirkte, so wie ein Clown, dem seine Klamotten eine Nummer zu groß waren. Aber sein Gesicht war ernst, angespannt. »Kann ich kurz reinkommen?«

Er wusste sofort, um was es ging.

»Was ist denn los?«, fragte er und versuchte möglichst gelassen zu klingen.

Pankratz sah sich um.

»Können wir drinnen reden?«

Er machte einen Schritt zur Seite und ließ Pankratz eintreten. Er fühlte sich plötzlich nackt, so ohne Schuhe und Jackett. Sie gingen ins Wohnzimmer, er fragte, ob Pankratz einen Kaffee wolle, aber der schüttelte nur den Kopf, holte jetzt ein Stück Papier aus seiner Tasche, faltete es auseinander und reichte es ihm wortlos. Er las das Wort *Haftbefehl,* er sah den Stempel mit der unleserlichen Unterschrift, wusste aber, dass das Zöllners Schrift war. Er gab Pankratz das Schreiben zurück. Seltsamerweise lösten die Worte nichts in ihm aus, keine Panik, keine Angst. Im Gegenteil, der Brief, Pankratz, sein Auftauchen am frühen Morgen hier in seiner Wohnung – das alles kam ihm lächerlich vor, wie in einer Komödie. Aber Pankratz lächelte nicht, und es gab auch keinen Regisseur, der *cut!* rief, um die Szene zu beenden.

»Die Polizei ist draußen«, sagte Pankratz mit leiser Stimme, sein Blick wanderte über die teuren Designermöbel. »Aber ich habe gesagt, sie sollen warten. Ich habe ihnen gesagt, dass du vernünftig bist und mit mir kommen wirst.«

Er musste laut auflachen, er wusste nicht, wieso, es war wie ein Schluckauf, der plötzlich über ihn kam. Pankratz sah ihn irritiert an.

»Du glaubst wirklich, dass ich dich angreife, niederschlage und dann abhaue? Warum eigentlich nicht.« Er fühlte einen Druck in der Brust, er musste sich an den Tisch anlehnen. »Im Ernst, Alexander was soll das hier?« Er straffte sich, sah Pankratz direkt an. »Was habt ihr denn gegen mich in der Hand? Und dann gleich mit der Kavallerie, ein Haftbefehl? Worauf spekulierst du, auf meinen Posten? Hat dir jemand ein neues Büro versprochen, mehr Gehalt?«

»Wir haben Dokumente, Abrechnungen, Kontoauszüge«, sagte Pankratz, ruhig, mit fester Stimme. »Wir haben die Aussage einer Zeugin und dein Bewegungsprofil der letzten Wochen.« Diese blöde Schlampe, dachte er, schwieg aber. »Kollegen besuchen gerade deinen Freund Frank Demand. Wir können das hier auch auf die harte Tour lösen, Richard, mit Handschellen und so. Ich wollte dir aber die Chance geben, die Sache ohne Aufsehen zu erledigen.«

»Wie großzügig von dir!« Wieder lachte er, aber diesmal klang es eher wie ein Seufzer.

Er sah sich um. Sollte er es wirklich versuchen, sollte er flüchten? In Socken, ohne Geld? Er hatte doch nichts Verbotenes getan, war nur seiner Arbeit nachgegangen, und er wusste, dass er die besser machte als all die Pappenheimer, als Pankratz, als Mölders oder Zöllner, selbst Vogelsang steckte er locker in die Tasche, gerade die! Spielte sich auf, weil sie jetzt Abteilungsleiterin war, weil sie glaubte, etwas zu sagen zu haben. Dabei hatte man sie mit der Stelle in der Umweltabteilung ja im Grunde degradiert, wer wollte schon den ganzen Tag mit Schildkröten, Schnecken oder Papageien zu tun haben, das war eine Lappalie im Vergleich zu den Sachen, die er auf dem Schreibtisch hatte.

»Wenn das hier für dich schiefgeht, dann war's das.« Er versuchte zu lächeln. »Dann bekommst du keinen Fuß mehr auf den Boden, das weißt du.«

»Und vielleicht packst du auch ein paar Sachen ein.«

Pankratz wirkte etwas verkrampft, gerade so, als habe er Angst. Was für eine lächerliche Gestalt dieser Pankratz doch war, Stock im Arsch, keinen Funken Lebensfreude und Begeisterung in sich, ein grauer Bürotyp in einem zu großen Mantel.

»Willst du jemanden anrufen, deinen Anwalt?«, fragte Pankratz.

»Machst du Witze? Der Anwalt, der seinen Anwalt anruft! Kann ich noch mal aufs Klo, bevor du mich abführst?«

»Ich warte hier.«

Im Bad betrachtete er sich im Spiegel. Er sah gut aus, sein Gesicht war etwas gerötet, aber sonst tadellos, die Frisur, der Teint. Er sah zum Fenster. Er würde problemlos durchpassen, aber dann aus dem ersten Stock in den Vorgarten springen? Es waren sicher dreieinhalb Meter. Er drehte das Wasser auf und wusch sich die Hände, sah sich währenddessen um und fragte sich für einen Moment, ob er das alles noch einmal wiedersehen würde, dieses Bad, die Dusche. Er trocknete sich die Hände, lächelte sich im Spiegel an, und für einen Moment gefror dieses Lächeln und zwei dunkle Augen starrten ihn an.

Draußen nieselte es leicht und er zog etwas den Kopf ein. Er trug jetzt sein dunkelblaues Jackett und hatte auch seine Tasche dabei, die aber bis auf eine Rolle Mentos und ein paar alte Kassenbelege leer war. Er ging neben Pankratz an seinem Wagen vorbei, einem Audi RS 6 mit Individuallackierung in Pantherschwarz, bis zur nächsten Straßenkreuzung, wo er den Polizeiwagen parken sah.

»Du kannst bei mir mitfahren«, sagte Pankratz.

Er musste den Beifahrersitz zurückstellen, um Platz zu finden. Pankratz sprach noch kurz mit den beiden Beamten, dann fuhren sie los. Während Pankratz sachlich die nun anstehenden Schritte aufzählte – erkennungsdienstliche Behandlung auf der Wache, zeitige Vorführung beim Haftrichter, dann Überstellung in die JVA zur Untersuchungshaft –, sah Wassermann-Schlotz zu den vorüberziehenden Gebäuden, hinauf zu den verglasten Fensterfronten, wo bereits ein paar Lichter brannten und die Ersten schon vor den Monitoren saßen, frisch geduscht, voller Tatendrang und in der vagen Hoffnung, der heutige Tag könnte vielleicht ihrer werden, einer, der alles verändern würde. Er hörte Pankratz gar nicht richtig zu, warum auch? Er würde natürlich seinen Anwalt anrufen, und gegen Mittag wäre er wieder auf freiem Fuß. Er war ja nicht irgendein kleiner Dealer, er war Oberstaatsanwalt, beliebt und geschätzt für seine Expertise, sein eloquentes Auftreten.

Als sie vor der Wache hielten, dachte er für einen kurzen Augenblick wieder daran, die Tür aufzureißen und abzuhauen; er wusste, dass er schnell war, er kannte sich bestens aus, sie würden ihm nicht folgen können. Ein aufregendes Leben auf der Flucht schimmerte kurz auf, mit Perücke und angeklebtem Bart, im Kofferraum eines Wagens, problemloser Grenzübertritt nach Frankreich, dann weiter runter ans Mittelmeer, mit einer Tasche voller Bargeld. Die konnten ihm gar nichts, diese Idioten, er würde ihnen immer einen Schritt voraus sein.

Mit einem Seufzer stieß er die Tür auf und hievte sich aus dem Sitz. Er sah über das Auto hinweg zu Pankratz, der ebenfalls nicht ganz ausgeschlafen wirkte.

»Bringen wir es hinter uns«, sagte er.

Er war sich sicher, dass die ganze Sache für Pankratz deutlich anstrengender und nervenaufreibender werden würde als für ihn selbst. Er sah auf in den grau verhangenen Himmel, spürte die winzigen Regentropfen auf seinem Gesicht, und plötzlich überkam ihn ein Gefühl, das ihn an seine Kindheit erinnerte und das er so seit Jahren nicht mehr empfunden hatte.

21

Zum Nachmittag hatte das Wetter aufgeklart, die Sonne war herausgekommen, und Greta hatte zusammen mit Mika entschieden, doch in den Garten zu gehen statt ins Bahnhofsviertel, wo heute Amon sein neues Restaurant eröffnete. Sie wollten sich mit Alfred treffen und über den Garten sprechen, und ihr schien die Hektik und Lautstärke einer Neueröffnung nicht gerade der passende Ort dazu, also hatte sie ihren Vater angerufen und ihm gesagt, sie würden sich jetzt doch im Garten treffen, er müsse sich um nichts kümmern, sie würden für alles sorgen.

Schon eine Stunde vor dem ausgemachten Zeitpunkt waren Mika und Greta vor Ort, sie wischte den Tisch trocken, stellte die Stühle auf und bestückte sie mit Sitzkissen, während Mika den Grill anheizte. Sie hatte Möhrensalat nach einem Rezept ihrer Mutter gemacht, mit kleinen Apfelstücken und viel Essig, dazu Zaziki und eine Schale mit Hummus. Mika machte zwei Bier auf, sie setzten sich an den Grill, tranken und sahen der Kohle beim Durchglühen zu, hin und wieder wedelte Mika mit einem Stück Pappe.

»Glaubst du wirklich, dass Alfred das alles hier verkaufen würde, einfach so?« Mika sah sie an. Er war schmal geworden, seine Wangen leicht eingefallen, hatte in letzter Zeit vielleicht etwas zu viel auf dem Rad gesessen, in der Absicht, die letzten Wochen vor dem Winter noch mal ausgiebig nutzen zu können.

»Wie würdest du dich entscheiden? Der Garten oder ich?«

»Zum Glück muss ich das nicht.« Mika stand auf und hantierte mit einem Schürhaken in der Glut.

Seit die Königin ihren festen Platz im Heim hatte und sich dort, nach allem, was Alfred erzählte, gut eingelebt hatte, schien es auch ihrem Vater langsam besser zu gehen; er schlief manchmal bis zehn, was er früher nie getan hatte, und war dann überrascht über Gretas scheinbar frühe Anrufe. Nur die Sache mit dem Garten hatte ihm keine Ruhe gelassen. Das Geld für die Unterbringung der Königin würde trotz Pflegestufe nicht lange reichen, also wollte Alfred den Garten verkaufen mit allen Geräten, um so etwas mehr finanziellen Spielraum zu haben. Greta hatte ihm entschieden widersprochen, und jetzt waren sie hier, um das Thema endlich abschließen zu können.

Sie hörte den Wagen ihres Vaters, kurz darauf erschien Alfred auf der Terrasse. Er hatte es natürlich nicht lassen können und Rotwein und noch etwas vom Metzger mitgebracht. Greta und Mika umarmten ihn, Mika kümmerte sich um das Grillgut, während sich Greta zu ihrem Vater setzte und ihm über die Hand strich.

»Wie geht's dir, Papa?«

»Ganz gut.«

»Und Mama?«

»Ich glaube, sie betrügt mich.« Alfred lächelte.

»Mit Clark? Das tut sie doch schon seit Langem.«

»Nein, mit Walter. Der lebt in der Wohnung neben ihr. Als ich heute Vormittag bei ihr war, hatte sie gar keine Zeit für mich, weil sie mit Walter zu einem Spaziergang musste. Also habe ich auf die beiden gewartet, dann haben wir Kaffee getrunken, und Walter hat mir erzählt, er sei früher mit Hans Albers zur See gefahren.«

»Dann musst du Walter herausfordern, oder?«

»Ich glaube nicht. Ich glaube, ich find's sogar ganz gut.«

Mika brachte die ersten fertig gegrillten Hähnchenspieße, Greta schenkte Wein ein, und sie begannen zu essen. Trotz der

Sonne war es kühl und alle trugen Jacken, es würde vermutlich das letzte Mal in diesem Jahr sein, dass sie hier zusammenkamen. Wie jedes Jahr würden Mika und Greta Alfred bei den Herbstarbeiten helfen, Laub zusammenrechen, die Stauden zurückschneiden, alles winterfest machen.

»Mika und ich wollten wegen dem Garten mit dir sprechen«, sagte Greta und sah Mika an. »Wir sehen auch keine andere Möglichkeit als einen Verkauf.«

Alfred blickte auf das Weinglas in seinen Händen.

»Und wir haben auch schon einen Käufer gefunden: Mika und mich. Du wirst uns natürlich ein völlig übertriebenes Angebot machen, das wir dann annehmen.« Sie hielt kurz inne, holte Luft. »An diesem Garten hängen so viele Erinnerungen, Papa, das ist mit Geld eigentlich gar nicht zu bezahlen.«

»Sonst bleibt alles wie immer«, sagte Mika. »Du hast deinen Schlüssel, du kommst und gehst, wie es dir passt. Nur dass ab dann Greta und ich Ärger kriegen, wenn die Hecken nicht geschnitten sind.«

»Den Winkler hab ich im Griff«, sagte Alfred und meinte damit den Vorsitzenden des Kleingartenvereins. »Da kann ich jetzt wahrscheinlich nicht mehr Nein sagen.«

»Richtig. Ein Nein wird nicht akzeptiert!«

Sie stießen an, und Alfred lehnte sich in sein Kissen zurück, ein müdes, aber erleichtertes Lächeln im Gesicht.

Greta war ein Stück in den Garten gegangen und blieb vor den Beeten stehen. In ihrem Rücken konnte sie das Feuer knacken hören, Mika hatte nach dem Grillen den Rost entfernt und einige Scheite aufgelegt, jetzt saß er mit Alfred zusammen, sie sprachen über die Eintracht.

Hier, auf diesem Fleck Erde in der Nähe der Bundesstraße, hatte sie fast jeden Sommer ihrer Kindheit verbracht, und auch danach war es ein Ort gewesen, der sie aus ihrem stressigen Alltag herausholte, sie durchatmen ließ.

Seit der Verhaftung von Ivo Klasić und Wassermann-Schlotz, seit dem Tod von Marc Bretone war mehr als eine Woche vergangen. Ruth Bretone hatte sich nicht mehr gemeldet und war auch nicht in die Villa in Kornberg zurückgekehrt, keiner wusste, wo sie sich im Moment aufhielt. Schon damals, als sie mit Uwe beim Haus der Bretones gewesen war, hatte sie entschieden, Ruth ziehen zu lassen; dieser Entschluss stand in gewisser Weise gegen ihre Arbeitshaltung, widersprach jeglicher Rationalität: Ruth Bretone hätte das Verfahren deutlich beschleunigen können, wäre sie als entscheidende Zeugin aufgetreten. Aber irgendetwas sagte Greta, dass die Rolle Ruths in diesem Fall – so undurchsichtig diese für sie noch immer war – keine Bedeutung hatte, sondern es nur um den Menschen ging.

Ivo Klasić saß nach wie vor in Untersuchungshaft. In seiner Aussage wiederholte er seine Anschuldigungen: Marc Bretone habe die Überwachung von Robert Altmann angeordnet, er habe die Daten von Altmann haben wollen, sei reizbar gewesen, nervös, habe geglaubt, jemand aus der Agentur gebe Informationen an die Presse weiter. Auf dem Shirt von Altmann hatte die KTU DNA-Spuren von Ivo Klasić festgestellt, aber nicht nur von ihm. Auch Marc Bretones Spuren fanden sich darauf, ebenso wie die von drei weiteren, noch nicht identifizierten Personen. Mit diesen Tatsachen konfrontiert, hatte Klasić nach Rücksprache mit seinen Anwälten der Tathergang geschildert: Ivos Leute hatten Altmann beschattet, hatten versucht, an die Daten zu kommen, und Altmann bedrängt, woraufhin dieser sie mit Pfefferspray attackiert habe. Seine Leute hätten Altmann dann zu Boden gebracht und fixiert, dabei musste er erstickt sein. Es sei ein Unfall gewesen, Altmann habe sie angegriffen und sie hätten sich nur gewehrt. Den Toten im besetzten Haus abzulegen habe Marc entschieden.

Greta bereitete gerade mit Rafik die Anklage wegen der illegalen Einfuhr von Bushmeat gegen die Agentur und Ivo Klasić vor. Die Unterlagen aus der Agentur bestätigten Uwes erste Annahmen: High Hopes organisierte exklusive Events für die, die es sich leisten konnten, wobei es weder über die Zahlungen noch über die Kunden irgendwelche Aufzeichnungen gab. Exklusivität und Diskretion standen über allem – sogar über einem Menschenleben. Greta war froh, dass sich Brandt und Uwe um das Tötungsdelikt kümmerten. Sie wollte endlich mit diesem Fall abschließen.

Sie ging ein paar Schritte weiter zum alten Apfelbaum. Als Kind hatte sie den Baum oft als Aussichtsposten genutzt, war ohne Leiter flink am Stamm hochgeklettert, hatte noch die mahnenden Worte ihrer Mutter im Ohr, die sich immer um ihren zarten Körper Sorgen gemacht hatte und jede Abschürfung und Wunde als eigenes Versagen betrachtete. Schon damals hatten sie viele unterschätzt, wollten nicht glauben, welche Kraft, welche Ausdauer und auch welche Sturheit in diesem kleinen Körper steckten – auch Robert hatte das im Grunde nie sehen, nie wahrhaben wollen.

Sie lehnte sich an den Stamm, sah ins Geäst hinauf.

Roberts bleiches Gesicht verfolgte sie noch immer in ihren Träumen, aber es verlor allmählich an Schrecken. Sie hegte keinen Groll mehr gegen ihn, das Gefühl, Robert von sich fernhalten zu müssen, war verschwunden. Er war einmal Teil ihres Lebens gewesen, sie hatte ihn geliebt und bewundert und sich dann von ihm abgewendet, seine Nummer gelöscht, alle alten Fotos weggeworfen und so gehofft, nie mehr mit ihm und der damaligen Zeit konfrontiert zu werden. Aber diese Dinge ließen sich nicht einfach so wegschließen, die Schritte, die Schreie, *Pezzo di merda*, all das gehörte zu ihr. Trotzdem wollte sie nicht in diese Zeit zurückkehren, sie würde auch den Kontakt zu Erika und den anderen aus der damaligen Gruppe wieder ruhen lassen. Diese Episode ihres Lebens war endgültig vorbei. Robert allerdings, das wusste sie, würde sie nie vergessen.

Sie ging zu Alfred und Mika an den Tisch zurück. Es war nun fast dunkel und sie fröstelte, die Holzscheite waren heruntergebrannt. Sie lehnte sich an Mika, ihr Vater sah zu ihr auf.

»Alles in Ordnung bei dir?«, fragte er.

»Alles in Ordnung«, sagte Greta.

Sie begannen aufzuräumen. Während Mika die Stühle in den Schuppen brachte, fasste Alfred Greta am Arm.

»Und ihr habt euch das mit dem Garten wirklich gut überlegt?«

»Du wirst verkaufen müssen.« Greta zwinkerte und legte einen Arm um seine Schulter. »Und dann wirst du der neue König hier sein.«

Alfred sah sie einen Moment irritiert an, aber dann lächelte er und nickte.

*

Die Dämmerung kündigt sich an, der Wald wird unruhig, überall flüstert und säuselt es. Koffi ist wieder allein, die Soldaten sind abgezogen, haben einen anderen Weg genommen. Er ist noch am Leben, sie haben ihn nicht aufgespürt. Er schaltet die Lampe aus. Jetzt ist der ideale Zeitpunkt gekommen, jetzt, beim ersten zarten Licht, machen sie sich auf den Weg, die kleinen Antilopen und Affen, machen sich auf den Weg zum Wasser, zu frischen Blättern. Jetzt muss er aufmerksam sein. Die nächste Falle, die Koffi erreicht, ist niedergetrampelt, der Auslösemechanismus zerstört, wahrscheinlich waren es die Soldaten. Er schleudert die nutzlos gewordene Konstruktion wütend ins Unterholz. Über ihm beginnt ein Vogel zu zetern.

Er geht weiter, denkt an die Schreie, dann sieht er es: zertrampeltes Gras, zerwühlter Boden, ein zerrissenes Hemd, eine zerhauene Wasserflasche und dann, deutlich vor ihm, dunkle Spuren von Blut, schon fast im Boden versickert. Koffi schaut sich um. Niemand ist zu sehen. Er muss hier weg, schnell läuft er wieder in den Wald hinein.

Er ist todmüde. Seine Arme brennen, seine Gedanken sind schwer und ziellos, er weiß nicht, wohin. Einige Augenblicke lang steht er orientierungslos da, schaut nach oben, dorthin, wo das Sonnenlicht durchs Laub tropft. Vielleicht sollten Clémentine und er zusammen mit den Kindern nach Kinshasa, dort hat Clémentine Verwandte, bei denen sie wohnen könnten. Vielleicht würde er dort Arbeit finden, dann könnten sie sich endlich ein eigenes kleines Haus kaufen, aus Ziegelmauern, mit einem Dach und einer Küche. Eigentlich hat er nie weggewollt, hier in Kisangani war er geboren worden. Aber seit einiger Zeit sprachen Clémentine und er immer öfter übers Weggehen, über ihre Möglichkeiten, dann, wenn die Kinder schliefen. Sie sagte ihm, dass er viel mehr könne, als auf dem Motorrad hinaus in den Wald zu fahren und auf Tiere zu schießen. Aber wie er jetzt unter den Bäumen im ersten Licht eines neuen Tages steht, da kommt er sich so unendlich nutzlos vor, hilflos dem Wald ausgeliefert.

Er macht sich auf den Rückweg. Er muss essen, muss sich waschen und dann schlafen. Irgendwo wird er schon etwas Geld auftreiben. Er schultert das Gewehr und geht los, achtlos streift er an den Bäumen vorbei. Plötzlich bleibt Koffi stehen. Da vor ihm kauert ein Ducker im Unterholz. Koffi rührt sich nicht, fragt sich, ob er träumt oder Halluzinationen hat. Er hat zwei Nächte kaum geschlafen. Das Tier rührt sich nicht, aber es blinzelt. Es ist ein Schwarzrückenducker. Die kommen hier nur noch selten vor, Koffi hat noch nie eines von diesen kleinen, stämmigen Tieren erlegt. Langsam nimmt er das Gewehr von der Schulter. Das Tier dreht ihm den Kopf zu, seine schwarzen Augen sind glasig. Vielleicht ist es verletzt und kann nicht mehr fliehen. Langsam und so leise wie möglich hebt er das Gewehr. Was für ein schönes Tier, denkt Koffi, was für ein Geschenk.

Seine Hände zittern, während er die getötete Antilope auf dem Sozius seiner Maschine fest verschnürt und mit einer Plastikplane umwickelt. Er zittert vor Glück und Erschöpfung. So ein großes Tier hat er noch nie erlegt, er hat andere damit gesehen, aber er selbst hatte nie das Glück. Er ist zu unerfahren, stellte sich oft ungeschickt an. Jetzt, er weiß es, jetzt kann alles anders werden. Cédric wird ihm einen guten Preis machen, sie werden so viel Geld haben wie lange nicht mehr, er wird den Jungs vielleicht sogar einen neuen Fußball kaufen können.

Er startet die Maschine. Der Motor kommt ihm viel zu laut vor, aus den Bäumen erheben sich ein paar Vögel. Er wird über drei Stunden zurück nach Kisangani benötigen, wenn das Wetter hält. Bei Regen verwandelt sich die Straße in einen Sumpf, unmöglich, da durchzukommen. Er stößt sich mit den Füßen ab, gewinnt schnell an Geschwindigkeit. Entlang der kleinen Dörfer ist die Straße in gutem Zustand, man kümmert sich, bessert Schlaglöcher schnell aus, aber wenn er durch den Wald fährt, muss er höllisch aufpassen. Die Reifen der schweren Holztransporter reißen tiefe Furchen in die Fahrbahn. Seine Maschine springt hin und her. Die Stoßdämpfer sind hinüber, aber er hat kein Geld, sie reparieren zu lassen. Er schlingert, bremst und stellt beide Beine auf den Boden. Er muss sich konzentrieren. Langsam fährt er wieder an. Und wenn ich sechs Stunden bis nach Hause brauche, denkt er, aber meine Beute gebe ich nicht mehr her.

Langsam arbeitet er sich durch den Staub. Es ist heiß, aber er will keine Pause machen, will nicht von seiner Maschine steigen. Immer wieder sieht er Clémentine vor sich, ihre strahlenden Augen, ihr Lächeln. Nun haben wir auch einmal etwas Glück. Er kommt schnell voran, überholt vollbeladene Autos. Immer wieder fährt er durch kleine Dörfer, aber er hält nicht an, obwohl er Durst hat, obwohl er schlafen will. Aber schlafen wird er später, in den Armen von Clémentine, ein ganzes Jahrhundert wird er dann schlafen.

Schon von Weitem erkennt Koffi die Straßensperre der Armee. Er bremst, hält aber nicht an. Sie geben vor, zur Sicherheit der Bevölkerung Fahrzeuge zu kontrollieren, aber Koffi weiß, jeder weiß, dass die Soldaten die Sperren auch dazu nutzen, um den Leuten Geld und andere Wertsachen abzunehmen, um ganze Transportladungen zu beschlagnahmen unter dem Vorwand, es sei Schmuggelware. Koffi spürt, wie Übelkeit in ihm aufsteigt. Zurück kann er nicht, und wenn er jetzt absteigt und umdreht, macht er sich nur verdächtig. Er muss da durch. Langsam rollt er näher, seine Arme zittern.

Die Soldaten haben einen Bus und zwei Lastwagen angehalten. Leute stehen auf der Straße, man diskutiert, wird laut, Papiere werden vorgezeigt. Ein Armeejeep steht vor den Fahrzeugen, mehrere Soldaten lungern dort, rauchen, überblicken die Szenerie. Koffi fährt weiter, er schaut nicht zu den Soldaten, er schaut auf die Straße. Ein junger Soldat tritt vor ihn, Koffi muss bremsen. Du bist ja fast noch ein Kind, denkt Koffi. Das Maschinengewehr baumelt an der Seite des Soldaten, als sei es nur ein Spielzeug, die Uniform ist ihm deutlich zu groß, aber sein Blick ist ernst, er hat schon zu viel gesehen. Langsam schlendert er auf Koffi zu.

»Wohin willst du?«
»Nach Hause, nach Kisangani.«
»Kommst du von dort?«
»Ja.«
»Was machst du hier?«
»Ich war auf der Jagd.«
»Was hast du gefangen?«
»Zwei kleine Affen.«
»Zeig sie mir, los!«

Der Soldat richtet das Gewehr auf Koffi. Los, los! Er soll runter vom Motorrad, schnauzt ihn der Junge an, zeig mir, was du da hast. Koffi weiß nicht, was er tun soll. Also steigt er ab, bleibt aber wie gelähmt neben dem Motorrad stehen.

»Bist du dumm oder was?« Der Junge kommt auf ihn zu,

drückt ihm den Lauf des Gewehrs auf die Brust. »Du bist verhaftet. Und jetzt zeig mir, was du dahinten drauf hast.«

Koffi denkt an Clémentine, denkt an die Kinder. Sie warten auf ihn. Wenn er nicht mehr kommt, müssen sie arbeiten gehen, dann wird es keine Schule mehr geben und keinen neuen Fußball. Langsam geht er zum Sozius und beginnt die Plane zu lösen. Das Maschinengewehr ist auf ihn gerichtet.

»Halt! Leg dich hin, runter auf den Boden!«, brüllt der Soldat und tritt nach Koffi, rammt ihm das Gewehr in den Bauch. Koffi sackt zusammen, bekommt keine Luft mehr. Er wird wieder getreten, liegt neben seinem Motorrad, er schmeckt Staub und Blut.

»Ich habe eine Lizenz.« Koffi versucht sich aufzurichten, greift in die Hosentasche. »Hier, meine Lizenz.«

Er zieht ein gefaltetes Stück Papier heraus, hält es dem Soldaten hin, der über ihm steht. Es ist ein Brief von der Arbeit, es gibt ein Siegel darauf, von der Verwaltung, eine Unterschrift. Man sichert ihm sein letztes Gehalt zu. Der Junge faltete den Brief auf und betrachtet das Schreiben wie ein Bild. Verständnislos schaut er zu Koffi.

»Was soll das sein?«

»Meine Jagdlizenz«, sagt Koffi und richtet sich auf.

Ein zweiter, älterer Soldat, das Gewehr lässig über der Schulter, tritt dazu, will wissen, was hier los ist, was das Geschrei soll. Der Junge gibt ihm den Brief. Auch seine Augen fliegen ohne Orientierung über das Schreiben. Die beiden Soldaten schauen sich an, dann sagt der Ältere:

»Los, steh auf! Nimm deinen Scheiß hier und hau bloß ab, hast du verstanden!«

Koffi rappelt sich auf, nimmt den Brief und steckt ihn wieder ein. Sein ganzer Körper brennt, aber er lässt sich nichts anmerken. Er steigt auf die Maschine und startet den Motor, fährt langsam an. Die Soldaten verschwinden. Alles an ihm bebt.

Er blinzelt gegen den Staub, er schaut nur geradeaus. Die Sonne steht jetzt hoch über ihm, nichts hat einen Schatten. Aus den Bäumen steigen Vogelschwärme auf. Er nähert sich der Stadt, rechts von sich kann er hinter den Bäumen den Flughafen erahnen, ein tiefes Brummen liegt in der Luft. Der Verkehr wird dichter. Die Straße ist jetzt asphaltiert, er gibt etwas mehr Gas und folgt der Straße weiter, hinein in die Stadt. Die Gebäude und Menschen erscheinen ihm seltsam unwirklich, als sehe er das alles zum ersten Mal.

Die weiße Halle liegt in der Nähe des Flusses. Koffi stoppt das Motorrad, steigt ab und macht sich daran, die Beute abzuladen. Er schaut sich um, aber niemand nimmt Notiz von ihm. Er wirft sich den Ducker samt Plane über die Schulter, steigt ein paar Stufen hinauf, klopft an eine Tür. Es regt sich nichts. Koffi beginnt zu schwitzen. Dann aber öffnet sich die Tür einen Spalt, Cédric schaut heraus.

»Koffi, du bist es.«

»Ich hab was für dich.«

Die Tür schwingt auf.

»Was ist los mit dir?« Cédric ist großgewachsen, drahtig, trägt eine Basecap. »Wurdest du verprügelt oder was?«

»Bin mit dem Motorrad gestürzt. Nicht schlimm.«

Koffi folgt Cédric in einen fensterlosen, stickigen Raum, dort legt er die Beute auf einen Tisch. Helles Neonlicht bleicht den Raum. Cédric beugt sich über das tote Tier, schnalzt mit der Zunge.

»Junge, Junge«, sagt er, »so ein Kaliber hatte ich lange nicht mehr.« Er zeigt Koffi ein breites Lächeln, legt ihm eine Hand auf die Schulter. »Gute Arbeit, mein Bruder«, sagt er.

Koffi schaut zu Boden. Seine Rippen schmerzen. Sein Bruder heißt Dioko und ist in Paris, um dort Fußball zu spielen.

»Kannst stolz sein.« Cédric zählt Koffi einige Geldscheine

in die Hand. »Das hier geht nach Europa, zu einem wichtigen Kunden. Hör zu, Koffi. Wenn du mir mehr davon bringen kannst, dann beteilige ich dich am Geschäft, dann kriegst du jedes Mal einen Bonus. Was sagst du? Aber du musst mir jede Woche so einen Ducker bringen, keine Affen, keine Vögel, keine Ratten, hörst du. Der Kunde in Europa will Steaks. Warte mal.«

Cédric zieht sein Smartphone aus der Hosentasche und zeigt Koffi darauf ein Bild: Zwei Männer, ernst schauen sie, und eine Frau mit einem großen Sonnenhut, schmal, lächelnd, und am Rand steht Cédric und grinst.

»Das sind meine Partner«, sagt er. »Aus Deutschland. Das nächste Mal, wenn sie kommen, nehme ich dich mit ins Hotel und stelle dich vor. Sie bezahlen alles, Essen, viel Bier.«

Cédric grinst und Koffi nickt. Er weiß nichts über Deutschland, außer dass es dort Schnee und Fußballvereine wie Eintracht Frankfurt und Bayern München geben soll. Das Geld in seinen Händen fühlt sich dagegen echt an. Das ist es, was zählt. Cédric klopft ihm auf die Schulter.

»Willst du eine Zigarette?«, fragt er.

Koffi kann von Weitem schon Clémentines Stimme hören, sie ruft nach den Jungs. Koffi stellt das Motorrad ab und geht über den Hof. In den Plastikstühlen sitzen wie immer die beiden Alten, ein kleines Kofferradio zwischen sich. Einer von ihnen hebt die Hand, der andere sagt: Na, Koffi. Er nickt nur und geht hinein, wo er im Durchgang zur Küche stehen bleibt. Clémentine steht mit dem Rücken zu ihm, dreht sich jetzt um. Sie schauen sich einen Moment lang fast erschreckt an. Dann kommt sie auf ihn zu, legt ihm ihre Hand auf die Wange.

»Bist du verletzt?«

»Nein, mir geht's gut.«

»Hast du Hunger, mein Liebster?«

Koffi zeigt ihr das Geld.

»Ich kaufe uns Hähnchen und Brot«, sagt er. »Und einen neuen Fußball für die Jungs.«

Figurenverzeichnis

Greta Vogelsang: Leitende Staatsanwältin in der Abteilung für Umweltverbrechen und Artenschutzdelikte der Staatsanwaltschaft Frankfurt am Main, stammt aus einem Arbeiterhaushalt, ist kritisch gegenüber dem Staatsapparat und setzt sich mit den nötigen Ellenbogen für Gerechtigkeit ein

Mika Niemi: Gretas Partner, Fitnesstrainer, stammt aus Finnland und wäre fast einmal Radprofi geworden, bevor die großen Dopingskandale den gesamten Sport in Verruf brachten

Juna Niemi: Mikas Schwester, arbeitet beim Energiekonzern Liquid Lights und wird schneller nach Frankfurt zurückkehren, als ihr lieb ist

Alfred und Helga Vogelsang: Gretas Eltern. Vater Alfred war früher Straßenbahnfahrer, Mutter Helga Verkäuferin bei Kaufhof. Helga, die von Greta liebevoll auch »Königin« genannt wird, leidet unter Demenz

Marx und Engels: »Wenn man zwei Kater hält wie die Staatsanwältin, dürfen die auch Marx & Engels heißen« – Peter Körte, FAZ

Uwe Fähndrich: Kriminaloberkommissar im K11 (Abteilung für Kapitaldelikte), Ermittler der alten Schule mit dem Herz am rechten Fleck, Eintracht-Fan und Biertrinker, Besitzer eines alten Nokia-Telefons

Tina Köster: Zollamtsinspektorin beim Frankfurter Hauptzoll und Ansprechpartnerin für Greta

Sandra Brandt: junge, ehrgeizige Staatsanwältin in der Abteilung Kapitalverbrechen, wurde von Greta angelernt
Richard Wassermann-Schlotz: Oberstaatsanwalt und Leiter der Abteilung Kapitalverbrechen, davor in der Abteilung für Sexualverbrechen
Martin Abel: erfahrener Staatsanwalt in Gretas Abteilung
Sonja Wilms: junge Staatsanwältin im Team von Greta
Rafik Atashi: Referendar in Gretas Team
Thomas Zöllner: Leitender Oberstaatsanwalt und Gretas Vorgesetzter, liebt guten Kaffee und seinen Büroteppich
Alexander Pankratz: Staatsanwalt bei der Eingreifreserve, hat immer einen Apfel in der Tasche

Robert Altmann: Investigativjournalist, Hausbesetzer, linker Aktivist und ehemaliger Freund von Greta
Rakete: einer der Hausbesetzer, setzt Robert Altmanns Arbeit fort
Erika Walther: Lehrerin und linke Aktivistin, frühere Freundin von Greta
Marc Bretone: reicher Villenbesitzer aus Kronberg
Ruth Bretone: Marcs Ehefrau
Ivo Klasić: rechte Hand von Marc Bretone
Koffi Dibala: Jäger in Kisangani, Demokratische Republik Kongo

Ein toter Zollfahnder im Main. Ein kleiner Fisch von verdammt großem Wert. Und eine ungewöhnliche Ermittlerin mit eigenem Kopf und brisanter Vergangenheit.

»Ein kurzweiliges Lesevergnügen, das Lust auf mehr macht.« *SWR*

Kiepenheuer & Witsch

Am Ufer des Gardasees blinken Blaulichter. Im Jachtafen von Riva wurde ein Toter gefunden. Gianna Pitti, Polizeireporterin der Lokalzeitung und der wohl größte Vasco-Rossi-Fan auf diesem Planeten, ist immer zur Stelle, wenn am See etwas passiert. Mit Entsetzen stellt sie fest, dass sie das Opfer kannte. Mehr noch: Sie war eine der Letzten, die den jungen Mann lebend gesehen hat.

Mehr zu Band 1 der neuen Reihe lesen Sie hier:
www.kiwi-verlag.de/gardasee-krimi-band-1

Kiepenheuer & Witsch